负起民族复兴之使命

马一浮文选

马一浮／著

张建安／编

中国文史出版社

图书在版编目（CIP）数据

负起民族复兴之使命：马一浮文选／马一浮著；
张建安编. -- 北京：中国文史出版社，2025.5
（现代新儒家文选／张建安主编）
ISBN 978-7-5205-3695-0

Ⅰ.①负… Ⅱ.①马… ②张… Ⅲ.①散文集-中国
-现代 Ⅳ.①I266

中国版本图书馆 CIP 数据核字（2022）第 168585 号

责任编辑：薛未未

出版发行：中国文史出版社

社　　址：北京市海淀区西八里庄路 69 号院　邮编：100142
电　　话：010-81136606　81136602　81136603（发行部）
传　　真：010-81136655
印　　装：北京联兴盛业印刷股份有限公司
经　　销：全国新华书店
开　　本：720×1020　1/16
印　　张：21　　　　字数：195 千字
版　　次：2025 年 5 月第 1 版
印　　次：2025 年 5 月第 1 次印刷
定　　价：68.00 元

导言：如何认识马一浮及其国学

一 从"新儒家三圣"的角度介绍马一浮

马一浮、熊十力、梁漱溟被称为"现代新儒家三圣"。三人皆为特立独行之人，人生经历及学问各呈异彩。徐复观曾概括："熊先生规模宏大，马先生义理精纯，梁先生践履笃实。"

与熊十力、梁漱溟相比，马一浮称得上"三圣"中的隐者。他年龄最长，读书最多，义理最醇，最不愿抛头露面。他自己曾说："我为学得力处，只是不求人知。"就是在这样的隐者态度中，他最会静心读书，儒佛造诣皆极深，圆融贯通而反证心性，儒佛两界皆视其为通人；其厚积薄发之国学讲座，更受到世人高度推崇。

翻开马一浮的人生画卷，我们能简要得出如下介绍。

马一浮（1883—1967），浙江绍兴人，出生于家境较好的书香之家，幼年时被视为神童，年轻时翻译西方著作，曾到美国工作一年，遍读西方原著，对西方文化有着全面的理解，认识到西学的优与劣；回国不久后，基本不再研究西学，而是沉浸于儒、佛之间，遍阅东方经典，以佛证儒，以儒证佛，儒佛互证，而最终归于理学，形成一整套完备而圆融的理学体系。其品性高洁，义理通透，博大精深，以六艺统摄古今中外一切学问，并将六艺视为人类文化之最后归宿，成为备受世人尊崇的一代儒宗。

马一浮年轻时遭受丧父、丧母、丧妹、丧妻等人生大痛，终身不再娶；也无意仕途，曾辞去教育部秘书长的职务；也曾多次拒绝蔡元培等校长的邀请，不去北京大学等高校任教，只是常年居住于陋巷之中，精研学问之秘奥，探究宇宙之真常，其讲学与交游均在一个特定的范围，称得上"淡泊清心""往来皆高士"。这与熊十力在高校教学是不同的，更与梁漱溟以"吾曹不出如苍生何"的态度投身乡村建设、长期致力国内和平事业截然不同。

抗战时期，因日人入侵，马一浮被迫外出；困顿之际，遂接受浙江大学竺可桢校长的聘请，为浙大师生讲述国学，其内容被编成《泰和会语》《宜山会语》，堪称其国学代表著作；离开浙大后，马一浮创办复性书院，讲学育人，所辑《复性书院讲录》《尔雅台答问》等著述，同样影响深远，为世人留下了珍贵的文化瑰宝。

与熊十力、梁漱溟极少写诗不同，马一浮的诗歌成就极为突出。刘梦溪先生曾评价："我们不要忘记马一浮先生的诗学成就。马先生生平为诗三千多首，数量已经可观，而质量尤少可与比肩者。"郭齐勇先生也在《现代三圣》一文中称：马一浮先生的最高成就是诗，尤其是他的哲理诗。他是本世纪中国最大的诗人哲学家。他的诗被方东美、徐复观称赞为"醇而雅""意味深纯"。

可以说，马一浮与熊十力、梁漱溟有许多不同，然而这并没有妨碍他们的深度契合。在倾心东方学术方面，在"斯文在兹"的高度自信方面，在对中国文化的贡献等方面，三人不仅有很多相通之处，而且共同形成一股巨大而深远的合力。对此，郭齐勇先生曾有十分精练的概括："简要地说，就是面对西学的冲击，在中国文化价值系统崩坏的时代，重建儒学的本体论，重建人的道德自我，重建中国文化的主体性，并且身体力行。他们打破了传统与现代、东方与西方二元对立的绝对主义，开辟了中国文化复兴的精神方向。"这样的概括，是颇为妥当的。而将视野进一步拓宽，我们或可看出三人对人类文化的贡献。

在编者看来，马一浮、熊十力、梁漱溟既是中国传统文化（儒释道等文化）的集大成者，又是在中国文化的厚土上融通中西的开路人。他们既能够站在人类文化的新视野，而对中国传统文化进行全面、稳健、深刻的总结与革新；又能够在洞察西方文化的优劣后，在中西文化的比较中，揭示出中国文化复兴对于人类的意义与价值，从而对人类文化做出深刻的归纳、反省与引领；他们对人的本质与宇宙的根本都有非常深刻的洞察与理解。阅读他们的文章，不仅能帮助我们深入领略国学的奥妙与价值，而且能帮助我们对人类文化的过去与未来产生全新的认识，也能帮助我们更好地认识我们自己。这是此次同时选编三人文选的主要着眼点所在。

二 一些想法及本书之主要特点

现简要介绍选编本书时的一些想法及本书的特点。

由于时代与个性使然，国学大家马一浮的文章不仅由文言文所写，出版读物也以繁体字为多，而且分段极少，有的甚至几千字密不透风，一段话就是一篇文章，这显然与中国古代的传统有关，但不合于当下读者的阅读习惯。

这也容易造成一种现象：一方面，钦佩马一浮学问者大有人在，觉得他是一代儒宗，传世文章义理深明、条理透彻，其文字也是句句精要、微言大义，非下功夫不容易理解；另一方面却不免产生畏难心理，很长的文言文处处引经据典，且混在一起，初学者连一段话都理解不了，无法消化，又怎么能继续读下去呢？在编者看来，这是马一浮国学难以在当下普及的重要原因。

所以，编者不揣浅陋，做了如下处理。

一、在厘清原文意思的基础上重新断句、分段，以便普通读者也能较轻松地看到足以启发自己的文字，产生兴趣与信心，进而前后贯通，逐步进入这位"一代儒宗"的国学殿堂，觉得指导自己做人、做事、做学问的法宝。

虽然有此心愿，且自问发心甚佳，但原文义理连贯，前后文常常此中有彼，彼中有此，堪称"藕断丝连"，颇有很多不好分段处。结果是，虽一再斟酌，仍恐有分段不当处，恳请专家学者不吝指正。

二、章节标题方面，编者也做了一些加工。

例如，将"引端"后面加上"具此信念，然后可以讲国学"，既可以让读者了解到马一浮的目的所在，也可以对初学国学者产生一定的吸引力。

又如，原文中没有"世界人类一切文化最后之归宿"一章。可是按照现在的习惯，这些文字完全可以单独成章，且因为其体现了马一浮的深意，更应该被放大。而在当时，这些文字却被包含在"论西来学术亦统于六艺"中，这显然是时代的局限。本书将"世界人类一切文化最后之归宿"以及"人类如何拔出黑暗而趋光明之途？"这两部分内容，均单独成章，冠以标题，这样既合乎义理，也能彰显马一浮的胸襟，且可以对读者产生一定的吸引力。编者认为这样处理是合理的。

此外，在"尔雅台答问选"一章，原文中都是"答张君""答刘君"之类的标题，读者无法抓到信中的主要信息，现均在保留原标题文字的基础上，增加一些可以启发读者的文字，或揭示信中的义理，或概括其主要内容……这样，读者容易找到自己想看的内容。当然这样做也会出现某些问题。因为信中的内容常牵涉很多方面，有的还比较散，不容易找到合适的标题。这个时候，编者便权衡利弊，勉强而为之了。虽说勉强，但或许可以提供一种方便法门，对于普通读者而言，也是有好处的。至于高明者，则见仁见智吧。

三、对于马一浮写给熊十力、梁漱溟的信，编者虽然没有增加别的标题，但在目录中体现其写信时间。

还需说明的是，本书依据的版本主要是吴光先生主编的《马一浮全集》。重新分段、断句处，则由编者自己理解体证后，一一做出处理。

总而言之，此次选编，主要在普及方面下了不少功夫。另外也有同类书所没有的其他特点。

第一，将马一浮定位为对人类文化做出非凡贡献的国学家。选文时既注意展现其完整的代表作，也凸显其在人类文化视野下所写的文字及见解。

第二，选取了反映其生平的自述文字。读其文，能不知其人乎？阅读这些文字，有助于读者理解书中的其他文字。

第三，几乎录入了马一浮与熊、梁二人直接相关的全部文字。这是本书的一大特点。因此，此书既独立，又与另两本关于熊十力、梁漱溟的文选相互配合。希望读者不要孤立地阅读，而要尽可能地由此及彼，再由彼及此，在多层次的比较阅读中，深入领会"现代新儒家三圣"的同与不同，将思维逐步引入人类文化的博大精微处，全方位提高思证境界，从而为自己的人生与学问开拓出一条博大而精深的道路。

张建安

目　录

第一辑　泰和会语

第二辑　宜山会语

第三辑　复性书院讲录选

第四辑　尔雅台答问选

第五辑　诗文与自述

第六辑 与熊、梁有关的文字

第一辑

泰和会语

引　端

—— "具此信念，然后可以讲国学"①

今因避难来泰和，得与浙江大学诸君相聚一堂，此为最难得之缘会。竺校长与全校诸君不以某为迂谬，设此国学讲座，使之参与讲论。其意义在使诸生于吾国固有之学术得一明了之认识，然后可以发扬天赋之知能，不受环境之陷溺，对自己完成人格，对国家社会乃可以担当大事。荀子说："物来而能应，事至而不惑，谓之大儒。"若能深造有得，自然有此效验。

须知吾国文化最古，圣贤最多，先儒所讲明，实已详备。但书籍浩博，初学不知所择。又现代著述往往以私智小慧轻非古人，不免疑误后学，转增迷惘。故今日所讲主要之旨趣，但欲为诸生指示一个途径，使诸生知所趋向，不致错了路头，将来方好致力。

闻各教授皆言诸生资质聪颖，极肯用功，此不但是大学最好现象，亦是国家前途最好现象，深为可喜。某虽衰老，甚愿与诸生教学相长，共与适道。但诸生所习学科繁重，颇少从容涵泳之暇。须知学问是终身以之之事，千里之行，始于跬步，但能立志，远大可期。譬如播种，但有嘉种下地，不失雨露培养，自能发荣滋长。程子说："天地之间，只是一个感应。"有感必有应，所应复为感，其感又有应，如是则无穷。某今日所言，只患不能感动诸生，不患诸生不能应。若诸生不是默然听而不闻，则他日必可发生影响。此是某之一种信念。

但愿诸生亦当具一种信念，信吾国古先哲道理之博大精微，信自己身心修养之深切而必要，信吾国学术之定可昌明，不独要措我国家民族于磐石之安，且当进而使全人类能相生相养而不致有争夺相杀之事。具此信念，然后可以讲国学，这便是今日开讲的一个引端，愿诸生谛听。

---

① 原文标题，只有"引端"二字。

论治国学先须辨明四点

诸生欲治国学，有几点先须辨明，方能有入：

一、此学不是零碎断片的知识，是有体系的，不可当成杂货；

二、此学不是陈旧呆板的物事，是活鲅鲅（bō）的，不可目为古董；

三、此学不是勉强安排出来的道理，是自然流出的，不可同于机械；

四、此学不是凭借外缘的产物，是自心本具的，不可视为分外。

由明于第一点，应知道本一贯，故当见其全体，不可守于一曲；

由明于第二点，应知妙用无方，故当温故知新，不可食古不化；

由明于第三点，应知法象本然，故当如量而说，不可私意造作、穿凿附会；

由明于第四点，应知性德具足，故当内向体究，不可徇物忘己、向外驰求。

诸生当依此立志

——横渠四句教①

昔张横渠先生有四句话，今教诸生立志，特为拈出，希望竖起脊梁，猛著精彩，依此立志，方能堂堂地做一个人。

须知人人有此责任，人人具此力量，切莫自己诿卸，自己菲薄。

此便是"仁以为己任"的榜样，亦即是今日讲学的宗旨，慎勿以为空言而忽视之。

"为天地立心"

《易·大传》曰："复，其见天地之心乎。"《剥》《复》是反对卦。䷖《剥》穷于上，是君子之道消。䷗《复》反于下，是君子道长。伊川《易传》以为动而后见天地之心。

天地之心于何见之？于人心一念之善见之。故《礼运》曰："人者，天地之心也。"《程氏遗书》云："一日之运，即一岁之运；一人之心，即天地之心。"盖人心之善端，即是天地之正理。善端即复，则刚，浸而长，可止于至善，以立人极，便与天地合德。故"仁民爱物"，便是"为天地立心"。

天地以生物为心，人心以恻隐为本。孟子言四端，首举恻隐，若无恻隐，便是麻木不仁，漫无感觉，以下羞恶、辞让、是非，俱无从发出来。故"天地之大德曰生"，人心之全德曰仁。

学者之事，莫要于识仁求仁，好仁恶不仁，能如此，乃是"为天地立心"。

---

① 原标题为"横渠四句教"，今拓展之。张横渠，即宋代大儒张载。横渠四句，即张载的四句名言："为天地立心，为生民立命，为往圣继绝学，为万世开太平。"

"为生民立命"

儒者立志，须是令天下无一物不得其所，方为圆成。孟子称伊尹"一夫不获"，"若己推而纳诸沟中"。横渠《西铭》云："凡天下之疲癃、残疾、茕独、鳏寡，皆吾兄弟之颠连而无告者也。"此皆明万物一体之义。圣人吉凶与民同患，未有众人皆忧而己能独乐，众人皆危而己能独安者。万物一体，即是万物同一生命。若人能自扼其吭，自残其肢，自剸其腹，而曰吾将以求生，决无是理。

孟子曰："夭寿不贰，修身以俟之，所以立命也。"朱子注云："立命谓全其天之所付，不以人为害之。"又曰："尽其道而死者，正命也。桎梏死者，非正命也。"

今人心陷溺，以人为害天赋，不得全其正命者，有甚于桎梏者矣。仁人视此，若疮痏之在身，疾痛之切肤，不可一日安也。故必思所以出水火而登衽席之道，使得全其正命。

孔子曰："老者安之，朋友信之，少者怀之。"学者立志，合下便当有如此气象，此乃是"为生民立命"也。

"为往圣继绝学"

此理不为尧存，不为桀亡，在圣不增，在凡不减。但因人为气习所拘蔽，不得理会，便成衰绝。其实"人皆可以为尧舜"。颜子曰："舜，何人哉？予，何人哉？有为者亦若是。"

学者只是狃于习俗，不知圣贤分上事即吾性分内事，不肯承当。故有终身读书，只为见闻所囿，滞在知识边，便谓已足，不知更有向上事，汨没自性，空过一生。孔子曰："不曰'如之何，如之何'者，吾未如之何也已矣。""有能一日用其力于仁矣乎，吾未见力不足者。"圣人之言剀切如此。

道之不明不行，只由于人之自暴自弃。故学者立志，必当确信圣人可学而至，吾人所秉之性与圣人元无两般。孟子曰："圣人先得我心之所同然耳。""心之所同然者何也？谓理也，义也。"濂、洛、关、闽诸儒，深明义理之学，真是直接孔孟，远过汉唐。"为往圣继绝学"，在横渠绝非夸词。

今当人心晦盲否塞、人欲横流之时，必须研究义理，乃可以自拔于流俗，不致戕贼其天性。学者当知圣学者即是义理之学，切勿以心性为空谈而自安于卑陋也。

"为万世开太平"

太平不是幻想的乌托邦，乃是实有是理。如尧之"光被四表，格于上下"，文王之"自西自东，自南自北，无思不服"，都是事实。干羽格有苗之顽，不劳兵革；礼让息虞、芮之讼，安用制裁。是故不赏而劝，不怒而威，不言而信，无为而成。《中庸》曰："君子笃恭而天下平"，"声色之于以化民，末也"。圣人至德渊微，自然之效，斯乃政治之极轨。

自帝降而王，王降而霸，霸降而夷狄。天下治日少而乱日多。秦并六国，二世而亡；晋失其驭，五胡交乱；力其可恃乎？中外历史，诸生闻之熟矣，非无一时强大之国，只如飘风骤雨，不可久长。程子曰："王者以道治天下，后世只是以法把持天下。"又曰："三代而下，只是架漏牵补，过了时日。"

孟子曰："以力假仁者霸"，"以德行仁者王"，"以力服人者，非心服也，力不赡也。以德服人者，中心悦而诚服也"。从来辨王、霸莫如此言之深切著明。学者须知孔孟之言治，其要只在贵德而不贵力。然孔孟有德无位，其道不行于当时，而其言则可垂法于后世。故横渠不曰"致"而曰"开"者，"致"是实现之称，"开"则期待之谓。苟非其人，道不虚行，果能率由斯道，亦必有实现之一日也。

从前论治，犹知以汉唐为卑；今日论治，乃唯以欧美为极。从前犹以管、商、申、韩为浅陋，今日乃以孟梭里尼、希特勒为豪杰，以马克思、列宁为圣人。今亦不暇加以评判。诸生但取六经所陈之治道，与今之政论比而观之，则知碔砆不可以为玉，蜒蜓不可以为龙，其相去何啻霄壤也。

中国方遭夷狄侵陵，举国之人动心忍性，乃是多难兴邦之会。若曰图存之道，期跂及于现代国家而止，则亦是自己菲薄。今举横渠此言，欲为青年更进一解，养成刚大之资，乃可以济塞难。须信实有是理，非是姑为鼓舞之言也。

国学者，六艺之学也

——楷定国学名义（上）①

大凡一切学术，皆由思考而起，故曰"学原于思"。思考所得，必用名言，始能诠表诠是诠释，表是表显。

名言即是文字，名是能诠，思是所诠。凡安立一种名言，必使本身所含摄之义理明白昭晰，使人能喻，释氏立文身、句身、名身，如是三身，为一切言教必具之体。喻是领会晓了，随其根器差别而有分齐不同。例如颜子"闻一以知十"，子贡"闻一以知二"之类，**谓之教体**。佛说此方以音声为教体。

必先喻诸己，而后能喻诸人。因人所已喻，而告之以其所未喻，才明彼，即晓此，因喻甲事而及乙事，辗转关通，可以助发增长人之思考力，方名为学。

故学必读书穷理。书是名言，即是能诠。理是所诠，亦曰"格物致知"。物是一切事物之理，知即思考之功。《易·系辞传》曰："唯深也，故能通天下之志。"换言之，即是于一切事物表里洞然，更无暌隔，说与他人，亦使各各互相晓了，如是乃可通天下之志，如是方名为学。略说"学"字大意，次说"国学"名词。

"国学"这个名词，如今国人已使用惯了，其实不甚适当。照旧时用"国学"为名者，即是"国立大学"之称。今人以吾国固有的学术名为"国学"，意思是别于外国学术之谓。此名为依他起，严格说来，本不可用。今为随顺时人语，故暂不改立名目。然即依固有学术为解，所含之义亦太觉广泛笼统，使人闻之，不知所指为何种学术。照一般时贤所讲，或分为小学文字学、经学、诸子学、史学等类，大致依四部立名。然四部之名本是一种

---

① 本章文字与下章文字原为《泰和会语·楷定国学名义》的内容。现独立出来，并加以现在的标题。

目录，犹今图书馆之图书分类法耳。荀勖《中经簿》本分甲、乙、丙、丁，《隋书·经籍志》始立经、史、子、集之目，至今沿用，其实不妥。今姑不具论，他日别讲。能明学术流别者，唯《庄子·天下篇》《汉书·艺文志》最有义类。今且不暇远引，即依时贤所举，各有专门，真是皓首不能究其义，毕世不能竟其业。今诸生在大学所习学科甚繁，时间有限，一部十七史从何处说起？

现在要讲国学，第一须楷定"国学"名义。楷定，是义学家释经用字。每下一义，须有法式，谓之楷定。楷，即法式之意，犹今哲学家所言范畴，亦可说为领域。故楷定即是自己定出一个范围，使所言之义不致凌杂无序或枝蔓离宗。老子所谓"言有宗，事有君"也。何以不言"确定"而言"楷定"？学问，天下之公，言确定则似不可移易，不许他人更立异义，近于自专。今言楷定，则仁智各见，不妨各人自立范围，疑则一任别参，不能强人以必信也。如吾今言国学是六艺之学，可以该摄其余诸学，他人认为未当，不妨各自为说，与吾楷定者无碍也。又楷定异于假定。假定者，疑而未定之词，自己尚信不及，姑作如是见解云尔。楷定则是实见得如此，在自己所立范畴内更无疑义。第二须先读基本书籍。第三须讲求简要方法。如是诸生虽在校听讲时间有限，但识得门径不差，知道用力方法不错，将来可以自己研究，各有成就。

今先楷定国学名义。举此一名，该摄诸学，唯六艺足以当之。六艺者，即是《诗》《书》《礼》《乐》《易》《春秋》也。此是孔子之教，吾国二千余年来普遍承认一切学术之原皆出于此，其余都是六艺之支流。故六艺可以该摄诸学，诸学不能该摄六艺。今楷定国学者，即是六艺之学。用此代表一切固有学术，广大精微，无所不备。

某向来欲撰《六艺论》，郑康成亦有《六艺论》，今已不传。佚文散见群经注疏中，但为断片文字，不能推见其全体，殊为可惜。某今日所欲撰之书，名同实别，不妨各自为例。未成而遭乱，所缀辑先儒旧说、群经大义，俱已散失无存。今欲为诸生广说，恐嫌浩汗，只能举其要略，启示一种途径，使诸生他日可自己求之。且为时间短促，亦不能不约说也。

阐明六艺大旨

——楷定国学名义（下）

今举《礼记·经解》及《庄子·天下篇》说六艺大旨，明其统类如下：

《经解》引孔子曰："入其国，其教可知也。其为人也，温柔敦厚，《诗》教也；疏通知远，《书》教也；广博易良，《乐》教也；洁静精微，《易》教也；恭俭庄敬，《礼》教也；属辞比事，《春秋》教也。"

《庄子·天下篇》曰："《诗》以道志，《书》以道事，《礼》以道行，《乐》以道和，《易》以道阴阳，《春秋》以道名分。"

自来说六艺，大旨莫简于此。有六艺之教，斯有六艺之人。故孔子之言是以人说，庄子之言是以道说。《论语》曰："人能弘道，非道弘人。"道即六艺之道，人即六艺之人。有得六艺之全者，有得其一二者，所谓"学焉而得其性之所近"。

《论语》记："子所雅言，《诗》《书》执礼"，"兴于《诗》，立于《礼》，成于《乐》"。《王制》："乐正崇四术，立四教，顺先王《诗》《书》《礼》《乐》以造士。春秋教以《礼》《乐》，冬夏教以《诗》《书》。"是知四教本周之旧制，孔子特加删订。《易》藏于太卜，《春秋》本鲁史，孔子晚年始加赞述，于是合为六经，亦谓之六艺。

《史记·孔子世家》云："及门之徒三千，身通六艺者七十有二人。"旧以礼、乐、射、御、书、数当之，实误。寻上文叙次，孔子删《诗》《书》，定《礼》《乐》，赞《易》，修《春秋》，自必蒙上而言，六艺即是六经无疑。

与《周礼》乡三物所言六艺有别。一是艺能，一是道术。乡三物所名礼，乃指仪容器数；所名乐，乃指铿锵节奏：是习礼乐之事，而非明其本原也。唯"六德"知、仁、圣、义、中、和，实足以配六经，此当别讲。

今依《汉书·艺文志》，以六艺当六经。经者，常也，以道言谓之经。艺犹树艺，以教言谓之艺。

论六艺该摄一切学术

何以言六艺该摄一切学术？约为二门：一、六艺统诸子；二、六艺统四部。诸子依《汉志》，四部依《隋志》。

甲：六艺统诸子

欲知诸子出于六艺，须先明六艺流失。《经解》曰："《诗》之失愚，《书》之失诬，《乐》之失奢，《易》之失贼，《礼》之失烦，《春秋》之失乱。"学者须知，六艺本无流失，"学焉而得其性之所近"，俱可适道。其有流失者，习也。心习才有所偏重，便一向往习熟一边去，而于所不习者便有所遗。高者为贤、知之过，下者为愚、不肖之不及，遂成流失。佛氏谓之边见，庄子谓之往而不反，此流失所从来，便是"学焉而得其习之所近"，慎勿误为六艺本体之失，此须料简明白。

《汉志》："诸子十家，其可观者九家。"其实九家之中，举其要者，不过五家，儒、墨、名、法、道是已。出于王官之说，不可依据，今所不用。

《学记》曰："师严然后道尊，道尊然后民知敬学。是故君之所不臣于其臣者二：当其为尸，则弗臣也；当其为师，则弗臣也。大学之礼，虽诏于天子，无北面，所以尊师也。"此明官、师有别，师之所诏并非官之所守也。（《周礼》司徒之官有"师氏掌以媺诏王"，"保氏掌谏王恶"。凡"王举则从，听治亦如之"。师氏"使其属率四夷之隶，各以其兵服守王之门外，且跸"。保氏"使其属守王闱"。此如后世侍从之官。郑注《冢宰》"以九两系邦国之民"，"师以贤得民"，"儒以道得民"，乃以诸侯之师氏、保氏当之，变保为儒，此实于义乖舛，不可从。）《论语》："温故而知新，可以为师矣。"又语子夏："汝为君子儒，毋为小人儒。"此所言师、儒，岂可以官目之邪？《七略》旧文某家者流出于某官，亦以其言有关政治。换言之，犹曰某家者可使为某

12

官。如"雍也，可使南面"云尔，岂谓如书吏之抱档案邪？如谓道家出于史官，今《老子》五千是否周之国史？墨家出于清庙之守，今墨书所言并非笾豆之事。此最易明。

吾乡章实斋作《文史通义》，创为"六经皆史"之说，以六经皆先王政典，守在王官，古无私家著述之例，遂以孔子之业并属周公，不知孔子"祖述尧舜，宪章文武"，乃以其道言之。若政典，则三王不同礼，五帝不同乐，且孔子称《韶》《武》则明有抑扬，论十世则知其损益，并不专主于"从周"也。信如章氏所说，则孔子未尝为太卜，不得系《易》；未尝为鲁史，亦不得修《春秋》矣。《十翼》之文，广大悉备，太卜专掌卜筮，岂足以知之；笔削之旨，游、夏莫赞，亦断非鲁史所能与也。"以吏为师"，秦之弊法，章氏必为回护，以为三代之遗，是诚何心！今人言思想自由，犹为合理。秦法"以古非今者族"，乃是极端遏制自由思想，极为无道，亦是至愚。经济可以统制，思想云何由汝统制？曾谓三王之治世而有统制思想之事邪？唯《庄子·天下篇》则云："古之道术有在于是者（某某）【墨翟、禽滑釐】，闻其风而说之。"乃是思想自由自然之果。所言"道德不一，天下多得一察焉以自好"，"各为其所欲焉以自为方"，"道术将为天下裂"，乃以"不该不遍"为病，故庄立"道术""方术"二名。（非如后世言"方术"当"方伎"也。）是以道术为该遍之称，而方术则为一家之学。谓方术出于道术，胜于九流出于王官之说多矣。与其信刘歆，不如信庄子。实斋之论甚卑而专，固亦与公羊家孔子改制之说同一谬误。且《汉志》出于王官之说，但指九家，其叙六艺，本无此言，实斋乃以六艺亦为王官所守，并非刘歆之意也。略为辨正于此，学者当知。

不通六艺，不名为儒，此不待言。墨家统于《礼》，名、法亦统于《礼》，道家统于《易》。判其得失，分为四句：一、得多失多；二、得多失少；三、得少失多；四、得少失少。

例如道家体大，观变最深，故老子得于《易》为多，而流为阴谋，其失亦多，"《易》之失贼"也。贼训害。庄子《齐物》，好为无端崖之辞，以天下不可与庄语，得于《乐》之意为多，而不免流荡，亦是得多失多，"《乐》之失奢"也。奢是侈大之意。

墨子虽非乐，而《兼爱》《尚同》实出于《乐》，《节用》《尊天》《明鬼》出于《礼》，而《短丧》又与《礼》悖。墨经难读，又兼名家，亦出于《礼》。如墨子之于《礼》《乐》，是得少失多也。

法家往往兼道家言，如《管子》，《汉志》本在道家，韩非亦有《解老》《喻老》，自托于道。其于《礼》与《易》，亦是得少失多。

余如惠施、公孙龙子之流，虽极其辩，无益于道，可谓得少失少。

13

其得多失少者，独有荀卿。荀本儒家，身通六艺，而言"性恶""法后王"是其失也。

若诬与乱之失，纵横家兼而有之，然其谈王伯皆游辞，实无所得，故不足判。

杂家亦是得少失少。农家与阴阳家虽出于《礼》与《易》，末流益卑陋，无足判。

观于五家之得失，可知其学皆统于六艺，而"诸子学"之名可不立也。

乙：六艺统四部

何以言六艺统四部？

今经部立十三经、四书，而以小学附之，本为未允。

六经唯《易》《诗》《春秋》是完书；《尚书》今文不完，古文是依托；《仪礼》仅存士礼；《周礼》亦缺冬官；《乐经》本无其书；《礼记》是传，不当遗大戴而独取小戴；《左氏》《公》《穀》三传亦不得名经；《尔雅》是释群经名物；唯《孝经》独专经名，其文与《礼记》诸篇相类；《论语》出孔门弟子所记；《孟子》本与《荀子》同列儒家，与二戴所采曾子、子思子、公孙尼子七十子后学之书同科，应在诸子之列，但以其言最醇，故以之配《论语》；然曾子、子思子、公孙尼子之言亦醇，何以不得与《孟子》并？二戴所记曾子语独多，后人曾辑为《曾子》十篇。《中庸》出子思子，《乐记》出公孙尼子，并见《礼记正义》，可信。然《礼记》所采七十子后学之书多醇。《大学》不必定为曾子之遗书，必七十子后学所记则无疑也。二戴兼采秦汉博士之说，则不尽醇。此须料简。

今定经部之书为宗经论、释经论二部，皆统于经，则秩然矣。宗经、释经区分，本义学家判佛书名目，然此土与彼土著述大体实相通，此亦门庭施设，自然成此二例，非是强为差排，诸生勿疑为创见。孔子晚而系《易》，《十翼》之文，便开此二例。《彖》《象》《文言》《说卦》是释经，《系传》《序卦》《杂卦》是宗经。寻绎可见。

六艺之旨，散在《论语》而总在《孝经》，是为宗经论。《孟子》及二戴所采曾子、子思子、公孙尼子诸篇，同为宗经论。《仪礼·丧服传》

子夏所作，是为释经论。"三传"及《尔雅》亦同为释经论。《礼记》不尽是传，有宗有释。《说文》附于《尔雅》，本保氏教国子以六书之遗。如是则经学、小学之名可不立也。诸子统于六艺，已见前文。

其次言史。

司马迁作《史记》，自附于《春秋》。《班志》因之。纪传虽由史公所创，实兼用编年之法；多录诏令奏议，则亦《尚书》之遗意。诸《志》特详典制，则出于《礼》。如《地理志》祖《禹贡》，《职官志》祖《周官》，准此可推。纪事本末，则左氏之遗则也。

史学巨制，莫如《通典》《通志》《通考》，世称"三通"，然当并《通鉴》计之为四通。编年纪事，出于《春秋》；多存论议，出于《尚书》；记典制者，出于《礼》。判其失亦有三：曰诬，曰烦，曰乱。

知此，则知诸史悉统于《书》《礼》《春秋》，而史学之名可不立也。

其次言集部。

文章体制流别虽繁，皆统于《诗》《书》。《汉志》犹知此意，故单出"诗赋略"，便已摄尽。六朝以有韵为文，无韵为笔，后世复分骈散，并侌陋之见。

"《诗》以道志，《书》以道事"，文章虽极其变，不出此二门。志有浅深，故言有粗妙；事有得失，故言有纯驳。思知言不可不知人，知人又当论其世，故观文章之正变而治乱之情可见矣。今言文学，统于《诗》者为多。《诗·大序》曰："治世之音安以乐，其政和；乱世之音怨以怒，其政乖；亡国之音哀以思，其民困。"三句便将一切文学判尽。《论语》曰："诵《诗》三百，授之以政，不达"，"虽多，亦奚以为？"可见《诗》教通于政事。"《书》以道事"，《书》教即政事也，故知《诗》教通于《书》教。

《诗》教本仁，《书》教本知。古者教《诗》于南学，教《书》于北学，即表仁知也。《乡饮酒义》曰："向仁""背藏""左圣""右义"。藏即是知。"知以藏往"，故知是藏义。教《乐》于东学，表圣；教《礼》于西学，表义。故知、仁、圣、义，即是《诗》《书》《礼》《乐》四教也。

前以六艺流失判诸子，独遗《诗》教。"《诗》之失愚"，唯屈原、杜甫足以当之，所谓"古之愚也直"。六失之中，唯失于愚者不害为仁，故

《诗》教之失最少。

后世修辞不立其诚，浮伪夸饰，不本于中心之恻怛（dá），是谓"今之愚也诈"。以此判古今文学，则取舍可知矣。

两汉文章近质，辞赋虽沉博极丽，多以讽喻为主，其得于《诗》《书》者最多，故后世莫能及。唐以后，集部之书充栋，其可存者，一代不过数人。至其流变，不可胜言，今不具讲。但直抉根原，欲使诸生知其体要咸统于《诗》《书》，如是则知一切文学皆《诗》教、《书》教之遗，而集部之名可不立也。

上来所判，言虽简略，欲使诸生于国学得一明白概念，知六艺总摄一切学术，然后可以讲求。譬如行路，须先有定向，知所向后，循而行之，乃有归趣。不然则博而寡要，劳而少功，泛泛寻求，真是若涉大海，茫无津涯。吾见有人终身读书，博闻强记而不得要领，绝无受用，只成得一个书库，不能知类通达。如是又何益哉？

复次当知讲明六艺不是空言，须求实践。今人日常生活，只是汩没在习气中，不知自己性分内本自具足一切义理。故六艺之教，不是圣人安排出来，实是性分中本具之理。《记》曰："天高地下，万物散殊，而礼制行矣；流而不息，合同而化，而乐兴焉。""礼者，天地之序。""乐者，天地之和。"故曰："礼乐不可斯须去身。""仁者见之谓之仁，知者见之谓之知，百姓日用而不知。"自性本具仁智，由不见，故日用不知，溺于所习，流为不仁不知。《礼》《乐》本自粲然，不可须臾离，由于不肯率由，遂至无序不和。今人亦知人类须求合理的生活，亦曰正常生活，须知六艺之教即是人类合理的正常生活，不是偏重考古、徒资言说而于实际生活相远的事。

今所举者，真是大辂椎轮，简略而又简略，然祭海先河，言语之序，亦不得不如此。

论六艺统摄于一心

语曰："举网者必提其纲，振衣者必挈其领。"先需识得纲领，然后可及其条目。前讲六艺之教可以统摄一切学术，这是一个总纲，真是"范围天地之化而不过，曲成万物而不遗"。

学者须知六艺本是吾人性分内所具的事，不是圣人旋安排出来。吾人性量本来广大，性德本来具足，故六艺之道即是此性德中自然流出的，性外无道也。

从来说性德者，举一全该，则曰仁；开而为二，则为仁知、为仁义；开而为三，则为知、仁、勇；开而为四，则为仁、义、礼、知；开而为五，则加"信"而为五常；开而为六，则并知、仁、圣、义、中、和而为六德。就其真实无妄言之，则曰"至诚"；就其理之至极言之，则曰"至善"。故一德可备万行，万行不离一德。

知是仁中之有分别者，勇是仁中之有果决者，义是仁中之有断制者，礼是仁中之有节文者，信即实在之谓，圣则通达之称，中则不偏之体，和则顺应之用，皆是吾人自心本具的。

心统性情，性是理之存，情是气之发。存谓无乎不在，发则见之流行。

理行乎气中，有是气则有是理。因为气禀不能无所偏，故有刚柔善恶。《通书》曰："刚善为义、为直、为断、为严毅、为干固；恶为猛、为隘、为强梁。柔善为慈、为顺、为巽；恶为懦弱、为无断、为邪佞。"先儒谓之"气质之性"。

圣人之教，使人自易其恶，自至其中，便是变化气质，复其本然之善。此本然之善，名为"天命之性"，纯乎理者也。

气质之性，自横渠始有此名。汉儒言性，皆祖述荀子，只见气质之性。然气质之性亦不一向是恶。恶只是个过不及之名。故天命之性纯粹至善，气质之性有善有恶，

17

方为定论。若孟子道性善，则并气质亦谓无恶。如谓："富岁，子弟多赖；凶年岁，子弟多暴。非天之降才尔殊也，其所以陷溺其心者然也。"又曰："若夫为不善，非才之罪也。"才即是指气质。孟子之意是以不善完全由于习，气质元无不善也。汉人说性，往往以才性连文为言，不免含混，故当从张子。然天命之性与气质之性并非是两重。程子曰："论性不论气则不备，论气不论性则不明；二之则不是。"气质之性有善有不善，犹水之有清浊也。清水浊水，元是一水。变化气质，即是去其砂石，使浊者变清。及其清时，亦只是元初水，不是别将个清的水来换却浊的。

此理自然流出诸德，故亦名为天德。见诸行事，则为王道。六艺者，即此天德王道之所表显。故一切道术皆统摄于六艺，而六艺实统摄于一心，即是一心之全体大用也。

《易》本隐以之显，即是从体起用。《春秋》推见至隐，即是摄用归体。故《易》是全体，《春秋》是大用。伊川作《明道行状》曰："穷神知化，由通于礼乐；尽性至命，必本于孝弟。"须知《易》言神化，即礼乐之所从出；《春秋》明人事，即性道之所流行。《诗》《书》并是文章，孔子称"尧焕乎其有文章"，子贡称"夫子之文章"，此言文章乃是圣人之大业，勿误作文辞解。文章不离性道，故《易》统《礼》《乐》，横渠《正蒙》云："一故神，二故化。"礼主别异，二之化也；乐主和同，一之神也。礼主减，乐主盈；礼减而进，以进为文；乐盈而反，以反为文；皆阴阳合德之理。《春秋》该《诗》《书》。孟子谓"王者之迹熄而《诗》亡，《诗》亡然后《春秋》作"，故《春秋》继《诗》。《诗》是好恶之公，《春秋》是褒贬之正。《尚书》称二帝三王极其治，《春秋》讥五伯极其乱，拨乱世反之正，因行事加王心，皆所以继《书》也。

以一德言之，皆归于仁；以二德言之，《诗》《乐》为阳是仁，《书》《礼》为阴是知，亦是义；以三德言之，则《易》是圣人之大仁，《诗》《书》《礼》《乐》并是圣人之大智，而《春秋》则是圣人之大勇；以四德言之，《诗》《书》《礼》《乐》即是仁、义、礼、智；此以《书》配义，以《乐》配智也。以五德言之，《易》明天道，《春秋》明人事，皆信也，皆是实理也。以六德言之，《诗》主仁，《书》主知，《乐》主圣，《礼》主义，《易》明大本是中，《春秋》明达道是和。

《中庸》曰："惟天下至圣，为能聪明睿知，足以有临也，此为德之总相；宽裕温柔，足以有容也，仁德之相；发强刚毅，足以有执也，义德之相；斋庄中正，足以有敬也，礼德之相；文理密察，足以有别也，智德之相。溥博渊泉，而时出之。溥博言其大，渊泉言其深。此为圣人果上之德相。"《经解》所言"温柔敦厚""疏通知远""广博易良""恭俭庄敬""洁静精微"

"属辞比事"，则为学者因地之德相。而"洁静精微"之因德，与"聪明睿知"之果德并属总相，其余则为别相。曰圣曰仁，亦是因果相望，并为总相。总不离别，别不离总，六相摄归一德，故六艺摄归一心。

圣人以何圣？圣于六艺而已。大哉，六艺之为道！大哉，一心之为德！学者于此可不尽心乎哉？

科学、文艺、哲学之归属

——论西来学术亦统于六艺①

　　六艺不唯统摄中土一切学术，亦可统摄现在西来一切学术。

　　举其大概言之，如自然科学可统于《易》，社会科学或人文科学可统于《春秋》。因《易》明天道，凡研究自然界一切现象者，皆属之。《春秋》明人事，凡研究人类社会一切组织形态者，皆属之。董生言："不明乎《易》，不能明《春秋》。"如今治社会科学者，亦须明自然科学，其理一也。

　　物生而后有象，象而后有滋，滋而后有数。今人以数学、物理为基本科学，是皆《易》之支与流裔。以其言，皆源于象数。而其用，在于制器。《易传》曰："以制器者尚其象，凡言象数者，不能外于《易》也。"

　　人类历史过程，皆由野而进于文，由乱而趋于治。其间盛衰兴废、分合存亡之迹，蕃变错综。欲识其因应之宜、正变之理者，必比类以求之，是即《春秋》之比事也。说明其故，即《春秋》之属辞也。属辞以正名，比事以定分。社会科学之义，亦是以道名分为归。凡言名分者，不能外于《春秋》也。

　　文学、艺术，统于《诗》《乐》；政治、法律、经济，统于《书》《礼》，此最易知。宗教虽信仰不同，亦统于《礼》，所谓"亡于礼者之礼也"。

　　哲学思想派别虽殊，浅深小大亦皆各有所见。大抵本体论近于《易》，认识论近于《乐》，经验论近于《礼》。唯心者，《乐》之遗；唯物者，《礼》之失。

---

　　① 本章与下一章文字原本合在一起，组成《泰和会语·论西来学术亦统于六艺》的全部内容。现因下章文字另有独立的用意，特分为两章。

凡言宇宙观者，皆有《易》之意；言人生观者，皆有《春秋》之意。但彼皆各有封执而不能观其会通。庄子所谓"各得一察焉以自好""各为其所欲焉以自为方"者，由其习使然。若能进之以圣人之道，固皆六艺之材也。道一而已，因有得失，故有同异，同者得之，异者失之。《易》曰："天下同归而殊途，一致而百虑。天下何思何虑？"睽而知其类，异而知其通，夫何隔碍之有？

世界人类一切文化最后之归宿①

克实言之，全部人类之心灵，其所表现者，不能离乎六艺也。全部人类之生活，其所演变者，不能外乎六艺也。

故曰："道外无事，事外无道。"因其心智有明有昧，故见之行事有得有失。孟子曰："行之而不著焉，习矣而不察焉，终身由之而不知其道者，众也。"彼虽或得或失，皆在六艺之中，而不自知为六艺之道。《易》曰："百姓日用而不知。"其此之谓矣。苏子瞻有诗云："不识庐山真面目，只缘身在此山中。"岂不信然哉！

学者当知，六艺之教，固是中国至高特殊之文化。唯其可以推行于全人类，放之四海而皆准，所以至高。唯其为现在人类中尚有多数未能了解，百姓日用而不知，所以特殊。故今日欲弘六艺之道，并不是狭义地保存国粹，单独地发挥自己民族精神而止，是要使此种文化普遍地及于全人类，革新全人类习气上之流失，而复其本然之善，全其性德之真。方是成己成物，尽己之性，尽人之性。方是圣人之盛德大业。若于此信不及，则是于六艺之道，犹未能有所入；于此至高特殊的文化，尚未能真正认识也。

诸君勿疑此为估价太高，圣人之道实是如此。世界无尽，众生无尽，圣人之愿力亦无有尽。

人类未来之生命方长，历史经过之时间尚短。大地之道只是个"至诚无息"，圣人之道只是个"纯亦不已"。往者过，来者续，本无一息之停。此理绝不会中断，人心决定是同然。若使西方有圣人出，行出来的也是这个六艺之道，但是名言不同而已。

---

① 这部分内容不仅完全可以独立，且足以揭发大义，鼓舞人心，是马一浮所要阐述的极重要的内容。原文没有独立的标题，今加标题，并多分段落。

诸生当知，六艺之道是前进的，绝不是倒退的，切勿误为开倒车。是日新的，绝不是腐旧的，切勿误为重保守。是普遍的，是平民的，绝不是独裁的，不是贵族的，切勿误为封建思想。要说解放，这才是真正的解放。要说自由，这才是真正的自由。要说平等，这才是真正的平等。

　　西方哲人说的真美善，皆包含于六艺之中。《诗》《书》是至善，《礼》《乐》是至美，《易》《春秋》是至真。《诗》教主仁，《书》教主智，合仁与智，岂不是至善吗？《礼》是大序，《乐》是大和，合序与和，岂不是至美吗？《易》穷神知化，显天道之常；《春秋》正名拨乱，示人道之正；合正与常，岂不是至真吗？

　　诸生若于六艺之道，深造有得，真是左右逢源，万物皆备。所谓尽虚空，遍法界，尽未来际，更无有一事一理能出于六艺之外者也。

　　吾敢断言：天地一日不毁，人心一日不灭，则六艺之道炳然常存。世界人类一切文化最后之归宿，必归于六艺；而有资格为此文化之领导者，则中国也。

　　今人舍弃自己无上之家珍，而拾人之土苴绪余以为宝，自居于下劣，而奉西洋人为神圣，岂非至愚而可哀？

　　诸生勉之。慎勿安于卑陋，而以经济落后为耻，以能增高国际地位遂以为可矜。须知今日所名为头等国者，在文化上实是疑问。须是进于六艺之教，而后始为有道之邦也。不独望吾国人兴起，亦望全人类兴起，相与坐进此道。勉之！勉之！

"一理该贯万事"

——举六艺明统类是始条理之事（上）①

荀子曰："有圣人之知者，有士君子之知者，有小人之知者，有役夫之知者。多言则文而类，终日议其所以，言之千举万变，其统类一也，是圣人之知也。少言则径而省，论而法，若佚之以绳，佚犹引也。是士君子之知也。"今言六艺统摄一切学术，言语说得太广，不是径省之道。

颇有朋友来相规诫，谓："先儒不曾如此，今若依此说法，殊欠谨严，将有流失，亟须自己检点。"此位朋友，某深感其相为之切，故向大众举出，以见古道犹存，在今日是不可多得的。然义理无穷，先儒所说虽然已详，往往引而不发，要使学者优柔自得。学者寻绎其义，容易将其主要处忽略了。不是用力之久，自己实在下一番体验功夫，不能得其条贯。若只据先儒旧说，搬出来诠释一回，恐学者领解力不能集中，意识散漫，无所抉择，难得有个入处，所以要提出一个统类来。

如荀子说："言虽千举万变，其统类一也。"《易传》佚文曰："得其一，万事毕。"一者何？即是理也。物虽万殊，事虽万变，其理则一。明乎此，则事物之陈于前者，至赜而不可恶，至动而不可乱，于吾心无惑也。

孔子自说："下学而上达。"下学是学其事，上达是达其理。朱子云："理在其中，事不在理外。"一物之中，皆具一理，就那物中见得这个理，便是上达。两件只是一件，所以下学上达不能打成两橛。

事物古今有变易，理则尽未来、无变易。于事中见理，即是于变易中见不易。

---

① 本章文字原与下章文字共同组成《泰和会语·举六艺明统类是始条理之事》，现予分开，并各加标题。原文不分段，现多分段。

24

若舍理而言事，则是滞于偏曲；离事而言理，则是索之杳冥。

须知一理该贯万事，变易元是不易，始是圣人一贯之学。佛氏华严宗有四法界之说：一事法界，二理法界，三理事无碍法界，四事事无碍法界。孔门六艺之学，实具此四法界，虽欲异之而不可得，先儒只是不说耳。

学者虽一时凑泊不上，然不可不先识得个大体，方不是舍本而求末，亦不是遗末而言本。

今举六艺之道，即是拈出这个统类来。统是指一理之所该摄而言，类是就事物之种类而言。统，《说文》云"纪也"。纪，"别丝也"，俗言丝头。理丝者，必引其端为纪。总合众丝之端则为统。故引申为本始之称，又为该摄之义。类有两义：一相似义，如"万物睽而其事类也"是；一分别义，如"君子以类族辨物"是。《说文》："种类相似，唯犬为甚。"故从犬。知天下事物种类虽多，皆此一理所该摄。然后可以相通而不致相碍。

"人能弘道，非道弘人"，如此方有弘的意思。圣人往矣，其道则寓于六艺，未尝熄灭也。六艺是圣人之道，即是圣人之知，行其所知之谓道。今欲学而至于圣人之道，须先明圣人之知。

知即是智。孟子曰："始条理者，智之事也；终条理者，圣之事也。"圣人之知，统类是一，这便是始条理；圣人之道，本末一贯，这便是终条理。

《易》曰："知至至之，可与几也；知终终之，可与存义也。"今虽说得周遮浩汗，不是下稍没收煞，言必归宗，期于圣人之言无所乖畔。始条理是博文，终条理便是约礼。礼即是理，经籍中二字通用不别。

孟子曰："博学而详说之，将以反说约也。"这不是教学者躐（liè）等，是要学者致思。"学而不思则罔，思而不学则殆。"朱子说：罔是"昏而无得"，殆是"危而不安"。《或问》又曰："罔者，其心昏昧，虽安于所安，而无自得之见。殆者，其心危迫，虽得其所得，而无可即之安。"若不入思维，所有知识都是从闻见外铄的，终不能与理相应。即或有相应时，亦是亿中，不能与理为一。故今不避词费，叮咛反复，只是要学者合下知道用思，用思才能入理。虽然，多说理，少说事。事相繁多，要待学者自己去逐一理会。理则简易，须是待人启发，才有入处，便可触类旁通。《易》曰："引而申之，触类而长之，天下之能事毕矣。"

以乐作比，金声玉振

——举六艺明统类是始条理之事（下）

　　《周礼》司徒之官有大司乐，掌成均之法，治建国之学政，而合国之子弟。《乐经》无书，先儒亦有以《大司乐》一篇当之者。郑注引董仲舒云："成均，五帝之学。"《礼记·文王世子》亦有"成均"。古之大学，何以名为"成均"？今略说其义。"成"是成就，"均"是周遍。《说文》："均，平遍也。遍，周匝也。"此本以乐教为名，乐之一终为一成，亦谓一变。乐成则更奏，故谓变。九成亦言九变。"均"即今之韵字。"八音克谐，无相夺伦"，和之至也。大学取义如此，可以想见当时德化之盛。

　　孟子说"孔子之谓集大成"，亦是以乐为比。故曰："集大成也者，金声而玉振之也。金声也者，始条理也；玉振之也者，终条理也。始条理者，智之事也；终条理者，圣之事也。""条"，如木之有条；"理"，如玉之有理。朱注云："条理犹言脉络，指众音而言。智者，知之所及；圣者，德之所就。"《文集》云："智是见得彻，圣是行得彻。"朱子注此章，说得最精。言孔子集三圣之事而为一大圣之事，三圣，谓下文伯夷、伊尹、柳下惠。犹作乐者集众音之小成而为一大成也。盖乐有八音，若独奏一音，则其音自为始终而为一小成，犹三子之所知偏于一而其所就亦偏于一也。八音之中，金石为重，故特为众音之纲纪。又金始震而玉终诎然，故并奏八音，则于其未作而先击镈钟以宣其声，俟其既阕，而后击特磬以收其韵。宣以始之，收以终之。二者之间，脉络通贯，无所不备，则合众小成而为一大成。犹孔子之知无不尽而德无不全也。伯夷合下只见得清，其终亦只成就得个清底；伊尹合下只见得任，其终亦只成就得个任底；柳下惠合下只见得和，其终亦只成就得个和底。此便是小成。孔子合下兼综众理，成就万德，便是大成。知有小大，言亦有小大。

　　吾人既欲学圣人，便不可安于小知，蔽于曲学。合下规模要大，心量要宽。亦如作乐之八音并奏，通贯谐调，始以金声，终以玉振。如此成就，方不是小小。

今举六艺以明统类，乃正是始条理之事。古人成均之教，其意义亦是如此，学者幸勿以吾言为河汉而无极也。

交参互入，无不贯通

——《论语》首末二章义（引子）①

《论语》记孔子及诸弟子之言，随举一章，皆可以见六艺之旨。然有总义，有别义，别义易见，总义难知。果能身通六艺，则于别中见总，总中见别，交参互入，无不贯通。

故程子说："圣人无二语，彻上彻下，只是一理。"

谢上蔡说："圣人之学，无本末，无内外。从洒扫应对进退，以至精义入神，只是一贯。一部《论语》只恁么看。"

扬子云说："圣人之言远如天，贤人之言近如地。"程子改之曰："圣人之言，其远如天，其近如地。"学者如能善会，即小可以见大，即近可以见远。真是因该果海，果彻因原。

《易·系传》曰："无有远近幽深，遂知来物。"来物者，方来之事相，即是见微而知其著，见始而知其终。

如樊迟问仁，子曰："爱人。"问知，子曰："知人。"学者合下便可用力。及到圣人地位，尧舜之仁，爱人而已矣。尧舜之知，知人而已矣。亦只是这个道理，非是别有，此乃是举因该果之说。其他问仁问政，如此类者甚多，切须善会。

今举《论语》首末二章，略明其义。

---

① 本章内容原只是《泰和会语·论语首末二章义》的第一段，今分为七段，并作为单独的一章，冠以标题。

开头三句讲什么?

——《论语》首末二章义（上）①

首章曰："学而时习之，不亦说乎？有朋自远方来，不亦乐乎？人不知而不愠，不亦君子乎？"悦、乐都是自心的受用，时习是功夫，朋来是效验。悦是自受用，乐是他受用。自他一体，善与人同。故悦意深微，而乐意宽广，此即兼有《礼》《乐》二教义也。《说命》曰："敬逊务时敏，厥修乃来。"即时习义。"坐如尸"，坐时习。"立如斋"，立时习。唯敬学，故时习，此即《礼》教义。以善及人而信从者众，欢忻交通，更无不达之情。此即《乐》教义也。

"人不知而不愠，不亦君子乎？"君子是成德之名。"人不知而不愠"，地位尽高。孔子自己说"不怨天，不尤人"，"知我者其天乎？"《乾·文言》"遁世无闷，不见是而无闷"，《中庸》"遁世不见知而不悔"，皆与此同意。"不见是"与"不见知"意同，言不为人所是也。庄子说"举世非之而不加沮，举世誉之而不加劝"，亦同。但孔子之言说得平淡，庄子便有些过火。学至于此，可谓安且成矣，故名为君子。此是《易》教义也。何以言之？孔子系《易》大象，明法天，用《易》之道，皆以君子表之。例如《乾象》曰："天行健，君子以自强不息。"《坤象》曰："地势坤，君子以厚德载物。"六十四卦中，称君子者凡五十五卦，称先王者七卦，称后者二卦。《易乾凿度》曰："《易》有君人之号五：帝者，天称也；王者，美行也；天子者，爵号也；大君者，与上行异也；与上，言民与之，欲使为于大君也。大人者，圣明德备也。变文以著名，题德以别操。"郑注云："虽有隐显，应迹不同，其致一也。"其义甚当。五号虽皆题德之称，然以应迹而著，故见

---

① 本章内容原只是《泰和会语·论语首末二章义》的一段，现分为九段，并加以现在的标题。

于爻辞，以各当其时位。大象则不用五号，而多言君子，此明君子但为德称，不必其迹应帝王也。《系传》曰："君子之道，或出或处，或默或语。"非专指在位，明矣。

《礼运》曰："禹、汤、文、武、成王、周公，由此其选也。此六君子者，未有不谨于礼者也。"此见先王亦称君子。

孔子曰："文，莫吾犹人也。躬行君子，则吾未之有得。"孔子德盛言谦，犹不敢以君子自居。《论语》凡言"文"者，皆指六艺之文，学者当知。又曰："圣人，吾不得而见之矣。得见君子者，斯可矣。"此如佛氏判果位名号，圣人是妙觉，君子则是等觉也。

"君子素其位而行"，富贵、贫贱、夷狄、患难，皆谓之位。此位亦是以所处之时地言之。故知君子不是在位之称，而是成德之目。孔颖达以"君临上位，子爱下民"释之，《易正义》，不知君子虽有君临之德，不必定履君临之位也。

《易》为君子谋，不为小人谋。君子修之吉，小人悖之凶。群经中每以君子、小人对举，小人道长，则君子道消。小人亦有他小人之道，《孟子》曰："道二，仁与不仁而已矣。"君子之道是仁，小人之道是不仁。仁者，浑然与物同体，反此则有有我之私，便是不仁。由此言之，若己私有一毫未尽者，犹未离乎小人也。故曰："一日克己复礼，天下归仁。"

君子与小人之辨，即是义与利之辨，亦即是仁与不仁之辨。以佛氏之理言之，即是圣凡、迷悟之辨。程子曰："小人只不合小了。"阳明所谓"从躯壳起见"，他只认形气之私为我。佛氏谓之"萨迦耶见"，即是"末那识"，转此识为平等性智，即是克己复礼，乃是君子之道矣。一切胜心客气皆由此生。故尽有小人而有才智者。彼之人法二执，人执，是他自我观念。法执，是他的主张。更为坚强难拔，此为不治之症。

"人不知而不愠"，非己私已尽不能到此地步。圣人之词缓，故下个"不亦"字、下个"乎"字。《易》是圣人最后之教，六艺之原，非深通天人之故者，不能与《易》道相应。故知此言"君子"者，是《易》教义也。凡言"君子"者，通六艺言之，然有通有别，此于六艺为别，故说为《易》教之君子。

学者读此章，第一须认明"学而时习之"学是学个什么，第二须知如何方是时习工夫，第三须自己体验自心有无悦怿之意，此便是合下用力的方法。末了须认明君子是何等人格。自己立志要做君子，不要做小人。如何才够得上做君子，如何才可免于为小人，其间大有事在。如此，方不是泛泛读过。

以此结尾，有何深意？

——《论语》首末二章义（下）①

末章，"不知命，无以为君子也"，是《易》教义。"不知礼，无以立"，是《礼》教义。"不知言，无以知人"，是《诗》教义。后二义显，前一义隐。今专明前义。

《易·系传》曰："穷理尽性以至于命。"《乾卦·象传》曰："乾道变化，各正性命。"性、命一理也。自天所赋言之，则谓之命；自人所受言之，则谓之性。《大戴礼·本命篇》："分于道，谓之命；形于一，谓之性；化于阴阳、象形而发，谓之生；化穷数尽，谓之死。故命者，性之终也。"此皆以气言命者。"性之终"，乃是告子"生之谓性"之说，不可从。汉儒说性命类如此，今依程子说。不是性之上更有一个命，亦不是性命之外别有一个理。故程子曰："理穷则性尽，尽性则至命，只是一事。不是穷了理再去尽性，只穷理便是尽性，尽性便是至命。"此与孟子说"尽其心者，知其性也，知其性则知天矣"语脉一样。尽心、知性、知天，不是分三个阶段，一证一切证。孔子自言"五十而知天命"，即是"穷理尽性以至于命"也。天命即是天理之异名，天理即是性中所具之理。孔子晚而系《易》，尽《易》之道。今告学者曰："不知命，无以为君子也。"

言正而厉，连下三"不"字，三"无以"字，皆决定之词，与首章词气舒缓者不同。此见首章是始教，意主于善诱；此章是终教，要归于成德。记者以此殿之篇末，其意甚深。以君子始，以君子终，总摄归于

---

① 本章内容原只是《泰和会语·论语首末二章义》的一段，现分为六段，并加以现在的标题。

《易》教也。

又第十六篇，孔子曰："君子有三畏：畏天命，畏大人，畏圣人之言。小人不知天命而不畏也，狎大人，侮圣人之言。"朱子注云："天命者，天所赋之正理也。"小人不知天命，故不识义理而无忌惮，亦正可与此章互相发明。

复次，学者须知，命有专以理言者，上来所举是也。亦有专以气言者，如"道之将行也与？命也。道之将废也与？命也""死生有命，富贵在天"之类是也。先儒恐学者有好高躐等之弊，故说此章"命"字多主气言。朱子注云："人不知命，则见害必避，见利必趋，何以为君子？"《语录》曰："死生自有定命，若合死于水火，须在水火里死；合死于刀兵，须在刀兵里死；如何逃得？"看此说虽甚粗，所谓知命者，不过如此。又曰："只此最粗的，人都信不及，便讲学得，待如何亦没安顿处。今人开口亦解说'一饮一啄，自有定分'，及遇小小利害，便生趋避计较之心。古人刀锯在前，鼎镬在后，视之如无者，盖缘只见得道理，都不见那刀锯鼎镬。"此言亦甚严正，与学者当头一棒，深堪警省。

据某见处，合首末两章看来，圣人之言是归重在《易》教，故与朱子说稍有不同。学者切勿因此遂于朱注轻有所疑，须知朱子之言，亦是《易》教所摄，并无两般也。

经籍中的辨析

——君子小人之辨（上）①

经籍中多言君子，亦多以君子与小人对举，盖所以题别人流，辨其贤否，因有是名。

先儒释君子有二义：一为成德之名，一为在位之称。其与小人对举者，依前义，则小人为无德；依后义，则小人为细民。然古者必有德而后居位，故在位之称君子，亦从其德名之，非以其爵。由是言之，则君子者，唯是成德之名也。孔子曰："君子去仁，恶乎成名？"此其显证矣。仁者，心之本体，德之全称。"君子无终食之间违仁，造次必于是，颠沛必于是"，明君子体仁，其所存无间也。又曰："君子道者三，我无能焉：仁者不忧，智者不惑，勇者不惧。"此见君子必兼是三德。又曰："君子义以为质，礼以行之，逊以出之，信以成之，君子哉！"此言君子之制事，本于义而成于信，而行之则为礼、逊。逊即是礼。义为礼之质，礼又为逊之质。所存是义，行出来便是礼。礼之相，便是逊。实有是质，便谓之信。无是质，便不能有此礼逊，故曰"信以成之"也。"义以为质"，亦犹"仁以为体"，皆性德之符也。又曰："君子不器。"朱子云："器者，各适其用，而不能相通。成德之士，体无不具，故用无不周，非特为一才一艺而已。"是知器者，智效一官，行效一能，德则充塞周遍，无有限量。《学记》亦言："大德不官，大道不器。"器因材异，而德唯性成，故不同也。君子所以为君子，观于此亦可以明矣。

然知德者鲜，故唯圣人能知圣人，唯君子能知君子。德行者，内外之名，行则人皆见之，德则唯是自证。言又比行为显，故曰："有德者必有

① 本章内容原为《泰和会语·君子小人之辨》第一段和第二段一部分的内容，现分为十段，并加以现在的标题。

言，有言者不必有德。""始吾于人也，听其言而信其行。今吾于人也，听其言而观其行。"如令尹子文之忠，陈文子之清，皆行之美者，而曰："焉得仁？"孟武伯问子路、冉有、公西华，皆曰"不知其仁"。原思问"克、伐、怨、欲不行焉"，曰"可以为难矣，仁则吾不知也"。故虽有善行，不以仁许之，是有行者未必有德也。"恶乡原，恐其乱德也。"乡原居之似忠信，行之似廉洁，非之无非，刺之无刺，观其行事，疑若有似乎君子，而孔子恶之，谓其乱德。此见君子之所以为成德者，乃在心术。行事显而易见，心术微而难知，若但就行事论人，鲜有不失之者矣。

既知君子所以为君子，然后君子、小人之辨乃可得而言。经传中言此者，不可胜举。

今唯据《论语》，以孔子之言为准。

如曰："君子而不仁者有矣夫，未有小人而仁者也。"君子既"无终食之间违仁"，何以有时而不仁？此明性德之存，不容有须臾之间。禅家之言曰"暂时不在，如同死人"，此语甚精。一或有间，则唯恐失之，非谓君子果有不仁也。"未有小人而仁者也"，则是决定之词。小人唯知徇物，不知有性，通体是欲，安望其能仁哉。故知君子是仁，小人是不仁。

"君子喻于义，小人喻于利。"喻义，故无适无莫，义之与比。喻利，故见害必避，见利必趋。故知君子是义，小人是不义。

"君子上达"，循理，故日进乎高明；"小人下达"，从欲，故日究乎污下。故知君子是智，小人是不智。

"君子泰而不骄"，由礼，故安舒；"小人骄而不泰"，逞欲，故矜肆。故知君子无非礼，而小人则无礼。

夫不仁、不智、无礼、无义，则天下之恶皆归之矣。

其根本在心术隐微之地

——君子小人之辨（下）①

然君子小人之分途，其根本在心术隐微之地，只是仁与不仁而已矣。必己私已尽，浑然天理，然后可以为仁。但有一毫有我之私，便是不仁，便不免为小人。<small>参看《〈论语〉首末二章义》。</small>

仁者廓然而大公，物来而顺应。反之，自私而用智，必流于不仁。<small>用智之智，只是一种计较利害之心，全从私意出发，其深者为权谋术数。世俗以此为智，实则是惑而非智也。</small>常人亦知有公私之辨，然公亦殊不易言。伊川曰："公只是仁之理，不可将公便唤作仁，公而以人体之，方是仁。"<small>朱子曰："世间有以公为心而惨刻不恤者，须公而有恻隐之心。此工夫却在人字上，惟公则能体之。"</small>只为公，则物我兼照，故仁。所以能恕，所以能爱，恕则仁之施，爱则仁之用也。恕之反面是忮，爱之反面是忍。君子之用心，公以体人，故常恕人，常爱人。小人之用心，私以便己，流于忮，流于忍。其与人也，"君子周而不比，小人比而不周"，周公而比私，故一则普遍，一则偏党。"君子和而不同，小人同而不和"，和故无乖戾，同则是偏党也。"君子成人之美，不成人之恶，小人反是"，一则与人为善，一则同恶相济也。"君子易事而难说，说之不以其道，不说也。及其使人也，器之。小人难事而易说也，说之虽不以道，说也。及其使人也，求备焉"，君子之心公而恕，小人之心私而刻也。"君子求诸己，小人求诸人"，君子唯务自反，而小人唯知责人也。"君子坦荡荡，小人长戚戚"，廓尔无私，故宽舒；动不以正，故忧咎也。综是以观，君子小人之用心其不同如此。充类以言之，只是仁与不仁、公与私之辨而已。

---

① 本章内容原为《泰和会语·君子小人之辨》第二段的一部分及第三段内容，现将其独立出来，分为四段，并加以现在的标题。

人苟非甚不肖，必不肯甘于为小人。然念虑之间，毫忽之际，一有不存，则徇物而忘己，见利而忘义者有之矣。心术隐微之地，人所不及知，蔽之久者，习熟而不自知其非也。世间只有此二途，不入于此，则入于彼，其间更无中立之地。

学者果能有志于六艺之学，当知此学即圣人之道，即君子之道，亟须在日用间，自家严密勘验，反复省察。一念为君子，一念亦即为小人，二者吾将何择？其或发见自己举心动念有属于私者，便当用力克去。但此心义理若有未明，则昏而无觉，故必读书穷理，涵养用敬，进学致知。学进则理明，理明则私自克，久久私意自然不起，然后可以为君子而免于为小人。此事合下便须用力，切不可只当一场话说。孔子曰："有能一日用其力于仁矣乎，吾未见力不足者。"此语决不相瞒，望猛著精彩，切勿泛泛听过。

如何体究义理？

——理气（正文）①

今欲治六艺，以义理为主。义理本人心所同具，然非有悟证，不能显现。悟证不是一时可能，根器有利钝，用力有深浅。但知向内体究，不可一向专恃闻见，久久必可得之。

体究如何下手？先要入思维。体是反之自身之谓，究是穷尽其所以然之称。亦云体认，认即审谛之意；或言察识，或言体会，并同。所以引入思维，则赖名言。名言是能诠，义理是所诠。

诠表之用，在明其相状，故曰名相。名相，即是言象道理。譬如一个人，名是这个人的名字，相即状貌。譬如其人之照相，如未识此人以前，举其名字，看他照相，可得其仿佛。及亲见此人，照相便用不着。以人之状态是活的，决非一个或多个之照相所能尽。且人毕竟不是名字，不可将名字当作人。识得此人，便不必定要记他名字也。故庄子云："得言忘象，得意忘言。"《易传》曰："书不尽言，言不尽意。"老子曰："道可道，非常道。名可名，非常名。"皆是此意。得是要自得之。如今所讲，也只是名字和照相。诸君将来深造自得，才是亲识此人。不特其状貌一望而知，并其气质性情都全明了，那时这些言语也用不着。魏晋间人好谈老庄，时称为善名理。其实，即是谈名相。因为所言之理，只是理之相。若理之本体，即性，是要自证的，非言说可到。程子云："才说性时，便已不是性了。"可以说出来的，也只是名相。故佛氏每以性、相对举，先是依性说相，后要会相归性。这是对的。佛氏有破相显性宗（据圭峰禅源诠所判），儒者不须用此。如老子便是破相，孔子唯是显性而不破相。在佛氏，唯圆教实义足以当之，简易又过佛氏。

要学者引入思维，不能离名相。故今取六艺中名相关于义理最要而为

---

① 原标题为"理气　形而上之意义　义理名相一"，其内容与下一章合在一起。现改新标题，并将原来的两段话分为十三段。

学者致知所当先务者，举要言之，使可逐渐体会，庶几有入。

《易》为六艺之原，《十翼》是孔子所作。一切义理之所从出，亦为一切义理之所宗归。今说义理名相，先求诸《易》。

易有三义：一变易，二不易，三简易。学者当知：气是变易，理是不易。全气是理，全理是气，即是简易。此是某楷定之义，先儒释三义未曾如此说。然颇简要明白，善会者自能得之。只明变易，易堕断见；只明不易，易堕常见。须知变易元是不易，不易即在变易，双离断常二见，名为正见，此即简易也。"易简而天下之理得矣。天下之理得，而成位乎其中矣。"

"圣人之作《易》也，将以顺性命之理。"此用理字之始。"精气为物，游魂为变。"魂亦是气。"同声相应，同气相求。"声亦是气。此用气字之始。故言理、气，皆原于孔子。"形而上者谓之道，形而下者谓之器"，道即言乎理之常在者，器即言乎气之凝成者也。

《乾凿度》曰："太易者，未见气也。太初者，气之始也。太素者，质之始也。太始者，形之始也。"言气质始此。此言有形必有质，有质必有气，有气必有理。未见气，即是理。犹程子所谓"冲漠无联"。理气未分，可说是纯乎理。然非是无气，只是未见。故程子曰："万象森然已具。"理本是寂然的，及动而后始见气，故曰"气之始"。气何以始？始于动，动而后能见也。动由细而渐粗，从微而至著。故由气而质，由质而形。

形而上者，即从粗以推至细，从可见者以推至不可见者，逐节推上去，即知气未见时纯是理，气见而理即行乎其中。故曰："体用一原，显微无间。"不是元初有此两个物事相对出来也。邵康节云："流行是气，主宰是理。不善会者，每以理气为二，元不知动静无端，阴阳无始，理气同时而具，本无先后，因言说乃有先后。"两字不能同时并说。就其流行之用而言，谓之气。就其所以为流行之体而言，谓之理。用显而体微，言说可分，实际不可分也。

形而下，是逐节推下去。"有天地，然后有万物。有万物，然后有男女"，"物生而后有象，象而后有滋，滋而后有数"，"见乃谓之象，形乃谓之器"，"天尊地卑，乾坤定矣。卑高以陈，贵贱位矣。动静有常，刚柔断矣。方以类聚，物以群分，吉凶生矣。在天成象，在地成形，变化见矣"。这一串，都是从上说下来，世界由此安立，万事由此形成，而皆一理之所寓也。

故曰："天地设位，而《易》行乎其中矣。""乾坤成列，而《易》立乎其中矣。"立字即是位字。古文位只作立。"乾坤毁，则无以见《易》。《易》不可见，则乾坤或几乎息矣。""法象莫大乎天地"，此言天地设位，乾坤成列，皆气见以后之事。而《易》行乎其中，位乎其中，则理也。"乾坤毁，则无以见《易》"，离气则无以见理，"《易》不可见，则乾坤或几乎息矣"，若无此理，则气亦不存。易有太极，是生两仪，两仪生四象，四象生八卦，故曰："生生之谓易。"生之理是无穷的。太极未形以前，"冲漠无朕"，可说气在理中。太极既形以后，"万象森然"，可说理在气中。"四时行，百物生"，"逝者如斯夫，不舍昼夜"，天地之大化，默运潜移，是不息不已的，此所谓《易》行乎其中也。

此理不堕声色，不落数量，然是实有，不是虚无。但可冥符默证，难以显说，须是时时体认。若有悟入，则触处全真。鸢飞鱼跃，莫非此理之流行，真是活泼泼的。

今拈出三易之义，略示体段。若能善会，亦可思过半矣。

天地到底有没有开始？

——理气（附录）①

或问："既曰气始于动，何以又言动静无端、阴阳无始？"

答："一以从体起用言之，故曰有始。一以摄用归体言之，故曰无始。此须看《太极图说》朱子注可明。"

周子曰："太极动而生阳，动极而静，静而生阴，静极复动。一动一静，互为其根。分阴分阳，两仪立焉。"朱子注曰："太极者，本然之妙也。动静者，所乘之机也。自其著者而观之，则动静不同时，阴阳不同位，而太极无不在焉。自其微者而观之，则冲漠无朕，而动静阴阳之理已悉具于其中矣。虽然，推之于前而不见其始之合，引之于后而不见其终之离也。"

故程子曰："动静无端，阴阳无始。非知道者孰能识之？"又曰："一动一静，循环无端。无静不成动，无动不成静。譬如鼻息，无时不嘘，无时不吸。嘘尽则生吸，吸尽则生嘘。理自如此。"又曰："阴阳有个流行的，一动一静，互为其根，寒暑往来是也。有个定位的，分阴分阳，两仪立焉，天地四方是也。"学者仔细体会，可以自得。

老子亦言："无名，天地之始。有名，万物之母。"此有始之说也。"迎之不见其首，随之不见其后"，此无始之说也。

---

① 这部分内容是"理气　形而上之意义　义理名相一"的补充，原没有标题，也不分段，是以小字附于最后。其实这些内容相对独立，都在辨析"有始无始"之说。今将其单列出来，加以标题，并分为五段。

"圣人之学，亦尽其知能而已"

——知能（上）①

　　人受天地之中以生，凡属有心，自然皆具知、能二事。孟子曰："人之所不学而能者，其良能也；所不虑而知者，其良知也。"其言知、能，实本孔子《易传》。在《易传》谓之易简，在孟子谓之良。就其理之本然则谓之良，就其理气合一则谓之易简。故孟子之言是直指，而孔子之言是全提。何谓全提？即体用、本末、隐显、内外，举一全该，圆满周遍，更无渗漏是也。盖单提直指，不由思学。虑即是思。不善会者，便成执性废修。全提云者，乃明性修不二。全性起修，全修在性，方是简易之教。"性修不二"是佛氏言，以其与"理气合一"之旨可以相发，故引之。性以理言，修以气言。知本乎性，能主乎修。性唯是理，修即行事。故知行合一，即性修不二，亦即理事双融，亦即全理是气，全气是理也。

　　《易·系辞传》曰："乾知大始，本来自具，故曰大始。坤作成物。成办万事，故曰成物。乾以易知，坤以简能。易则易知，简则易从。易知则有亲，易从则有功。有亲则可久，有功则可大。可久则贤人之德，可大则贤人之业。"

　　此言"易知"，即"仁远乎哉？我欲仁，斯仁至矣"之意。"易从"，即是"先立乎其大者，而其小者不能夺也"之意。"云从龙，风从虎。圣人作而万物睹"，"从"之为言气从乎理也。佛氏谓之随顺法性。横渠《正蒙》云："德胜其气，则性命于德；德不胜其气，则性命于气。"横渠所谓"命于德"，即是理为主；"命于气"，即是气为主。气从乎理，即性命于德矣。横渠此处用"性"字，系兼气质言之。又禅师家有"物从心为正，心逐物为邪"二语，亦甚得当。与横

---

　　① 本章内容与下章内容原本合在一起，标题为"知能 义理名相二"。现加以分开，并冠以现在的标题。

渠之言相似。

知是本于理性所现起之观照，自觉自证境界，亦名为见地。能是随其才质发见于事为之著者，属行履边事，亦名为行。故知能，即是知行之异名。行是就其施于事者而言，能是据其根于才质而言。

"易知则有亲"者，此"知"若是从闻见得来，总不亲切，不亲切便不是真知；是自己证悟的，方是亲切，方是真知。

"易从则有功"者，此"能"若是矫揉造作，随人模仿的，无功用可言；必是自己卓然有立，与理相应，不随人转，方有功用。

"有亲则可久"者，唯见得亲切，不复走作，不是日月一至，故可久。

"有功则可大"者，动必与理相应，其益无方，自然扩充得去，不限一隅一曲，故可大。

理得于心而不失，谓之德；发于事为而有成，谓之业。知至是德，成能是业也。天地设位，圣人成能。能之诣极，即功用之至神矣。言贤人者，明是因地。从性起修，举理成事，全修在性，即事是理。故曰："易简而天下之理得矣。夫乾确然，示人易矣。确然，是言其健。夫坤隤然，示人简矣。隤然，是言其顺。""天下之动，贞夫一者也。"全理即气，全气即理，斯"贞夫一"矣，乃所以为易简也。故曰孔子之言是全提也。"知至至之，可与几也"，致知而有亲也。"知终终之，可与存义也"，力行而有功也。"始条理者，智之事"；明伦察物，尽知也。"终条理者，圣之事"；践形尽性，尽能也。圣人之学，亦尽其知能而已矣。

观此，知进德修业的方向

——知能（下）①

说"知"莫大于《易传》。"仰以观于天文，俯以察于地理，是故知幽明之故。原始反终，故知死生之说。精气为物，游魂为变，是故知鬼神之情状"；"通乎昼夜之道而知"，"知变化之道者，其知神之所为乎"。"穷神知化，德之盛也"，"知几其神乎"，"君子知微知彰，知柔知刚，万夫之望"。由此可见，圣人所知是何等事。

说"能"莫大乎《中庸》。"唯天下至诚，为能尽其性。能尽其性，则能尽人之性。能尽人之性，则能尽物之性。能尽物之性，则可以赞天地之化育。""唯天下至诚，为能化。""唯天下至诚，为能经纶天下之大经，立天下之大本，知天地之化育，夫焉有所倚。"由此可见，圣人所能是何等事。

学者当思，圣人所知如此其至，今我何为不知？必如圣人之知，而后可谓尽其知。圣人所能如此其大，今我何为不能？必如圣人之能，而后可谓尽其能。

"思知人，不可以不知天。""道不远人，人之为道而远人，不可以为道"，"为仁由己，而由人乎哉"，言其亲也。

"自诚明，谓之性"，"易则易知"也。"其次致曲，曲能有诚，诚则形，形则著，著则明，明则动，动则变，变则化"，言其功也。

"自明诚，谓之教"，"简则易从"也。"有是气必有是理，有是理必有是气"，"万物皆备于我矣。反身而诚，乐莫大焉"，易简之至也。

学问之道，亦尽其知能而已矣。"博学，审问，慎思，明辨，笃行，弗能弗措，弗知弗措，弗得弗措，弗明弗措，弗笃弗措"，"人一能之，己

---

① 这些文字原为"知能 义理名相二"的三段话，现加以标题，分为十段。

百之；人十能之，己千之”，尽知尽能之术也。尽其知能，可期于盛德大业矣。“盛德大业至矣哉”，日新之谓盛德，富有之谓大业。“学有缉熙于光明”，斯日新矣。“六通四辟，小大精粗，其用无乎不备”，斯富有矣。

世有诋心性为空谈，视义理为无用，守闻见之知，得少为足而沾沾自喜者，不足以进于知也。其或小有器能，便以功业自居，动色相矜，如此者，不足以进于能也。

庄子曰：“由天地之道观惠施之能，其犹一蚊一虻之劳者也。”禅师家有德山曰：“穷诸玄辩，若一毫置于太虚。竭世枢机，犹一滴投于巨海。”有志于进德修业者，观乎此亦可以知所向矣。

告子言“生之谓性”，佛氏言“作用是性”，皆只在气上说。孟子指出四端，乃是即理之气，所以为易简。今人亦言直觉若有近于良知，言本能若有近于良能。然直觉是盲目的，唯动于气；良知则自然有分别。本能乃是气之粗者，如饮食、男女之类，亦唯是属气。良能则有理行乎其间，如“未有学养子而后嫁”“徐行后长”之类，乃是即气之理。此须料简。若但以知觉运动言知能，其间未有理在，则失之远矣。

《道德经》病在何处？

——论老子流失①

　　周秦诸子以道家为最高，道家之中又以老子为最高，而其流失亦以老子为最大。

　　吾谓老子出于《易》，何以言之？因为《易》以道阴阳，故长于变。"爱恶相攻而吉凶生，远近相取而悔吝生，情伪相感而利害生"，这个道理，老子观之最熟，故常欲以静制动，以弱胜强。其言曰："重为轻根，静为躁君。""反者道之动，弱者道之用。"此其宗旨在退处无为，自立于无过之地，以徐待物之自变，绝不肯伤锋犯手，真是全身远害第一法门。任何运动他绝不参加；然汝任何伎俩，他无不明白。禅师家有一则机语。问："二龙争珠，谁是得者？"答曰："老僧只管看。"老子态度便是如此。故曰："微妙玄通，深不可识。"他看世间一切有为，只是妄作，自取其咎，浅陋可笑，故曰："不知常，妄作凶。"他只燕处超然，看汝颠扑，安然不动，令汝捉不到他的败阙，不奈他何。以佛语判之，便是有智而无悲；儒者便谓之不仁。他说："失道而后德，失德而后仁，失仁而后义。"把仁义看得甚低。

　　"天法道，道法自然"，道是自然之徒，天是道之徒，把自然推得极高，天犹是他第三代末孙子。然他却极端收敛，自处卑下，故曰："上善若水。水善利万物而不争，处众人之所恶。""吾有三宝，曰慈，曰俭，曰不敢为天下先。慈，故能勇；俭，故能广；不敢为天下先，故能成器长。"老子所谓慈，与仁慈之慈不同，他是取其不怒之意。故又曰："善为士者不武，善战者不怒。"所谓俭，与"治人事天莫若啬"之"啬"意同，是收敛藏密之意，亦不是言

---

　　①　此章原为《泰和会语》附录的第一章，标题原为"论老子流失"。原文不分段，现分为七段。

俭约也。"不敢为天下先"，即是"欲上民者必以言下之，欲先民者必以身后之"之意。"后其身而身先，外其身而身存。"他只是一味下人，而人莫能上之；只是一味后人，而人莫能先之。言"器长"者，为器之长，必非是器。"朴散则为器"，"朴虽小，天下莫能臣"也，故谓之长。"天下神器，不可为也。为者败之，执者失之"，唯其下物，乃可长物。老子所言"朴"者，绝于形名，其义深密，故又谓："侯王若能守之，万物将自宾。""朴"字最难下注脚，王辅嗣以"无心无名"释之，愚谓不若以佛氏"实相无相"之义当之为差近。唯无相，故不测。一切法无相，即是诸法实相。佛言"一切法"，犹老子所谓"器"。言"实相"，犹老子所谓"朴"。"为者败之，执者失之"，犹"生心取相"也。相即无相，故曰"神器"。诸法实相，故名"朴"也。此皆言"弱者道之用"也。

又曰："曲则全，枉则直，洼则盈，敝则新。""明道若昧，进道若退，夷道若纇（lèi）。"此皆言"反者道之动"也。此于《易·象》"消息盈虚""无平不陂（bēi），无往不复"之理所得甚深。然亦为一切权谋术数之所从出。故曰："古之善为道者，非以明民，将以愚之。""取天下常以无事，及其有事，不足以取天下。""将欲歙之，必固张之；将欲取之，必固与之。"但较后世权谋家为深远者，一则以任术用智自喜，所以浅薄；老子则深知智数之卑，然其所持之术，不期而与之近。彼固曰："以智治国，国之贼；不以智治国，国之福。""知其两者亦稽式。"王辅嗣训"稽"为"同"，犹今言"公式"。盖谓以往之迹皆如此也。"常知稽式，是谓玄德。玄德深矣远矣，与物反矣，然后乃至大顺。"唯其与物反，所以大顺，亦是一眼觑定"反者道之动"。"君向潇湘我向秦"，你要向东，他便西。"俗人昭昭，我独昏昏"，"俗人察察，我独闷闷"，"众人皆有以，而我独顽似鄙"。他总与你反一调，到临了，你总得走上他的路。因为你若认定一条路走，他便知你决定走不通。故他取的路与你自别。他亦不作主张，只因你要东他便西，及至你要西时他又东了。他总比你高一着，你不能出他掌心。其为术之巧妙如此。然他之高处，唯其不用术，不任智，所以能如此。

世间好弄智数用权谋者，往往失败。你不及他深远，若要学他，决定上当。他看众人太低了，故不甚爱惜。"天地不仁，以万物为刍狗。"刍狗者，缚刍为狗，不是真狗，极言其无知而可贱也。"知我者希，则我者贵。"他虽常下人，常后人，而实自贵而贱人，但人不觉耳。法家如商鞅、

47

韩非、李斯之流，窃取其意，抬出一个法来压倒群众，想用法来树立一个至高无上的权威，使人人皆入他彀中，尽法不管无民。其实他所谓法，明明是他私意撰造出来的，不同儒家之天秩、天讨，而彼方自托于道，亦以众人太愚而可欺了，故至惨刻寡恩，丝毫没有恻隐。苏子瞻说其父报仇，其子杀人行劫。法家之不仁，不能不说老子有以启之。合阴谋家与法家之弊观之，不是"其失也贼"吗？

看来老子病根所在，只是外物。他真是个纯客观、大客观的哲学，自己常立在万物之表。若孔子之道则不然，物我一体，乃是将万物摄归到自己性分内，成物即是成己。故某常说："圣人之道，己外无物，其视万物犹自身也。"肇法师云："圣人无己，靡所不己。"此言深为得之。老子则言：圣人"无私，故能成其私"。明明说"成其私"，是己与物终成对待，此其所以失之也。再举一例，更易明了。如老子之言曰："万物并作，吾以观其复。夫物芸芸，各复归其根。"孔子则云："圣人感人心而天下和平。观其所感，而天地万物之情可见矣。""圣人久于其道而天下化成。观其所恒，而天地万物之情可见矣。""作""复"，是以物言；"恒""感"，是以心言。老子连下两"其"字，是在物一边看；孔子亦连下两"其"字，是在自己身上看。其言"天地万物之情"可见，是即在自己恒感之理上见的，不是离了自心恒感之外别有一个天地万物。老子说吾以观其复，是万物作复之外，别有一个能观之我。这不是明明不同吗？

今讲老子流失，是要学者知道：心术发源处，合下便当有择。若趋向外物一边，直饶汝聪明睿智到老子地位，其流弊不可胜言。何况如今代唯物史观一流之理论，其浅薄处去老子简直不能以霄壤为喻，而持彼论者往往自矜，以为天下莫能过，岂不哀哉！

"此今日凡为士者所当勉也"

——赠浙江大学毕业诸生序①

　　中华民国二十七年六月，浙江大学三院诸生毕业者九十余人。先是，大学因避暴日之乱，辗转徙江西之泰和。在颠沛流离中，未尝一日辍学，及是乃举行毕业式于上田村萧氏宗祠，黉（hóng）舍所假地也。校长竺君嘱以一言为诸生勖，既固辞不获，因以来宾亦有致辞之例，仆虽于学校为客，重校长之谆谆而言之，亦庶其可。念诸生于肄业时，其熟闻校长暨各院院长、各系教授、诸先生之训迪详矣，仆之言又岂能有所增益？无已，则请诵古训以献。

　　夫今之所谓知识分子，古之所谓士也。今大学毕业，人目之为知识分子，论其资可服务于社会矣。事其事之谓服务。士者，事也，即能为社会服务之称。然则诸生既卒所业，可以当古之士矣。经籍中凡言士行者不可胜举，其最约而要者，莫如《大戴礼·哀公问五义篇》。哀公问曰："何如斯可谓士矣？"孔子对曰："所谓士者，虽不能尽道术，必有所由焉；虽不能尽善尽美，必有所处焉。是故知不务多，而务审其所知；行不务多，而务审其所由；言不务多，而务审其所谓。知既知之，行既由之，言既顺之，若性命肌肤之不可易也。富贵不足以益，贫贱不足以损，若此则可谓士矣。"夫道术甚广，学问之事无穷。诸生今日之所知，勿谓其已尽也。今所见为美善者，稍进焉，则知其尤有至者，勿遽谓止于此也。虽然，诸生学业之所就，是其所知也，其将求自效而见诸用也，将言之必可行焉，行之必可言焉。不务多而务审，则其知也察，其为言行必也谨而有度，择之精而守之笃，乃有以自足乎己而弗迁，故曰"若性命肌肤之不可易也"。

---

　　① 此为马一浮应浙江大学校长竺可桢邀请，于1938年6月所作，后收入《泰和会语》，作为附录中的第二篇。原标题为"赠浙江大学毕业诸生序"。

如是则富贵贫贱不足以挠其志，推而至于夷狄患难，皆有以自处而不失其所守，由是而进于道术，以益臻乎美善之域不难矣。所贵乎士者，不唯用而后见其所学，虽曰弗用，其学之足以自立者弗可夺也。故曰："不患无位，患所以立""不患人之不己知""求为可知也"。

今毕业于国之大学者众矣，国家方当危难之时，其需材也亦亟矣，诸生思求服务之志亦勤矣。诸生但求无负其所学，而不期于必用，斯其在己者重而在人者轻，无失志之患而有进德之益，在艰苦蹇（jiǎn）难之中养成刚大弘毅之质，其必有济矣，此今日凡为士者所当勉也。

幸与诸生有一日之雅，甚愧无以益之，举斯言以为赠，言虽约，其爱诸生之心则无已也。

"学者须具有三种力量"

——对毕业诸生演词①

诸君学业终了，便是事业开始。将来行其所学，对于国家社会能尽其在己之责任，这是学校全体师友所期望的。某以校长之属，使向诸君贡献一言，以相勉励，写得一篇小文奉赠，不用赘言。如诸君不以老生常谈为厌，其间所引《大戴礼》孔子之言"知不务多，而务审其所知；行不务多，而务审其所由；言不务多，而务审其所谓"这三句话的意义，今略为申说，或者于诸君不是无益的。

国家生命所系，实系于文化，而文化根本则在思想。从闻见得来的是知识，由自己体究，能将各种知识融会贯通成立一个体系，名为思想。孔子所谓"知"，即是指此思想体系而言。人生的内部是思想，其发现于外的便是言行。故孔子先说"知"，后说"言""行"；"知"是体，"言""行"是用也。依今时语便云思想、行为、言论，思想之涵养愈深厚，愈充实，斯其表现出来的行为言论愈光大，不是空虚贫乏。今时国人皆感觉物质之贫乏而思求进，至于思想之贫乏须求充实，似乎尚少注意。关于此点今略为分疏。

孔子说"不务多而务审"者，"多"是指杂乱而无统系。"审"则辨别分明之称。"所知"是思想主要点，"所由"是行为所从出的动机，"所谓"是言论之意义。此本通三世说，今为易于明了，故不妨以三世分说之。吾人对于过去事实，贵在记忆、判断，是纯属于知；对于现在，不仅判断，却要据自己判断去实行，故属于行的多；对于未来，所负责任较重，乃是本于自己所知所行，以为后来作先导，是属于言的较多。故学者须具有三种力量。

① 此演讲词为《泰和会语》附录第三篇。原标题为"对毕业诸生演词"。

一、**认识过去**。历史之演变只是心理之表现。因为万事皆根于心，其动机往往始于一二人，其后遂成为风俗，换言之，即成为社会一般意识。故一人之谬误，可以造成举世之谬误；反之，一人思想正确，亦可影响到群众思想，使皆归于正确。吾人观察过去之事实，显然是如此。所以要"审其所知"，就是思想要正确，不可陷于谬误。

二、**判别现在**。勿重视现实。近来有一种流行语，名为现实主义，其实即是乡原之典型。乡原之人生哲学曰："生斯世也，为斯世也，善斯可矣。"他只是人云亦云，于现在事实盲目地予以承认，更不加以辨别，此种人是无思想的。其唯一心理就是崇拜势力。势力高于一切，遂使正义公理无复存在，于是言正义公理者便成为理想主义。若人类良知未泯，正义公理终不可亡。不为何等势力所屈服，则必自不承认现实主义而努力于理想主义始。因现实主义即是势力主义，而理想主义乃理性主义也。所以要"审其所由"，就是行为要从理性出发，判断是非，不稍假借，不依违两可，方有刚明气分，不堕柔暗。宁可被人目为理想主义，不可一味承认现实，为势力所屈。尤其是在现时，吾国家民族方在被侵略中，彼侵略国者正是一种现实势力。须知势力是一时的、有尽的，正义公理是永久的，是必申的。吾人在此时，尤须具此坚强之信念，以为行为之标准，这是"审其所由"。

三、**创造未来**。凡自然界、人事界一切现象，皆不能外于因果律，决无无因而至之事。现在事实是果，其所以致此者必有由来，非一朝一夕之故，这便是因。因有远有近，近因在十年、二十年前，远因或在一二百年以上。由于过去之因，所以成现在之果；现在为因，未来亦必有果。吾人于现实社会如已认为满意，则无复可言；如或感觉其尚有不善或不美，必须发愿创造一较善较美之未来社会，这不是空想，是实理。未来之果如何，即系于现在吾人所造之因如何，因果是决不相违的。此种思想表现出来的，就是言论，所以要"审其所谓"。《易传》曰"辞也者，各指其所之"，就是"审其所谓"之意，"所之"即是所向往的。吾人今日言论皆可影响未来，故必须选择精当，不可轻易出之，因其对于未来所负之责是最重的，这是"审其所谓"。

诸君明此三义，便知认识过去要"审其所知"，判别现在要"审其所由"，创造未来要"审其所谓"。具此三种能力，方可负起复兴民族之责任。

《易》曰"唯深也，故能通天下之志"，是"审其所知"之至也；"唯几也，故能成天下之务"，是"审其所行之至"也。诸生勉之！如此，不独为一国之善士，可以为领导民众之君子矣。

第二辑

宜山会语

人类如何拔出黑暗而趋光明之途？^①

前在泰和，得与诸君共讲论者数月，不谓流离转徙，今日尚得到此边地重复相聚，心里觉得是悲喜交集。

所悲者，吾国家民族被夷狄侵陵到此地步，吾侪身受痛苦，心怀危亡，当思匹夫有责，将何以振此垂绝之绪，成此恢复之业，拯此不拔之苦，今实未能焉，能不悲？

所喜者，虽同在颠沛之中，尚复有此缘会，从容讲论，得与诸君互相切磋，不可谓非幸。诸君感想，谅亦同之。

校长暨教授诸先生不以某为迂阔，仍于学校科目之外，约某继续自由讲论。此虽有似教外别传，却是诸法实相，圣贤血脉，人心根本。诸君勿仅目为古代传统思想，嫌其不合时代潮流，先须祛此成见，方有讨论处。

某向来所讲，谓一切学术，皆统于六艺。六艺之本，即是吾人自心所具之义理。义理虽为人心所同具，不致思则不能得，故曰"学原于思"。要引入思维，先须辨析名相。故先述六艺大旨，其后略说义理名相，欲指出一条路径，以为诸君致思穷理之助。但因时间有限，所讲至为简略，不能详尽。若能切己体究，或不无可以助发之处，否则只当一场话说，实无所益也。

大凡学术，有个根原。得其根原，才可以得其条理。得其条理，才可以得其统类。然后原始要终，举本该末，以一御万，观其会通，明其宗极，昭然不惑，秩然不乱，六通四辟，小大精粗，其运无乎不备。孔子曰："吾道一以贯之。"《大学》所谓知本、知至，便是这个道理。知本，是知其所从出。知至，是知其所终极。华严家所谓"无不从此法界流，无不还归此法

---

① 本章文字，原为《宜山会语·说忠信笃敬》的上半部分。其实这部分内容并非说"忠信笃敬"，今依其意，独立出来，并冠以现在的标题。

界"，与此同旨。所以说，天下万事万物不能外于六艺，六艺之道不能外于自心。黄梨洲有一句话说得最好，曰："盈天地间皆心也。"由吾之说，亦可曰："盈天地间皆六艺也。"

今日学子，只知求知，以物为外，其结果为徇物忘己。圣贤之学，乃以求道会物归己，其结果为成己成物。一则向外驰求，往而不返；一则归其有极，言不离宗。此实天地悬隔。

学者要养成判断力，非从根原上入手不可。初机于此理凑泊不上，只为平日未尝治经。其有知治经者，又只为客观的考据之学，方法错误，不知反求自心之义理，终无入头处。

吾今所言虽简，却是自己体验出来，决不相诳。望诸君著实体究，必有省发之时。一念回机，便同本得。方知此是诚谛之言，方不辜负自己，不辜负先圣。此是夷狄所不能侵，患难所不能入的。天地一日不毁，此心一日不亡，六艺之道亦一日不绝。人类如欲拔出黑暗而趋光明之途，舍此无由也。

六艺之道即从此入

——说忠信笃敬①

某尝谓："读书而不穷理，只是增长习气；察识而不涵养，只是用智自私。"凡人心攀缘驰逐，意念纷飞，必至昏昧。以昏昧之心，应世接物，动成差忒。守一曲之知，逞人我之见，其见于行事者，只是从习气私欲出来。

若心能入理，便有主宰。义理为主，此心常存。无有放失，气即安定，安定则清明。涵养于未发以前，察识于事为之际；涵养愈深醇，则察识愈精密；见得道理明明白白，胸中更无余疑，一切计较利害之私自然消失，逢缘遇境，随处皆能自主，皆有受用。然后方可以济艰危，处患难，当大任，应大变，方可名为能立。

能立才能行，学不至于能立，不足以为学。《学记》曰："古之学者，九年知类通达，强立而不反，谓之大成"，"然后足以化民易俗"。故曰"己欲立而立人，己欲达而达人"。立以体言，达以用言。体立而后用有以行，未有不能立而能行者。己立己达是立身行己，立人达人是化民成俗。先体而后用，故先立而后达。

浅言之，立只是见得义理端的，站得住，把得定，不倾侧，不放倒，不为习俗所动，不为境界所移。自己无有真实见地，只是随人起倒，一味徇人，名为流俗。不能自拔于流俗者，不足与立。境界不出顺逆二种，如富贵、贫贱、夷狄、患难、毁誉、得失、忧喜、苦乐，皆能移人。以仕宦夺志、以饥渴害志者，不足与立。程子曰："教学者如扶醉人，扶得东来西又倒。"此言最能形容不能立之病。到此田地，方可以言致用。

---

① 本章文字，原为《宜山会语·说忠信笃敬》的下半部分。现单独成章，加以新标题。

"举而措之天下之民"，谓之事业，不是知识技能边事可以当得的。如今一般为学方法，只知向外求事物上之知识，不知向内求自心之义理。不能明体，焉能达用？侈谈立国而罔顾立身，不知天下国家之本在身，身尚不能立，安能立国？

今谓欲言立国，先须立身。欲言致用，先须明体。体者何？自心本具之义理是也。义理何由明？求之六艺乃可以明。

六艺之道不是空言，须求实践。实践如何做起？要学者知道自己求端致力之方，只能将圣人吃紧为人处，尽力拈提出来，使合下便可用力。

今举《论语》"子张问行"一章，示一最切近之例。

子张问行，子曰："言忠信，行笃敬，虽蛮貊之邦，行矣。言不忠信，行不笃敬，虽州里，行乎哉？立则见其参于前也，在舆则见其倚于衡也，夫然后行。"子张书诸绅。

子张问行，与问达一般，是无往不宜之意，犹今言适应环境也。蛮貊是异俗，无礼义，难与为缘，而默化足以消其犷戾。州里是近习，情本易合，而失道亦足以致其乖离。故"中孚"则"信及豚鱼"。豚鱼比蛮貊犹远。不仁，则道不行于妻子。妻子比州里犹近。行有不得，反求诸己，乃为君子之道。学者当知，子张问的是行，而孔子告之以立。换言之，即是子张问的是用处施设，孔子答以体上功夫。子张病在务外为人，孔子教他向里求己。有人问程子："如何是所过者化？"程子曰："汝且理会所存者神。"此与孔子答子张问同旨。

如今欲问"如何立国致用"，则告之曰："汝且立身行己。"立身行己之道，即从"言忠信，行笃敬"做起。言行是日用不离的，忠信笃敬是功夫，亦即是本体。忠是恳切深挚，信是真实不欺，笃是厚重不轻忽，敬是收敛不放肆。《易·象》曰："风自火出，家人。君子以言有物而行有恒。"火炽则风生，"风自火出"，自内而外之象。"言出乎身，加乎民；行发乎迩，及乎远"，自内而外也。有物，谓充实不虚。有恒，谓法则有常。义理是心之存主处，言行是用之发动处，亦自内而外也。所存者是忠信，发出来为忠信之言；所存者是笃敬，发出来为笃敬之行。诚中形外，体用不违。圣人之言该本末，尽内外，彻上彻下，只是一贯。世亦有矫饰其言行、貌为忠信笃敬者，只是无物无恒，可以欺众人，不可以欺君子。此诚伪之辨。言不忠信，便是无物。行不笃敬，便是无恒。圣人以天下为一家，中国为一人，《家人》之象也。始于立国，终于化成天下，须从一身之言行做起。这便是"立身行己"最切要的功夫。

60

人人合下可以用力，从自己心体上将义理显发出来，除去病痛，才可以为立身之根本。知道立身，才可以为立国之根本。一切学术以此为基，六艺之道即从此入。

先释学问之义

——释学问（上）①

人人皆习言学问，却少有于此二字之义加以明晰之解说者。如见人读书多、见闻广，或有才辩、能文辞，便谓之有学问。古人所谓学问，似乎不是如此。此可说是有知识、有才能，若言学问，却别有事在。

知识是从闻见得来的，不能无所遗；才能是从气质生就的，不能无所偏。今所谓专家，属前一类。所谓天才，属后一类。学问却要自心体验而后得，不专恃闻见；要变化气质而后成，不偏重才能。

知识、才能，是学问之资藉，不即是学问之成就。唯尽知可至于盛德，乃是得之于己；尽能可以为大业，亦必有赖于修。如此，故学问之事起焉。是知学问乃所以尽知尽能之事，而非多知多能之谓也。

学问二字，今浑言不别。实际上，学是学，问是问，虽一理而有二事。浅言之，学是自学，问是问人。自学是要自己证悟，如饮食之于饥饱，衣服之于寒暖，全凭自觉，他人替代不得。《学记》曰："虽有嘉肴，弗食，不知其旨也。虽有至道，弗学，不知其善也。"佛氏亦有"说食不饱，数宝不富"之喻，最善。问人，即是就人抉择，如迷者问路，病者求医，须是遇善知识，不然亦有差了路头，误服毒药之害。古语曰："一盲引众盲，相牵入火坑。"又曰："一句合头语，万劫系驴橛。"皆指师家不明之误，所谓自救不了，为人即祸生也。禅师家接人，每以言句勘辨，故有宾主料简。不唯师择弟子，弟子亦要择师。若学者不具参方眼，师家不辨来机，互相钝置，名为一群瞎汉相趁。儒家问答、接人手眼，实与禅师家不别，会者自知，但先儒不显说耳。故必先学而后问。

善问者，必善学。善学者，必善问。师资道合，乃可相得益彰。孔子

---

① 本章文字，原为《宜山会语·释学问》上半部分内容，现与下半部分区分出来，单列为一章，并加以标题。

自居好学，又独称颜回为好学。"舜好问而好察迩言"，所以为大智。由此言之，好学好问皆为圣贤之事，未可轻易许人。圣贤是果位人，犹示居学地，示有下问，"有若无，实若虚"，何况学者在因地，若得少为足，便不肯用力。今人于记诵考据之学非不用力，但义理则非所尚，此其蔽也。安其所习，而耻于问人，今人于政治问题、社会问题未尝不研究，未尝不问人，但于自己心性则置而不谈，未尝致问，此由耽于习而忽于性，故以为不足问也。何由得有成就？今日学者为学方法，可以为专家，不可以成通儒。此所言成就，乃欲个个使成圣贤。古人论学主通，今人论学贵别。若问："学是学个甚么？"答曰："伊川尝试《颜子所好何学论》，便是解答此问题。"须知古无科学、哲学之称，亦无经学、史学之目。近世以汉、宋分途，朱、陆异撰，用朝代姓氏为别，皆一孔之见。濂、洛、关、闽，只是地名；考据、辞章，同为工具；八儒三墨，各自名家；入室操戈，互相胜绌；此庄生所谓"道术将为天下裂"也。学只是学，无假头上安头，必不得已，强名义理之学，如今立科、哲，各从所好，权示区分，犹胜以时代地域为号。《论语》四科有文学，《宋史》列传出道学。文则六艺之遗，道为义理所寄，实即学文、学道之倒言耳。孔子问礼于老聃，问乐于苌弘，"入太庙，每事问"，"夫子焉不学？而亦何常师之有"，"三人行，必有我师焉。择其善者而从之，其不善者而改之"，此其所学所问，亦不可加以名目，故谓"大哉孔子，博学而无所成名"。知此，则知今之所谓专家者，得之于别而不免失之于通，殆未足以尽学问之能事。虽然，分河饮水，不无封执之私；互入交参，乃见道体之妙。既知统类，则不害差分，致曲通方，各就其列，随顺世间，语言亦复何碍？故百家众说，不妨各有科题，但当观其会通，不可是丹非素，执此议彼。苟能舍短取长，何莫非道？万派朝宗，同归海若，容光必照，所以贞明。小智自私，乃存畛域；自智者观之，等同一味，岂有以异乎哉？

今略说因地学问之道。

《易·文言》曰："君子学以聚之，问以辨之，宽以居之，仁以行之。"学要进德修业，积累而成，故曰聚。问则解蔽去惑，言下洞然，故曰辨。"宽以居之"，谓体无不备；"仁以行之"，谓用无不周。

《中庸》曰："博学之，审问之，慎思之，明辨之，笃行之。"上（前）四明体属知，下（后）一达用属行，知行合一，体用不离，与《易·文言》同旨。

释氏以闻、思、修为三学，亦同《中庸》。闻该学问，思约思辨，修即笃行也。思辨即学问之事，学而不思则无得，问而不辨则不明，故学问必要思辨。知是知此，行是行此，即此体，即此用。

故《论语》只以思、学并言。佛氏开为三，闻、思、修。《中庸》开为五，学、问、思、辨、行。约而言之，则但曰学。言有广略，事唯一贯。

子夏曰："博学而笃志，切问而近思，仁在其中矣。"博学而不笃志，犹之未学；切问而不近思，犹之未问。学欲其博，是要规模阔大，非谓泛滥驳杂也；问欲其切，是要体会亲切，非谓腾口说、骋机锋也。志欲笃，笃谓安止而不迁；思欲近，近谓不远而可复。优柔餍饫，若江海之浸，膏泽之润，学之力也；涣然冰释，怡然理顺，问之效也。故学必资于问，不学则不能问。

后明问答之旨

——释学问（下）①

《学记》曰："幼者听而弗问，学不躐等也。"非不许问，谓不可躐等而问也。又曰："力不能，问，然后语之；语之而不知，虽舍之可也。"此谓不思之过。孔子曰："不愤不启，不悱不发。"朱注："愤者，心求通而未得之意。悱者，口欲言而未能之貌。""举一隅不以三隅反，则不复也。"愤、悱是能思，举一反三是善悟。不能如是，圣人之所不教。

上根如颜子，闻一知十。其次如子夏，告往知来。子贡闻一知二。樊迟、司马牛最下，闻而不喻。如樊迟问仁、问智，不达。再告以举直错枉，犹不达，乃退而问子夏。司马牛问仁、问君子，皆以为未足。此皆在不复之列。《论语》多记孔门问答之词，实为后世语录之祖。

孟子曰："君子之所以教者五：有如时雨化之者，有成德者，有达材者，有答问者，有私淑艾者。"除第五类外，前三亦假问答。但孟子之意似以答问为接下机，其实问虽有高下，答则因才而施，其道是一。

《学记》曰："善问者如攻坚木，先其易者，后其节目，及其久也，相说以解。不善问者反此。善待问者如撞钟，叩之以小者则小鸣，叩之以大者则大鸣，待其从容，然后尽其声。不善答问者反此。"此是问答之轨范。

学以穷理，问以决疑。问前须学，问后要思。故学问之道，以致思为最要，思则得之，不思则不得也。学者观于此，亦可以明问答之旨矣。

吕与叔曰："古者宪老而不乞言，仪刑其德，无所事于问也。其次则有问有答，然犹'不愤不启，不悱不发'。又其次则有讲有听，讲者不待问也，听者不致问也，如此则师虽勤而道益轻，学者之功益不进。又其次

---

① 本章文字，原为《宜山会语·释学问》下半部分内容，其实都在讲"问答之旨"。现将其独立成章，并加以标题。

则有讲而未必听。至于有讲而未必听，则无讲可矣。"

今于讲论之外，开此问答一门，乃欲曲顺来机，加以接引，观其资质所近，察其习气所偏，视其志趣所向，就其解会所及，纳约自牖（yǒu），启其本心之明，应病与药，救其歧路之失。随感而应，其用无方，祭海先河，庶几知本。至于发问，当有范围，虽无倦于相酬，亦致诚于陵节。诸生平日所治科目，各有本师，无劳诹及。但关于身心义理，欲知求端致力之方，或已知用力而未得其要者，不惜详为之说。诸所不答，条列如下：

一、问单辞碎义、无关宏旨者，不答。

一、问僻书杂学、无益身心者，不答。

一、问时政得失，不答。

一、问时人臧否，不答。

一、辞气不逊，不答。

一、越次而问，不答。

一、数数更端，不答。

一、退而不思，再问不答。

《颜子所好何学论》释义

　　文在《伊川文集》卷四"杂著门"。《伊洛渊源录》卷四《伊川先生年谱》云"皇祐二年，（先生）年十八。上书阙下"，"不报。闲游太学。时海陵胡翼之先生方主教导，尝以'颜子所好何学论'试诸生。得先生文，大惊，即延见，处以学职"。《文集》题下注则云："始冠，游太学。"据《年谱》叙此事在上书不报后，似即是皇祐二年事，先生年十八时所作也。《二程文集》及《伊洛渊源录》并朱子所编。

　　按《周子通书》云："伊尹、颜渊，大贤也。伊尹耻其君不为尧、舜，一夫不得其所，'若挞于市'。颜渊'不迁怒，不贰过'，'三月不违仁'。志伊尹之所志，学颜子之所学，过则圣，及则贤。"胡安定之命题，虽本《论语》，疑《通书》"学颜子之所学"一语，已为当时士人所习闻，故特拈此语发问，以觇学者之见地。

　　伊川此文大科分三：一标宗趣。示学以至圣人之道。二显正学。明学圣之功。三简俗见。辨俗学之失。

初标宗趣　圣人之学为宗，可学而至是趣

　　圣人之门，其徒三千，独称颜子为好学。出题。夫《诗》《书》六艺，三千子非不习而通也，然则颜子所独好者何学也？第一设问。学以至圣人之道也。置答，揭明宗趣。圣人可学而至欤？第二设问。曰：然。置答，示决定可学。

二显正学

　　学之道如何？将显正学，故再设问。曰：以下置答先原人。天地储精，得五行之秀者为人。《礼运》曰："人者，五行之秀气，天地之德也"。《太极图说》曰："无极之真，二五之精，妙合而凝。"《易》曰："精气为物。"精谓气之凝聚也。

67

气有偏全、通塞、昏明、清浊之异，人物皆禀是气以为形质而后有生。朱子曰："气以成形而理亦寓焉。"《正蒙》曰："气聚则生，气散则死。知死而不亡者，可与言性矣。"此推源人生之由来。上句该万物言，下句言于中人为最胜也。以下先举性德。**其本也，真而静。其未发也，五性具焉，曰：仁、义、礼、智、信。**本谓心之本体，即理也。无妄曰真，本寂曰静。《乐记》曰："人生而静，天之性也。"一理浑然，常恒不变，其体本寂，故曰"真而静"。未发谓"冲漠无朕"。五性即性中所具之五德。德相有五，实唯一性，人人同具，无有增减。以下简情失。**形既生矣，外物触其形而动于中矣。其中动而七情出焉，曰：喜、怒、哀、惧、爱、恶、欲。情既炽而益荡，其性凿矣。**形谓耳、目、口、体，气聚所生。佛氏谓之五根：眼、耳、鼻、舌、身。外物谓五尘外境：色、声、香、味、触。根境本不相到，识动于中，斯谓意根，妄生取著，遂有法尘，起一切分别。于是六识炽然，流荡不守，违其真静之本体，遂障性具之德相，而性凿矣。凿，犹言戕贼也。此段文与《乐记》《太极图说》相应，但广略不同，比类可知。《乐记》曰："感于物而动，性之欲也。物至知知，然后好恶形焉。好恶无节于内，知诱于外，不能反躬，天理灭矣。"《太极图说》曰："形既生矣，神发知矣。五性感动而善恶分，万事出矣。"儒家谓情，佛氏谓识，在《乐记》曰"欲"曰"知"，《太极图说》只言"知"。此"知"谓徇物之知，故曰"诱于外"。意存有取，故名为"欲"。广则有七，约唯好恶，得正则善，失正则恶，故周子分善恶言之。以情识之动不即是恶，唯炽而流荡无节乃成为恶。理本无灭，隐，故有似于灭也。性不可凿，背，故比之于凿也。孟子曰："所恶于智者，为其凿也。"物之凿者，形必变异，失其本然之相，故谓之凿。以上分释性情。向下乃以觉、愚二门明其得失。初明觉。**是故觉者约其情使合于中，正其心，养其性，故曰性其情。**"觉"是本心之明发现处，《起信论》谓之始觉。约犹收也，如收放心之收。"中"者，无"过、不及"之名。约之使反，不任一往徇外，则喜怒哀乐之发不至流荡，念念相应，名之为合。"正"，谓无所偏倚；"养"，谓常存护念。心统性情，约其情，则心一于理，故正。物从心为正，心逐物为邪。换言之，即心不为物役而理为主也。心正则气顺，故性得其养。曰"性其情"者，情皆顺性，则摄用归体，全体起用，全情是性，全气是理矣。二简愚。**愚者则不知制之，纵其情而至于邪僻，梏其性而亡之，故曰情其性。**愚者，不觉也，迷惑之称。不知制约而纵放其情，一向驰逐，所谓从欲也。《书》曰："从欲惟危。"佛氏谓之"随顺无明"。心既逐物，贪著寻求，必陷邪僻。性失其养，几于梏亡，如人身被桎梏，不能运动，便同死人。性不可亡，今言亡者，谓其等于亡也。曰"情其性"者，性既随情，则全真起妄，举体成迷，唯是以气用事，而天理有所不行矣。既知觉、愚二门分别，方知学之所以为学当为何事。故以下正明学之道。**凡学之道，正其心，养其性而已。**此是举因。**中正而诚，则圣矣。**此是明果。中、正义见前。诚则法法全真，圣谓事事无碍。此自诚明之事。**君子之学，必先明诸心，知所养，**一作往。**然后力行以求至，所谓自明而诚也。**此自明诚之事。明诸心即觉也。"养"作"往"义长。"知所往"是始觉，"力行以求至"，至即本觉。始本不二，则诚矣。**故学必尽其心。尽其心则知其性，知其性，反而诚之，圣人也。故《洪范》曰："思曰睿，睿作圣。"**孟子曰："尽其心者，知其性也。知性则知天矣。"又曰："万物皆备于我矣。反身而诚，乐莫大焉。"程子之言本此。此明学原于思，尽心即致思也。心之官主思。"思曰睿"，思通玄微谓之睿，知性即睿。"睿作圣"，知天即圣。引《洪范》以证明尽心为作圣之功。反者，回机就己之称。"一日克己复礼，天下归仁"，"为仁由己，而由人乎哉"，皆指令反求诸己。颜子"既竭吾才"，即尽心致思之谓也。诚者，实理也。天地之所以不息，万物之所以生成，皆此实理之流行也。全此实理则为圣人，昧此实理则为凡民。故《通书》曰："诚者，圣人之本。"又曰："圣，诚而已矣。"诚者，天道。思诚者，人道。此段正明圣学宗要，以下明诚之之道。**诚之之道，在乎信道笃。信道笃则行之果，行之果则守之固，仁义忠信不离乎心，"造次必于是，颠沛必于是"，出处语默必于是。久而弗失，则居之安，动容周旋中礼，而邪僻之心无自生矣。**此理实有诸己，诚之也。今语谓充实人生，亦近是。其事有信、行、守三种次第。见得端的则信笃，信笃则决定不疑，迁善改过，如恐不及，斯行之，未有不果也。笃是知之真切，果是行之勇决，知行合一，日用之间践履益密，斯持守之固确乎不移矣。"仁义忠信不离乎心"，实有诸己也；造次、颠沛、出处、语默必于是，不为外境所夺也，此诚之之功夫也。"久而弗失"以下，诚之之效验也。以上大段文字显圣学宗要在于思诚，向下乃举颜子所学以证之。

故颜子所事，则曰"非礼勿视、非礼勿听、非礼勿言、非礼勿动"。此引颜子所学以为举证也。四勿是《论语》"颜渊问仁"章语。学者当知孔子答以"克己复礼为仁"，颜子便直下不疑；请问其目，再答以四勿，他便道："回虽不敏，请事斯语矣。"此乃直下承当，全身担荷，看似平淡无奇，实则成就不是小小。此见颜子之学即是以此为事，这里却要分疏得清楚，方有领会处。第一须知"仁"是什么。仁是德之总相，全体是性，不尽心者不能知性，即不能识仁。颜子已是识得仁了，然后问之。第二须知"己"是什么。己是形气之私，即谓意根，亦名我见。此见不除，人我间隔，睽（kuí）而不通，一念不觉，便堕不仁。第三须知"礼"是什么。礼者，理也，乃仁中之有分理者。玉工治玉，必依其理。君子为仁，必顺其礼。因有分理，故有节文，分理具内，节文形外。己私掩之，则理隐而不现，一旦廓落，此理自显，名之为复。"克己"之"己"是指私己，"由己"之"己"是言本具，文同而义别也。颜子问的是仁，孔子答以复礼。因为仁体浑然，难以显说，故举出其中所具自然之法则言之，是之谓礼。此礼既复，当体即仁，乃是以礼显仁也。非谓笾豆之事、器数之末也。颜子言下洞然，故直问其目，乃在视听言动不离当处，无假他求，何等简易直截！《论语》中许多问答，无过此章，真乃传心法要。第四须知视听言动是什么。视听言动皆气也，四者一于礼，则全气是理，更无差忒。一有非礼，则全真起妄，便是不仁。人于日用之间须臾不离者，只此四事。为仁依仁，全系于此。违仁害仁，亦出于此。转愚为觉，背觉成迷，只此一关，别无他事。争奈不肯体会，一任奔驰，舍近求远，迷己逐物，庄子所谓"弱丧忘归"，佛氏喻为背父逃逝。试观颜子之所事为何，亦可以知反矣。急须着眼，不得放过。以下更引孔子称道颜子之言以为举证。**仲尼称之曰："得一善，则拳拳服膺而弗失之矣。"** 前谓行之果，此谓守之固。善即性德之美称，亦即仁体之殊号，在人在己一也。"乐取于人以为善"，"人之彦圣，其心好之"。得于人者，人有善言善行，不啻若自己出，拳拳弗失，斯能有之于己。一端之善，犹不可遗，乃所谓善学矣。**又曰："不迁怒，不贰过。""有不善未尝不知，知之未尝复行也。"** 上二句"哀公问弟子孰为好学"本章文，下二句《易·系辞传》说《复》卦初九爻义引颜子为证之文。人情易发而难制者是怒，举怒以该七情也。《易·损》卦大象曰："君子以惩忿窒欲。"上言"约其情"，《损》之道也。好恶、爱憎，流荡所极，则为忿、欲，忿则斗争，欲斯夺取，害仁悖理，皆由此生。然惩忿尤难于窒欲，故圣贤之学先在治怒。圣贤非是无怒，怒当于理，发而中节。其怒也在物而不在己，如明镜照物，妍媸在彼，故能不迁。明道先生《答张横渠书》云："圣人之喜，以物之当喜；圣人之怒，以物之当怒。是圣人之喜怒，不系于心而系于物也。"故圣人喜怒是情之正，常人喜怒是情之私。《易·益》卦大象曰："君子以见善则迁，有过则改。"上言"合于中，正其心"，《益》之道也。引《系辞》申明"不贰过"之旨，须着眼在"知"字。《系辞》曰："知几其神乎？""几者动之微，吉之先见者也。""君子知微知彰，知柔知刚，万夫之望。"又曰："颜氏之子，其殆庶几乎。有不善未尝不知，知之未尝复行也。《易》曰：'不远复，无祗悔，元吉。'"常人有过不能改者，只缘不知。不知者，不知善也。不知善，故不知不善。知善即知性也，"性其情"是善，"情其性"是不善。乐循理，安处善，率性之谓也。率性无有不善，唯随情乃有不善矣。所谓"过"者，情之过也。情若无过，即是"合于中"，情亦无有不善矣。故孟子曰："乃若其情，则可以为善矣，乃所谓善也。"颜子唯于此知之切，故能"不贰过"。程子曰："颜子地位岂有不善？所谓不善，只是微有差失，才有差失，便知之，才知之，便更不萌作。""微有差失"者，即所谓"几者，动之微也"。功夫到此，直是细密，故曰"其殆庶几乎"两句，即是《损》《益》二卦义。故曰："《损》，德之修也。《益》，德之裕也。"颜子学圣之功，本领在此。以下结。**此其好之笃，学之之道也。** 结前文，可知学之之道，即诚之之道也。二程学于周茂叔，每教寻孔、颜乐处，所乐何事。孔子自称"乐以忘忧"，称颜子"不改其乐"。"所乐何事"与"所好何学"语脉正同。最好引而不发，教学者致思。今已被伊川注破，不免彻底掀翻，更加狼藉一上。好是好乐，好乐即乐也。《乐记》曰："乐者，乐也。君子乐得其道，小人乐得其欲。以道制欲则乐而不乱，以欲忘道则惑而不乐。是故君子反情以和其志，广乐以成其教。"学者试以伊川此文与《乐记》对勘，便知"好"字不是虚言，实有着落。向下乃辨圣、贤不同处。

视听言动皆礼矣，所异于圣人者，盖圣人则不思而得，不勉而中，从容中道，颜子则必思而后得，必勉而后中。故曰：颜子之与圣人相去一息。此谓圣人不假思勉，而颜子则犹须思勉，然其得中一也。一息，犹云一间。息是气息，以时间也。间是间隙，以空间言。谓颜子与圣人只争这一些子耳。《系辞传》曰："《易》无思也，无为也，天下何思何虑？天下同归而殊途，一致而百虑，天下何思何虑？"伊川尝问谢上蔡："近日见得道理如何？"对曰："天下何思何虑？"伊川曰："不道贤道得不是，只是发得太早。"故无思无为是果位上事，好学致思是因地上事。颜子虽位齐等觉，已与圣邻，犹须思勉。未到颜子地位，不致思，岂能有得？不力行，岂能有中？思属知，勉属行，不思则不勉，知行是一事，知是知其所当行，行是行其所已知，故思先于勉。及其得于理而无失，中于理而无过，乃充实矣。此段牒前"思曰睿"，向下乃牒前"诚之"。

孟子曰："充实而有光辉之谓大，大而化之之谓圣，圣而不可知之谓神。"颜子之德，可谓充实而有光辉矣，所未至者，守之也，非化之也。以其好学之心，假之以年，则不日而化矣。故仲尼曰："不幸短命死矣。"盖伤其不得至于圣人也。此明颜子学已臻极，但未至于化耳。孟子曰："有诸己之谓信，充实之谓美，充实而有光辉之谓大，大而化之之谓圣。"信、美、大皆"诚之"之效也。和顺积中而英华发外，美在其中而畅于四支，其德业已至盛大矣。所差者，未能泯然无迹耳，化则泯然无迹矣。横渠曰："大可为也，化不可为也。在熟之而已矣。""耳顺""从心"，乃臻化境。大已是学之极诣，不可复加，过此以往，熟而能化，则圣矣。以下释化境。所谓化之者，入于神而自然，不思而得，不勉而中之谓也。孔子曰"七十而从心所欲，不逾矩"是也。显正学文竟。

三简俗见

或曰：圣人生而知之者也。今谓可学而至，其有稽乎？设问，疑其无征。曰：然。孟子曰："尧、舜，性之也；汤、武，反之也。"性之者，生而知之者也。反之者，学而知之者也。置答，引孟子之言以证成前义。又曰：孔子则生而知也，孟子则学而知也。再答，以足成前证。实则生知之圣亦假于学，无顿非渐，无渐非顿。生知是顿，学知是渐。生知而学，于顿示渐，学知至圣，即渐成顿。及其知之，顿渐一也。以下正简俗见之失。先简见失。后人不达，以谓圣本生知，非学可至，再简学失。而为学之道遂失。不求诸己而求诸外，以博文强记、巧文丽辞为工，荣华其言，鲜有至于道者。"不求诸己而求诸外"，是不思也。"荣华其言"，谓其无实，是不诚也。则今之学，与颜子所好异矣。结前，可知全文已竟。

学者解此文，已应有感发，特提出数事，请大众着眼。

一、当念伊川年未二十已明圣学如此，今我何以不及？

一、当念学之正、俗，自伊川言之，分明不同如此，今我所学应属何等？

一、当念颜子用力处，具如显正学中"颜子所事"一段文中，今我所事为何，能与颜子有一事相似否？

一、当念性德人所同具，情失人所难免，今我自己检讨，为觉乎？为愚乎？如不肯自安于不觉，则当依此用力。

一、当念视听言动实乃人人日用不离的，为仁之目原来在此，但未能"克己复礼"，便是未有把柄，可知吃紧处乃在"克己"，今欲克己，从何做起？

一、当念此文所说道理，我今一一信得及否，如信得及，当下便能依而行之否？总之，信得及者，自己当知道用力，不烦一一更举；倘若信不及，万事冰消，禅师家有言，"老僧今日失利"。

说视听言动①

前举颜子问仁，孔子告以"克己复礼为仁"，及请问其目，便告以非礼勿视、听、言、动，别无余事。可见视听言动皆礼，即是仁，不须更觅一个仁。因为仁是性德之全，礼即其中之分理。此理行乎气中，无乎不在。人秉是气而能视听言动，亦即秉是理以为视听言动之则。循此理即是仁，违此理即是不仁。《诗》曰："天生烝民，有物有则。民之秉彝，好是懿德。"礼也者，理也，则也。所以有此礼者，仁也。具此德者，性也。性德之所寓者，气也，即此视听言动四者是也。穷理即是尽性之事，尽性即是践形之事。

孟子曰："形色，天性也。唯圣人然后可以践形。"

何谓"形色"？气之凝成者为形，其变现为色。此犹佛氏所谓法相也。根、身、器、界是形，生、灭、成、坏诸相是色。佛氏以质碍为色，乃当此所谓形。此言色者，乃当彼所谓相，非色心二法之色。又此言形亦当彼所谓法，广为事物之总名，约则一身之形体。又，形犹今言实质。色犹今言现象。

何谓"天性"？就其普遍言之曰天，就其恒常言之曰性。又不假人为曰天，本来自具曰性，即《诗》所谓"秉彝"也。

"践"，朱子曰："如践言之践。"俗言步步踏着之意。心外无法，故言形色天性。会相归性，故言践形。换言之，即是于气中见得理，于变易中见得不易，于现象中见得本体。步步踏着这个道理而无失，谓之践。

何以不曰"践性"而曰"践形"？全体起用，摄用归体，在体上只能说"尽"，在用上始能说"践"。唯尽其理而无亏，始能全其用而无欠也。视听言动，气也，形色也，用之发也。礼者，理也，天性也，体之充也。发用而不当则为非礼，违性亏体而其用不全；发用而当则为礼，顺性合体

---

① 原标题后面有小字"续义理名相一"。今将小字置于此处。

而其用始备。故谓视听言动皆礼，为践形之事也。以理率气，则此四者皆天理之流行，莫非仁也。徇物忘理，则此四者皆私欲之冲动，而为不仁矣。

《洪范》五事曰"视、听、言、貌、思"，今言视听言动而不及思，何也？心之官主思，四事皆统于一心，故思贯四事。知其礼与非礼，孰为之乎？思也。故略思而言四事，思在其中矣。或言动，或言行，或言貌，何也？发于心则谓之动，形于事则谓之行，见于威仪四体则谓之貌。行、动浑言不别，析言则别。群经多言、行对举，言行即言动也。在《易》亦谓之云为。貌，则以行动之现于外者言之。故举貌可以该行动，行动必有貌也。犹今言态度。

"君子有九思：视思明，听思聪，色思温，貌思恭，言思忠，事思敬，疑思问，忿思难，见得思义。"此亦因地之事。从四事开而为九，于貌之中又析为色。此谓颜色，与形色之色不同。彼是广义，此是狭义。朱子曰："色，见于面者；貌，举身而言。"魏晋间人每称人终身不见有喜愠之色，此可谓"色思温"矣。疑、忿发于心之微，见得关于事之著，此并属行动。故言"四事"亦可以摄九思。

曾子之告孟敬子曰："君子所贵乎道者三。动容貌，斯远暴慢矣；暴，粗厉也。慢，放肆也。《朱子语类》曰：'如狠戾固是暴，稍不温恭亦是暴。倨肆固是慢，稍或怠缓亦是慢。'正颜色，斯近信矣；信者，实也。此言持养久熟，表里如一而非色庄也。色庄者，色取仁而行违。《朱子语类》，问：'"正"是着力之辞否？'曰：'亦着力不得。若不到近实处，正其颜色，只是作伪而已。'出辞气，斯远鄙倍矣。"鄙是浅陋，倍是背理。曾子一生所学本领在此，亦可与四事互勘。盖辞气属言，容貌颜色亦摄视听行动。暴慢鄙倍，即是非礼。信，即是礼也。七十子中，唯颜、曾独得其传，学者观于此，可知圣贤之道，其事甚近也。

群经中赞圣人之德者，多言"聪明"。如《易》曰："古之聪明睿知，神武而不杀者夫。"《书》曰："明四目，达四聪。""亶（dàn）聪明，作元后。"《中庸》曰："聪明睿智，足以有临也。"盖聪明是耳目之大用，睿智是心之大用，此犹佛氏之言四智矣。转八识，成大圆镜智。转七识，成平等性智。转六识，成妙观察智。转五识，成成所作智。其言智者，即性也。其言识者，即情也。故谓"转识成智"即是"性其情"，亦即是"克己复礼"也。聪明属成所作智，睿智可摄余三。孔子见温伯雪子而不言，曰："若夫人者，目击而道存矣。"《庄子·田子方篇》。又自称"六十而耳顺"。《中庸》曰："鸢飞戾天，鱼跃于渊，言其上下察也。"程子谓此是子思吃紧为人处。活泼泼地于此会得，方可于费中见隐。此理昭著，更无壅隔，乃可谓视极其明，听极其聪，而视听之理得矣。

群经中表圣人之业者，多举言行。如："言而民莫不信，行而民莫不悦。""言出乎身，加乎民。行发乎迩，及乎远。""言行，君子之所以动天地也。""行而世为天下法，言而世为天下则。"此言行之至也。又圣人语默一致，动静一如；"尸居而龙见，渊默而雷声"；不言而信，无为而成，故有不言之教，无为之化。虽终日言，未尝言，故"言满天下无口过"。虽酬酢万变，而"行其所无事"，故"行满天下无怨恶"，无言而无弗言也，无为而无弗为也。此见德化之盛，妙应之神，有非言思拟议所能及者矣。孔子尝谓："予欲无言。""天何言哉？四时行，百物生。"又曰："无为而治者，其舜也与？恭己正南面而已矣。"故言极无言，行极无为，而后言行之理无弗得也。

学者当知，人与物接，皆由视听。见色闻声，有外境现。心能揽境，境不自生。色尽声消，而见闻之理自在。常人只是逐色寻声，将谓为物。而不知离此见闻，物于何在？此见闻者从何而来？不见不闻之时，复是何物？当名何等？须知有不见之见、不闻之闻。声色乃是无常，而见闻则非断灭。此是何理？人心本寂而常照，照用之发乃有变化云为，形起名兴，随感斯应。故曰："言行者，君子之枢机。"虚而不穷，动而愈出，运之者谁邪？或默或语，或出或处，法本从缘，莫非道也。故佛种寄之尘劳，基命始于宥密。有为为应迹之谈，忘言乃得意之契，不言不动时正好领取。一言以为智，一言以为不智，吉凶悔吝生乎动，吉一而已，可不慎哉！古人喻如暗中书字，文彩已彰；飞鸟凌空，踪影不逝。此虽玄言，而是实理。好学深思，必能自得。

由此观之，圣人所以成就德业，学者所以尽其知能，皆不离此视听言动四事。争奈百姓日用而不知，遂使性具之德隐而不见。孟子曰："行矣而不著，习矣而不察，终身由之而不知其道者，众也。"思之。

居敬与知言①

《曲礼》曰："毋不敬，俨若思，安定辞，安民哉。"先儒尝谓："礼仪三百，威仪三千"，一言以蔽之，曰"毋不敬"。礼以敬为本。《说文》忠、敬互训，故曰："忠信之人，可以学礼。"无时不敬，则无往而非礼。忠信存乎中，其见于容貌者必庄肃。其见于言语者必安定，如是乃可以莅众而立事，故曰"安民哉"。

仲弓问仁，子曰："出门如见大宾，使民如承大祭。"或问程子曰："未出门、未使民时如何？"程子曰："此'俨若思'时也。"仲弓宽弘简重，盖得力于居敬之功甚深，故曰："雍也，可使南面。"如子桑伯子便失之于简。仲弓之言曰："居敬而行简，以临其民，不亦可乎？居简而行简，无乃大简乎？"汉初除秦苛法，文帝好黄老之术，即似子桑伯子，不久而宣帝复任刑名。魏晋玄言家或任诞去礼，或清谈废务，即是居简行简之失。此事且置。

学者当知，"毋不敬"实为万事根本。《虞书》赞尧之德曰："钦明文思安安。"钦，即敬也，钦而后能明，明谓理无不照。"文思"即是文理密察，谓事无不辨。舜之"察于人伦，明于庶物"，约言之，即"文思"，亦曰"浚哲文明"。"文明"二字始此。此言文者，即谓伦物也。"钦明"是照体，"文思"是妙用，体用备矣。"安安"，是"行其所无事"之貌。理事双融，从容中道，自然虚融恬静，触处无碍，此圣人果德之相也。若在因地，即"毋不敬"三语所摄。盖敬则自然虚静，故能思。深思者，其容寂，故曰"俨若思"也。敬则自然和乐，故能安。气定者，其辞缓，故曰"安定辞"也。

以佛氏之理言之：在果地，谓之三轮清净；在因地，谓之三业清净。

---

① 原标题后面有小字"续义理名相二"。

三者何？身、口、意也。儒者双提言行，即该三业。政者，正也。未有己不正而能正人者。如欲安人，先须修己。故"为政以德"，即是"修己以敬"也。富哉言乎！未有三业不修而能安人者也。《系辞传》曰："君子安其身而后动，易其心而后语，定其交而后求。君子修此三者，故全也。危以动，则民不与也。惧以语，则民不应也。无交而求，则民不与也。莫之与，则伤之者至矣。"《易》曰："莫益之，或击之，立心勿恒，凶。"〔《益》上九爻辞〕王辅嗣注云："虚己存诚，则众之所不迕。躁以有求，则物之所不欲也。"故兼明三业，则以敬为主。并举言行，则以言为先。

《乾·文言》曰："君子进德修业。忠信所以进德也。修辞立其诚，所以居业也。"

《韩诗外传》曰："忠易为礼，诚易为辞。"曰忠曰敬，曰诚曰信，一也。在心为德，出口曰言，不可伪为，不容矫饰。

孔子曰："君子名之必可言也，言之必可行也。君子于其言，无所苟而已矣。"名必有实，无其实而为之名，则妄也。妄言苟言，是谓不忠不信，是谓无物，是谓非礼。"言语之美，穆穆皇皇。"穆穆，敬也。皇皇，大也。无妄之谓敬，充实之谓大，斯为有德之言。若巧辞便说，虚诞浮夸，则其中之所存者可知也。

故敬肆之辨，亦即是小大之辨。鹦鹉能言，不离飞鸟。猩猩能言，不离走兽。彼亦言也，效人之言而无其实。不由中出而务以悦人，何以异是？《论语》末章曰："不知礼，无以立也。不知言，无以知人也。"故知礼而后能知言，己立而后能知人。

程子曰："涵养须用敬，进学则在致知。"又曰："未有致知而不在敬者。"知言知人，致知之事也。今曰"未有知言而不在敬"者，孟子曰："我知言，我善养吾浩然之气。"孟子所谓养气，乃是居敬之极功。谢上蔡曰："浩然之气，须于心得其正时识取。"又曰："浩然，是无亏欠时。"此语体认得最真。故曰："其为气也，配义与道。无是，馁也。""行有不慊于心，则馁矣。"馁则气歉而小。言为心声，气之发也。"志至焉，气次焉"，故言必与气相应，气必与心相应。不得于言，勿求于心，不可。心体无亏失，斯其言无亏失。言语之病，即心志之病也。敬贯动静、该万事，何独于言？明之以存养之功，其浅深、疏密、得失、有无发于言语者，尤为近而易验，显而易知也。

《论语》中举言语之病，为圣人所恶者有四种：

一曰巧。如"巧言令色，鲜矣仁"。朱子曰："言致饰于外，务以悦人，则人欲肆而本心之德亡矣。"《诗》曰"巧言如簧，颜之厚矣"是也。

二曰佞。如言佞者"御人以口给，屡憎于人"，"焉用佞"，"是故恶夫佞者"，"远佞人"是也。

三曰谚（yàn）。谚，粗鄙也。如曰："由也谚。"又曰："野哉，由也。"《书·无逸》曰："相小人，厥父母勤劳稼穑，厥子乃不知稼穑之艰难，乃逸乃谚，既诞，否则侮厥父母，曰：'昔之人无闻知。'"此是周公戒成王之言。盖谚斯诞，诞斯侮，侮父母、侮圣人之言一也。

四曰讦（jié）。如曰"恶讦以为直者"，"好直不好学，其蔽也绞"，"直而无礼则绞"是也。绞，急切也。讦谓攻发人之阴私。《朱子语类》曰："绞如绳两头绞得紧，都不宽舒。"《易·系辞》曰："将叛者，其辞惭；中心疑者，其辞枝；吉人之辞寡；躁人之辞多；诬善之人，其辞游；失其守者，其辞屈。"此中，除吉人一类，其余皆为心术之病。

孟子约心言之病为四，尤简而能该。如曰："诐（bì）辞知其所蔽，淫辞知其所陷，邪辞知其所离，遁辞知其所穷。诐谓偏诐，淫谓放荡，邪谓邪僻，遁谓逃避。蔽谓障隔，陷谓沉溺，离谓离畔，穷谓困屈。生于其心，害于其政；发于其政，害于其事。圣人复起，必从吾言矣。"其言之决定如此。程子曰："心通乎道，然后能辨是非。如持权衡以较轻重，孟子所谓知言是也。"诐、淫、邪、遁为言病，蔽、陷、离、穷为心病。朱子曰："人之有言，皆本于心。"其心明乎正理而无蔽，然后其言平正通达而无病。苟为不然，则必有是四者之病矣。即其言之病，而知其心之失，又知其害于政事之决然而不可易者如此。非心通于道而无疑于天下之理，其孰能之？

《大戴礼·曾子立事篇》曰："目者，心之符也。今本作'浮'。据《韩诗外传》引作'符'，是。言者，行之指也。作于中则播于外也。故曰：以其见者，占其隐者。""听其言也，可以知其所好矣。观说之流，可以知其术也。"流，犹言类别。术，心术也。又《曾子疾病》篇曰："言不远身，言之主也；行不远身，行之本也。言有主，行有本，谓之有闻矣。"主、本者何也？一于敬而已矣。

程子曰："敬是体信达顺之道，聪明睿智皆由是出。"朱子曰："人所以不聪不明，只缘身心惰慢，气便昏塞了。敬则虚静，自然通达。"又曰："此心才不专静，则奸声佞辞杂进而不察，何以为聪？乱色谀容交蔽而莫辨，何以为明？心既无主，则应事接物之间，何以思虑而得其理？"所以此心常要肃然虚明，然后物不能蔽。故谓知言知人，皆聪明睿智之效，而不敬则不能得也。敬之该贯四事，于此可见。

　　学者能于《曲礼》四句，切己体会，则于当名辨物、正言断辞之道，亦思过半矣。过此以往，所以为"聪明睿智""体信达顺"之功，亦必在于是也。

涵养致知与止观①

大凡立教，皆是不得已之事。人人自性本来具足，但为习气缠缚，遂至汨没，不得透露。所以从上圣贤，只是教人识取自性，从习气中解放出来。习气廓落，自性元无欠少，除得一分习气，便显得一分自性。上根之人，一闻千悟，拨着便转，触着便行，直下承当，何等骏快，岂待多言？但上根难遇，中根最多。故孔子曰："中人以上，可以语上也。中人以下，不可以语上也。"

佛氏亦有三乘顿、渐，教启多门，令其得入，皆是曲为今时，广垂方便，所谓"为慈悲之故，有落草之谈"也。先儒以《乾》为圣人之学，《坤》为贤人之学，即表顿渐、权实。以佛法准之，于《易·乾》表真如门，《坤》表生灭门。所言学者，即生灭门中之觉义也。《起信论》"一心二门"，与横渠"心统性情"之说相似。《通书》曰："诚无为，几善恶。"诚即真如，几即生灭。善恶者，即觉与不觉二相也。

儒者示教之言，亦有顿渐。如《通书》曰："学圣人有要乎？曰有，一而已。一者何？无欲也。无欲则静虚动直，静虚则明，动直则公。明通公溥，庶矣乎。"此顿教之旨也。伊川曰："涵养须用敬，进学则在致知。"又曰："未有致知而不在敬者。"此渐教之旨也。又如明道《答横渠书》曰："所谓定者，动亦定，静亦定，无将迎，无内外。"此顿教之旨也。横渠则曰："言有教，动有法，昼有为，宵有得，息有养，瞬有存。"此渐教之旨也。濂溪、明道天资高，其言皆为接上根。若中根，便凑泊不上。伊川、横渠功夫密，其言普被群机，上根亦莫能外，中根可跂而及。故朱子晚年每举伊川"涵养须用敬，进学则在致知"二语以教学者。黄勉斋作《朱子行状》，约朱子一生之学为三言，曰："居敬以立其体，穷理以致其

知，反躬以践其实。"而敬也者，所以成始而成终也。程、朱自己得力在此，其教人用力亦在此。

今日学子若自甘暴弃，拨无圣贤，则亦已矣。如其犹知有自性，犹知有圣贤为己之学，则亟须用力体究，下得一分功夫，自有一分效验。

孔子曰："谁能出不由户，何莫由斯道也。"禅师家有赵州谂，尝告学者曰："汝若真知用力，三年五载不间断，而犹不悟者，割取老僧头去。"看他古人，以此为一大事，念兹在兹，不肯放舍，所以能有成就。今人全不以此为事，并心外营，如游骑无归。自家一个身心尚奈何不下，如何能了得天下事？平常日用都从习气私欲中出发，互相熏染，辗转增上，计执益深，卒难自拔，不待夷狄侵陵，而吾圣智之法已荡然无存矣。

故在外之夷狄当攘，尽人皆知。而吾自心之夷狄不攘，终无以为安身立命之地。何谓自心之夷狄？凡习气之足为心害者皆是也。何以胜之？曰：敬而已矣。"未有致知而不在敬者"，唯从涵养得来，则知为心德，为正知。庄子所谓"以恬养知"亦是。否则，只是寻声逐响，徇物之知，或反为心害，此知乃是习气也。

《坤》六二"直方大，不习，无不利"。象曰："六二之动，直以方也。"文言曰："直其正也，方其义也。君子敬以直内，义以方外，敬义立而德不孤。'直方大，不习，无不利'，则不疑其所行也。"主敬集义，涵养致知，直内方外，亦如车两轮，如鸟两翼，用则有二，体唯是一。"敬义立而德不孤"者，言其相随而至，互为因藉，决无只翼单轮各自为用者。故谓伊川此言，略如天台所立止观法门，主敬是止，致知是观。彼之止观双运，即是定慧兼修，非止不能得定，非观不能发慧。然观必先止，慧必由定，亦如此言涵养始能致知，直内乃可方外。言虽先后，道则俱行。虽彼法所明事相与儒者不同，而其切夫涂辙理无有二。比而论之，实有可以互相助发之处，故今略言之。

梵语奢摩他，此翻云"止"，即定之异名，寂静义也。心不妄缘，安住净觉，不取诸相，便能内发轻安，一切义理于中显现。如镜中像，影像历然，镜体不动，此名定相。梵语三摩钵提，亦云三摩地，此翻等持。又名毗婆舍那，此翻正见，即观义也。观以照了为义，双离昏掉曰等，专注不散曰持。能观之智性清净，故所观之境悉皆谛实，决定不疑，名之曰慧，亦名正见。梵语禅那，此翻静虑。静即是止，虑即是观。即虑而静，故非散动。即静而虑，故非无记。是为止观双运、定慧平等之相，亦名为舍。涅槃三相曰定、慧、舍。梵语为优毕叉。绝待双融，故名舍矣。

右（上）约大乘诸经论通说三种观门，明止观所从出。天台智者大师，依《法华》《般若》诸经、大乘《中观》等论，所立别有三止三观之目。三止者：一、体真止。谓了妄即真故。二、方便随缘止。谓历诸缘境，安心不动故。三、离二边分别止。谓生死、涅槃、有无之相，等无有异故。三观者：一、空观。谓观一切法，毕竟空寂故。二、假观。谓诸法虽空而不碍幻有，权假施设，一切具足故。三、中观。谓双非双即，圆融绝待故。具此三观，当明三谛。三谛者，一真谛，二俗谛，三中道第一义谛是也。真谛泯绝无寄，俗谛万法历然，第一义谛真俗双融，于法自在，方为究竟。彼教经论浩博，今不具举。特欲借彼明此，约而言之，即此亦可窥其大略矣。

学者当知，人心之病，莫甚于昏散。《易》所谓"憧憧往来，朋从尔思"，起灭不停，若非乱想，即堕无记。《楞严》所谓"聚缘内摇，趣外奔逸，昏扰扰相，以为心性"者是也。散心观理，其理不明，如水混浊，如镜蒙垢，影像不现。故智照之体，必于定心中求之。

先儒尝谓"敬是常惺惺法"，今谓敬亦是常寂寂法，唯其常寂，所以常惺。寂故不散，惺故不昏，当体清明，义理昭著。然后天下之至赜（zé）者，始可得而理也；天下之至动者，始可得而正也。无无止之观，无无定之慧，若其有之，必非正观，必为狂慧。故曰："未有致知而不在敬者。"敬实双该止、观二法，由此可知。盖心体本寂而常照，以动乱故昧。唯敬则动乱止息，而复其本然之明。

敬只是于一切时都摄六根住于正念，绝诸驰求劳虑。唯缘义理，即为正念。敬以直内言，无诸委曲相也。常人以拘迫矜持为敬，其可久邪？

又玄奘译《百法明门论》，分心所有法为五位，第二别境五法：一欲，二胜解，三念，四三摩地，五慧。三、四是敬摄，二、五是知摄。别境者，言历别缘境而生，对遍行说也。所缘之境有四，谓所乐境，决定境，曾习境，所观境。彼文云："欲者，于所乐境，希望为性，勤依为业。"此即儒家所谓志也。"胜解者，于决定境，印持为性，不可引转为业。"谓于所证理境，审决印持，不为异缘之所引转，若犹豫境，胜解全无。"念者，于曾习境，令心明记，不忘为性，定依为业。""三摩地者，此云等持，于所观境，令心专注不散为性，智依为业。""慧者，于所观境，拣择为性，断疑为业。"念及三摩地，敬也。胜解与慧，知也。学者观于此，则于"未有致知而不在敬"之义，亦可以无疑矣。

82

说　止①

　　程子尝谓："看《华严经》，不如看一《艮》卦。"此语大好参究。夫观象玩辞，学《易》之道，何独取于《艮》？又何以比之于《华严》？学者须是看过《华严》了，却再来看《艮》卦，便知程子此语落处。此须自悟，不务速说。《华严》则且置，《艮》卦作么生看？今不妨葛藤一上。

　　雪峰禅师有三句，曰：涵盖乾坤句，截断众流句，随波逐浪句。朱子亦尝用之。如曰：佛家有此三句，"圣人言语亦然。如《系辞》'以言乎远则不御，以言乎迩则静而正'，此涵盖乾坤句也。'《井》以辨义'等句，只是随道理说将去，此随波逐浪句也。如'复，其见天地之心'，'神者妙万物而为言'，此截断众流句也"。《语类》七十六，邢侗录。看《华严》不如看一《艮》卦，此亦是截断众流句。如今葛藤不已，却只是随波逐浪句。然临济尝云："一句中须具三玄，一玄中须具三要。有权有实，有照有用。"此非作意安排，一句中自具三句。故慈明曰："一句分宾主，照用一时行。"善会者自能得之。今不是说禅，却是借他禅语来显义，欲使学者举一反三，容易明白耳。

　　《易·艮》卦辞曰："艮其背，不获其身；行其庭，不见其人。无咎。"象曰："艮，止也。时止则止，时行则行，动静不失其时，其道光明。艮其止，止其所也。上下敌应，不相与也。是以不获其身，行其庭，不见其人，无咎也。"象曰："兼山，艮。君子以思不出其位。"䷳《艮》之卦象，一阳居二阴之上。阳动而进，至于上则止。阴者，静也。上止下静，故为艮。《伊川易传》曰："人之所以不能安其止者，动于欲也。欲牵于前而求其止，不可得也。故艮之道，当'艮其背'。所见者在前，而背乃背之，是所不见也。止于所不见，则无欲以乱其心，而止乃安。'不获其

_____

　　① 原标题后面有小字"续义理名相四"。

83

身'，不见其身也，谓忘我也。无我则止矣，不能无我，无可止之道。'行其庭，不见其人'，庭除之间，至近也。在背，则虽至近不见，谓不交于物也。外物不接，内欲不萌，如是而止，乃得止之道，于止为无咎也。"又《遗书》曰："'不获其身'，无我也。'不见其人'，无人也。"程子之言如此。在佛氏谓之无我相、无人相。言不见者，非不见也，谓不见有我相、人相也。如是而见，则名正见，亦谓之无相三昧。

今谓止者有二义：一是寂灭义，二是不迁义。前义是就息妄说，后义是就显真说。盖妄心不息，则真心不显，息妄显真，非有二事。所谓"闲邪则诚自存"。但欲诠义，亦可说为二。

何谓寂灭义？佛氏云："诸行无常，是生灭法。生灭灭已，寂灭为乐。"常人闻寂灭，则相顾而骇。不知所言止者，就妄心止息义边说，名为灭，非断灭之谓也。《圆觉》云："幻灭灭故，非幻不灭。譬如磨镜，垢尽明现。"《楞严》喻："亦如翳人，见空中华，翳病若除，华于空灭。""生死涅槃，皆即狂劳，颠倒华相。""根结若除，尘相自灭。诸妄销亡，不真何待？"百丈海曰："但了诸法不自生，皆从自己一念妄想颠倒，取相而有。知心与境，本不相到，当处解脱，一一诸法，当处寂灭。"儒者所谓"人欲净尽，天理流行"，即"生灭灭已，寂灭为乐"也。"上下敌应不相与"，即明根境不相到之义。艮者，所以成终而成始也。不觉以止而终，觉以止而始。狂心顿歇，歇即菩提，断尽无明，方成觉道。此与"一日克己复礼，天下归仁"并无二致。所谓"不用求真，唯须息妄"，妄息为灭，息妄名真。故谓止是寂灭义也。

何谓不迁义？妄心念念，生灭相续，故名迁流。真心体寂，故名常住。所谓不住名客，住名主人。以其常住，故不迁矣。《象》曰："时止则止，时行则行。动静不失其时，其道光明。"此谓一切时不迁也。"艮其止，止其所。上下敌应，不相与也。"此谓一切处不迁也。"世为迁流，界为方位"，如实而谈，则念劫圆融，虚空消隕，无有延促，无有去来，此为止之了义。《法华》云："是法住法位，世间相常住。"《放光般若》云："法无去来，无动转"者，依世间解说，有三世十方。若自心流注想断，无边虚空，觉所显发，动静二相，了然不生，则三世十方一齐坐断。《起信论》云："一念相应，觉心初起，心无初相，以远离微细念故，得见心性，心即常住，名究竟觉"是也。又云："智净相者，如大海水，因风波动，而水非动性，若风止息，动相则灭，湿性不坏故。众生自性清净心，因无明风动，而心非动性，若无明灭，相续则灭，智性不坏故。"前是就觉体离念说，此是就本觉随染说。以此显止，乃为究竟无余。故《学记》曰："大时不齐"，言无分限也。老子曰"大方无隅"，言无边际也。"时止则止，时行则行，动静不失其时"，所谓动亦定，静亦定，更无动静二相也。"其道光明"，所谓"净极光通达，寂照含虚空"。唯妙觉明，更无明暗二相也。《庄子》云："泰宇定而天光发"，亦与此同旨。"止其所者"，不离当处而周遍十方，所谓"不疾而速，不行而至"，更无去来二相也。以一相无相，故显示常住真心，故说止是不迁义也。

复次，僧璨《信心铭》曰："止动归止，止更弥动，唯滞两边，宁知一种。"学者当知，止者必离二边分别，即无去来动静二相，如是则不迁之旨明矣。若不知即动是静，而舍动以求静，则其所谓止者亦动也。悟即动而静，则知动静之时者，其动亦止也。故肇公云："旋岚偃岳而常静，江河竞注而不流，野马飘鼓而不动，日月历天而不周。"故谓谈真有不迁之称，顺俗有流动之说，"谈真则逆俗，顺俗则违真。违真故迷性而莫返，逆俗故言淡而无味也。""梵志出家，白首而归，邻人见之曰：'昔人尚存乎？'梵志曰：'吾犹昔人，非昔人也。'"大鉴在南海法性寺，暮夜风飐刹幡，闻二僧对论，一曰幡动，一曰风动。大鉴曰："可容俗流辄预高论否？直以风幡非动，动自心耳。"于此荐得，亦可无疑于斯言。肇公又曰："人之所谓动者，以昔物不至今，故曰动而非静。我之所谓静者，亦以昔物不至今，故曰静而非动。动而非静，以其不来。静而非动，以其不去。然则所造未尝异，所见未尝同。逆之所谓塞，顺之所谓通。苟得其道，复何滞哉？伤夫人情之惑也久矣，目对真而莫觉。既知往物不来，而谓今物可往；往物既不来，今物何所往？何则？求向物于向，于向未尝无；责向物于今，于今未尝有。于今未尝有，以明物不来；于向未尝无，故知物不去。覆而求今，今亦不往，是谓昔物自在昔，不从今以至昔；今物自在今，不从昔以至今。""既曰古今，而欲迁之者，何也？""今若至古，古应有今。古若至今，今应有古。今而无古，以知不来。古而无今，以知不去。""事各性住于一世，有何物而可去来？"不迁之致，义极于此。是谓"动静不失其时"，是谓"止其所"。故曰："智者观其象辞，则思过半矣。"《艮》卦只恁么看，一部《周易》亦只恁么看。

去矜（上）①

上蔡《语录》云：谢子与伊川别一年，往见之。伊川曰："相别又一年，做得甚功夫？"谢曰："也只是去个'矜'字。"曰："何故？"曰："仔细检点得来，病痛尽在这里，若按伏得这个罪过，方有向进处。"伊川点头。因语在座同志者曰："此人为学，切问近思者也。"胡文定公问："'矜'字罪过，何故恁地大？"谢曰："今人做事，只管要夸耀别人耳目，浑不关自家受用事。如有的人食前方丈，便向人前吃；只蔬食菜羹，却去房里吃。为甚恁地？"上蔡此言最为亲切。今略引群经，明矜之过失及去矜之道如下。

《论语》：颜渊、季路侍。子曰："盍各言尔志？"颜渊曰："愿无伐善，无施劳。"朱注曰："善谓有能，劳谓有功，施亦张大之意。"《虞书》舜命禹曰："汝惟不矜，天下莫与汝争能。汝惟不伐，天下莫与汝争功。"《易·系辞》："'劳谦，君子有终，吉。'《谦》卦九三爻辞。子曰：'劳而不伐，有功而不德，厚之至也。语以其功下人者也。'"老子曰："自见者不明，自是者不彰，自伐者无功，自矜者不长。"

以上皆矜伐并举。曰善曰能，是居之在己为矜；曰劳曰功，是加之于人为伐。浑言则矜、伐不别，皆因有我相、人相而妄起功能。诸相只是一个胜心。胜心，即是私吝心，佛氏谓之萨迦耶见，我执、法执之所依也。

然《论语》有"君子矜而不争"及"古之矜也廉"。朱子注："庄以持己曰矜。"又："矜者，持守太严。廉，谓棱角峭厉。"此"矜"字不是恶德，但虽有持守，乃作意出之，不免崖岸自高，亦是一种病痛。今所谓矜，不是此类，是专指矜伐之矜。此则纯是恶德，故去之务尽也。

---

① 原标题为"去矜上"，后面有小字"续义理名相五"。今略去后面小字，"上"字加括号。

人何故有矜？今更以佛说显之。此在根本烦恼中，是痴、慢二法所摄。《百法》云："无明者，无明即痴。于诸理事，迷暗为性，能障无痴，一切杂染，所依为业。慢者，恃己于他，高举为性，能障不慢，生苦为业。"谓有慢者，于诸有德，心不谦下，能生诸苦。在随烦恼中，具有覆、诳、谄、骄、害、嫉、无惭、无愧八法，亦是贪嗔二分所摄。《百法》云："覆者，于自作罪，恐失利誉，隐藏为性，能障不覆，悔恼为业。诳者，为获利誉，矫现有德，诡诈为性，能障不诳，邪命为业。谄者，为罔他故，矫设异仪，谄曲为性，能障不谄，教诲为业。谓谄曲者为欲取悦于人，矫辞巧说，不信师友正言也。能障通不谄及教诲为言。骄者，于自盛事，深生染著，醉傲为性，能障不骄，染依为业。害者，于诸有情，心无悲愍，损恼为性，能障不害，逼恼为业。嫉者，殉自名利，不耐他荣，妒忌为性，能障不嫉，忧戚为业。按，此即忮心。忮者必求，求而不得则戚。鄙夫之患得患失，小人之长戚戚，是也。无惭者，不顾自法，轻拒贤善为性，能障于惭，生长恶行为业。无愧者，不顾世间，崇重暴恶为性，能障于愧，生长恶行为业。"按，惭是自惭，愧是愧人，故以自法、世间分说。佛书中言世间，有时其意义颇近于今时所言社会。善法中翻此二法，则为惭、愧。崇重贤善、轻拒暴恶为性，对治无惭无愧，止息恶行为业。轻者对重而言，鄙贱之意也。儒者谓："小人不耻不仁，不畏不义。"即无惭、无愧。"耻不仁者，其于仁矣。"即具足惭、愧二法也。盖心存矜伐者，务以胜人，不见己恶，其流必至于此。

上蔡所谓"按伏得这个罪过，方有向进处"，学者须是先识得矜之过患，然后方知克治除遣之法。

如何除遣？先遣我、人相，次遣功、能相。

云何先遣我、人相？儒者只言己私，不加分析，不如佛氏加以推勘，易于明了。

凡计人我者，不出五蕴。蕴以积聚盖覆为义。五蕴者，色、受、想、行、识是也。

何谓色蕴？质碍为色。谓四大及五根、五尘。四大者，地、水、火、风，谓坚相、湿相、暖相、动相。眼耳诸根，色声诸境，和合积聚，总名为色。按，安慧《五蕴论》尚有无表色，亦色蕴摄。今略。

何谓受蕴？领纳名受。谓领纳前境而有三受：苦受、乐受、不苦不乐受，总名受蕴。

何谓想蕴？想即取相。谓意识缘诸尘而生取著，总名为想。

何谓行蕴？行即迁流、造作之义。谓除受、想诸余心法，心所行处，总名行蕴。此分遍行、别境二种。遍行者，三性、八识、九地，一切时俱能遍故。别境者，于差别境历别缘境而生起故。此有善不善等。

何谓识蕴？了别名识。谓于所缘诸境能了别故，又能执持含藏诸种令相续故，有情执为自内我故，总名识蕴。

《圆觉》所谓"妄认四大为自身相，六尘缘影为自心相"是也。计有我者，不出四见。一即蕴。二离蕴。计即蕴者，为即色是我邪？为即受、想、行、识是我邪？若俱是者，我应有五。计离蕴者，若离于蕴，我不可得。又计色大我小，我在色中，我大色小，色在我中。受、想、行、识，亦复如是。此二见者，辗转虚妄，反覆推勘，我实不可得。我相如是，人相亦然。因我故有我所，我既不可得，云何立我所？如是，我、人二相俱遣，则矜无所施矣。

去矜（下）①

云何遣功能相？以儒家之义言之，天地虽并育不害，不居生物之功；圣人虽保民无疆，不矜畜众之德。故曰："天何言哉？四时行，百物生，天何言哉？""巍巍乎，舜禹之有天下而不与也。"颜子"有若无，实若虚"，"以能问于不能，以多问于寡"。孔子曰："吾少也贱，故多能鄙事。君子多乎哉？不多也。""吾有知乎哉？无知也。有鄙夫问于我，空空如也。我叩其两端而竭焉。""所求乎子以事父，未能也；所求乎弟以事兄，未能也；所求乎朋友先施之，未能也。""若圣与仁，则吾岂敢？抑为之不厌，诲人不倦，则可谓云尔已矣。"文王视民如伤，望道而未之见。周公思兼三王，思而不得，坐以待旦。汤曰："朕躬有罪，无以万方。万方有罪，罪在朕躬。"武王曰："百姓有过，在予一人。"此皆圣贤用心行事之实相，决非故为执谦。其自视欿（kǎn）然，觉得实有许多不尽分处，岂有纤毫功能之相？是则不待遣也。如梁惠王开口便曰："寡人之于国也，尽心焉耳矣。"人之度量相越，岂不远哉！

程子曰："尧舜事业，如一点浮云过太虚。"朱子说："典礼犹云常事。尧舜揖让，汤武征诛，只如家常茶饭。"此真得圣人之用心，只是行其所当然而已。"'于戏！前王不忘'，君子贤其贤而亲其亲，小人乐其乐而利其利"，此谓前王实能亲亲尊贤，与民以乐利，所以既没世而人思慕其功德，有如是也。故功德皆从后人称道之辞，岂有以功德自居自赞之理。唯秦始皇既并六国，巡行所至，乃专以刻石颂德为事，群臣诵功，动称"皇帝休烈"，自以功过五帝，地广三王，极矜伐之能事。自秦以后有国家者，其形于诏令文字或群下奉进之文，往往愈无道愈夸耀，不待"见其礼而知

---

① 原标题为"去矜下"，后面有小字"续义理名相六"。今略去后面小字，"下"字加括号。

其政，闻其乐而知其德"，夷考其言诚伪，自不可掩也。此其失何在？由于骄吝之私，见小识卑，彼实以功德为出于己也。程子谓："才有一毫私吝心，便与天地不相似"，非此类之人所能梦见也。

末学肤受，亟于求人知，好为大言，以自表见，居之不疑，此病最是不可救药。若以佛说推勘，当知功能之相实不可得，庶几废然知返。为对治此类病，故略明缘起性空，使知非己所得而有，亦是一期药病之言耳。

何谓"缘起性空"？欲明此义，须究大乘般若方等诸经论，至约亦须明三论，《十二门论》《中论》《百论》。今只能略举其一端。

《肇论》云："一切诸法，缘会而生。缘会而生，则未生无有，缘离则灭。如其真有，有则无灭。以此而推，故知虽今现有，有而性常自空。"此谓诸法从缘故不有，缘起故不无也。

《十二门论》云："众缘所生法，即是无自性。若无自性者，云何有是法？"释云："众缘所生法有二种：一者内，二者外。众缘亦有二种：一者内，二者外。"言内者，乃破小乘十二因缘，今略之。又所言法者，该有为无为。今专明有为。外因缘者，如泥团、转绳、陶师等和合，故有瓶生。缕綖（yán）、机杼、织师等和合，故有氍（dié）生。治地、筑基、梁椽、泥草、人功等和合，故有舍生。酪器、钻摇、人功等和合，故有酥生。种子、地、水、火、风、虚空、时节、人功等和合，故有芽生。当知外缘等法，皆如是从众缘生。从众缘生故，即是无自性。《涅槃》云："譬如青黄合成绿色，当知是二，本无绿性，若本有者，何须合成。"若自性无，他性亦无，自他亦无，何以故？因他性故无自性。谓自性若有，则不因他。若谓以他性故有者，则牛以马性有，马以牛性有，梨以奈（nài）性有，奈以梨性有，余皆应尔，而实不然。若谓不以他性故有，但因他故有者，是亦不然。何以故？若以蒲故有席者，则蒲席一体，不名为他。若谓蒲于席为他者，不得言以蒲故有席。又蒲亦无自性，何以故？蒲亦从众缘出，故无自性。不得言以蒲性故有席。是故席不应以蒲为体。余瓶酥等外因缘法，皆亦如是不可得。

学者当知，所言功能者，亦是因缘所生法。云何得成？若谓能是能成之缘，功是所成之法，而此能者，即众缘也。是则功无自性，缘所成故。能亦无自性，体即缘故。此缘不从自生，为不孤起故；亦不从他生，缘不定二故；亦非自他共生，诸缘各住自位故。辗转推勘，皆不可得。能成既无，所成何有？是故功能及我皆空。又此言功能，属有为法。今立量云：

一切有为法，皆无自性，宗。以从缘生故，因。喻如瓶等。喻。又：一切有为法定空，宗。以无自性故，因。喻如不以蒲性故有席。喻。是故功能虽似幻有，当体本空也。

学者观此，如犹未喻，今更引老子之言明之。老子曰："三十辐共一毂。当其无，有车之用。埏埴（shān zhí）以为器，当其无，有器之用。凿户牖以为室，当其无，有室之用。故有之以为利，无之以为用。"此章旧师所释皆不得其旨。若以缘起性空之义释之，则迎刃而解矣。盖老子所谓"有"者，即指缘生。所谓"无"者，即谓性空也。某旧曾注《老子》，今附录此章义如下：

> 此显缘生之法，咸无自性，故幻用得成也。车之用，载重行远是也。器之用，受物可持是也。室之用，居处宴息是也。方其辐毂已具，埏埴已成，户牖已施，但有车、器、室之相而已，其用固未形也。及其用之，则随人而无定，故当其有此三法也，非三用也。当其有此三用也，非三法之能有也。辐毂非即是车，车不离辐毂，车与辐毂各不相知，而车之用出焉。为出于车邪？车无自体，辐毂等所成故。为出于辐毂邪？辐毂非全车，离车则辐毂无所施故。是故舍辐毂则车丧，舍车则辐毂亦丧。求辐毂与车，则似有矣，求车之用，则无得矣。唯器与室亦然，埏埴而为方圆大小众形，则有器生，而器之用不存也。凿户牖而见明暗通塞诸相，则有室生，而室之用不存也。六事和合，三法幻起，三用虽炽然现前，而三法当体空寂。利者，言乎用之未发也。譬如刀刃之铦，但可名利，以之割物，乃得名用。刀不自割，故但有其利；人能使之，乃转利成用。用不属刀，亦不属人，不离刀人，刀人亦不相知，反复求之，皆不可得。故利则不无，用则不有。以缘生故有，有即幻有，非是定常。以无性故空，空乃本无，非是灭取也。

又《庄子·知北游篇》：舜问乎丞曰："道可得而有乎？"曰："汝身非汝有也，汝何得有夫道？"舜曰："吾身非吾有也，孰有之哉？"曰："是天地之委形也。生非汝有，是天地之委和也。性命非汝有，是天地之委顺也。孙子非汝有，是天地之委蜕也。故行不知所往，处不知所持，食不知

所味，天地之强阳气也，又胡可得而有邪？"郭注："强阳，犹运动耳。"按
《列子·天瑞篇》亦有此文，疑其袭取《庄子》。庄子谓强阳气，即气之动，气动
即缘生也。自道家、儒家言之，皆谓"气聚则生，气散则死"。自佛氏言
之，则曰："缘会则生，缘离即灭。"会得此语，则证二空。身非汝有，是
人空；不得有夫道，是法空。在儒家谓之尽己。私人我，诸法不成；安
立，然后法身真我始显，自性功德始彰。故曰："至人无己，神人无功，
圣人无名。"无己之己，无所不己，是为法身，即性也。无功之功，任运
繁兴，是为般若，即道也。无名之名，应物而形，是为解脱，即教也。是
故"与天地合其德，与日月合其明，与四时合其序"，而后知暖暖妹妹自
以为足者，未始有物也。一蚊一虻之劳，其于天地亦细矣。尘垢秕糠，未
足为喻，奚足以自多乎？如是，则人我功能之相，遣尽无余，何处更著一
"矜"字？

在《易·象》："山下有风，蛊。君子以振民育德。"挠万物者，莫疾
乎风。山本静止，遇风则群物动乱，故成蛊坏之象。既坏而治之，止其动
乱，则为有事。故曰："蛊者，事也。"民者，难静而易动。当蛊之时，治
蛊之道在于"振民育德"，育德则止矣。《系辞》曰："功业见乎变。"物
坏是变，治其坏亦是变。人唯为习气所坏，故须学。天下唯无道，故须
易。此皆不得已之事。

乱既不生，何须定乱？如人无病，何须服药？上工治未病，君子防未
然。《学记》曰："禁于未发之谓豫。"《大畜》："童牛之牿（gù）""豮
（fén）豕之牙"，皆是遏人欲于将萌，消祸乱于不觉。无迹可寻，无功可
著，民莫能名，无得而称，斯所以为至德。知此，则去矜之谈，实为剩
语矣。

大不自多，海纳江河

——浙江大学校歌①

　　大不自多，海纳江河。惟学无际，际于天地。形上谓道兮，形下谓器。礼主别异兮，乐主和同。知其不二兮，尔听斯聪。

　　国有成均，在浙之滨。昔言求是，实启尔求真。习《坎》示教，始见经纶。无曰已是，无曰遂真。靡革匪因，靡故匪新。何以新之？开物前民。嗟尔髦士，尚其有闻。

　　念哉典学，思睿观通。有文有质，有农有工。兼总条贯，知至知终。成章乃达，若金之在镕。尚亨于野，无吝于宗。树我邦国，天下来同。

　　案：今国立大学比于古之辟雍，古者飨射之礼于辟雍行之，因有燕乐歌辞。燕飨之礼，所以仁宾客也。故歌《鹿鸣》以相宴乐，歌《四牡》《皇皇者华》以相劳苦，厚之至也。食三老五更于太学，必先释奠于先师。今皆无之。学校歌诗，唯用于开学毕业，或因特故开会时，其义不同于古所用歌辞。乃当述立教之意，师弟子相劝勉诰诫之言，义与箴诗为近。辞不厌朴，但取雅正，寓"教思无穷"之旨，庶几歌者、听者咸可感发兴起，方不失《乐》教之义。《学记》曰："大学始教，皮弁祭菜，示敬道也。宵雅肄三，官其始也。"此见古者《礼》《乐》之教，浃于人心，然后政成民和，国家以安。明堂为政之所从出，辟雍为教之所由兴，其形于燕飨歌辞者，笃厚深至如此，犹可见政教相通之义，此治化之本也。《论语》曰："诵《诗》三百，授之以政，不达"，

————————————

　　① 《浙江大学校歌》原名《大不自多》，作于1938年，后以"浙江大学校歌"之名传播。今在原标题后再加"海纳江河"四字，并附后来的标题。

"虽多，亦奚以为"，今作乐安歌，宜知此意。

今所拟首章，明教化之本，体用一原，显微无间。道器兼该，礼乐并得。以救时人歧而二之之失。言约义丰，移风易俗之枢机，实系于此。

次章，出本校缘起。以求是书院为前身，闻已取"求是"二字为校训。今人人皆知科学所以求真理，其实先儒所谓事物当然之则，即是真理。事物是现象，真理即本体。理散在万事万物，无乎不寓。所谓是者，是指分殊。所谓真者，即理一也。凡物有个是当处，乃是天地自然之序。物物皆是当，交相为用，不相陵夺，即是天地自然之和。是当，犹今俗言停停当当，亦云正当。序是礼之本，和是乐之本，此真理也。六经无"真"字，老、庄之书始有之。《易》多言"贞"，"贞"者正也。以事言，则谓之正义；以理言，则谓之真理。或曰诚，或曰无妄，皆"真"义也。是字从"正"，亦"贞"义也。以西洋哲学真善美三义言之：礼是善；乐是美；兼善与美，斯真矣。《易》曰："天下之动，贞夫一者也。"《华严》谓之一真法界，与《易》同旨。故谓"求是"乃为"求真"之启示，当于理之谓是，理即是真，无别有真。《易》曰："水洊（jiàn）至，习《坎》，君子以常德行，习教事。"义谓水之洊至，自涓流而汇为江海，顺其就下之性而无骤也。君子观于此象，而习行教化之事，必其德行恒常，然后人从之。本校由"求是"蜕化而来，今方渐具规模，初见经纶之始，期其展也，大成如水之洊至，故用习《坎》之义。取义于水，亦以其在浙也。"无曰"四句，是诚勉之词，明义理无穷，不可自足，勿矜创获，勿忘古训，乃可日新。"开物成务""前民利用"，皆先圣之遗言，今日之当务。"前民"之"前"，即领导之意。傅说之告高宗曰："学于古训乃有获。"今日学子，尊今而蔑古，蔽于革而不知因，此其失也。温故知新可以为师教者，所以长善而救其失。此章之言，叮咛谆至，所望于浙大者深矣。

末章之意，与首章相应。首言体之大，末言用之弘。"念终始典于学"，是《说命》文。典者，常也。久于其道而天下化成，乃终始典学之效。成山假就于始篑，修涂托至于初步，要终者必反始，始终如一也。"思曰睿，睿作圣"，是《洪范》文。"观其会通，以行其典礼"，是《易·系辞》文。"知至至之，可与几也；知终终之，可与存义也"，《易·乾·文言》文。"知至"，即始条理事；"知终"，即终条理事。"同人于野，亨"，《易·同人》卦辞。"同人于宗，吝"，《同人》六二爻辞。"野"者，旷远之地，唯廓然大公，斯放之皆准而无睽异之情，故亨。"宗"者，族党之称，谓私系不忘，则畛域自封，终陷褊狭之过，故吝。

学术之有门户，政事之有党争，国际之有侵伐，爱恶相攻，喜怒为用，皆是"同人于宗"，致吝之道。学也者，所以通天下之志。故教学之道，须令心量广大，绝诸偏曲之见，将来造就人才，见诸事业，气象必迥乎不同，方可致亨。又今学校方在播迁之中，远离乡土，亦有"同人于野"之象。大学既为国立，应无地方限制。若谓必当在浙，亦是"同人于宗"，吝道也。然此之寓意甚小，无关宏旨。他日平定后还浙，长用此歌，于义无失。

又抗战乃一时事变，恢复为理所固然。学校不摄兵戎，乐章当垂久远。时人或以勾践沼吴为美谈，形之歌咏，以寓复兴之志，亦是引喻失义。若淮夷率服，在泮献功，自系当来之事，故抗战情绪不宜羼入歌辞。文章自有体制，但求是当，无取随人。歌辞中用语多出于经，初学不曾读经者，或不知来历，即不明其意义。又谱入曲调，所安声律亦须与词中意旨相应，故欲制谱之师于此歌辞深具了解，方可期于尽善。因不避迂妄，略为注释，如其未当，以俟知者。

第三辑

复性书院讲录选

复性书院开讲日示诸生

天下之道，常变而已矣。唯知常而后能应变，语变乃所以显常。《易·恒》之象曰："雷风，恒。君子以立不易方。"夫雷风动荡，是变也。"立不易方"，是恒也。事殊曰变，理一曰常。处变之时，不失其常道，斯乃酬酢万变而无为，动静以时而常定。故曰："吉凶之道，贞胜者也。""观其所恒，而天地万物之情可见矣。"

今中国遭夷狄侵陵，事之至变也；力战不屈，理之至常也。当此蹇难之时，而有书院之设置，非今学制所摄，此亦是变；书院所讲求者在经术义理，此乃是常。书院经始，资用未充，斋舍不具，仅乃假屋山寺，并释奠之礼而亦阙之，远不逮昔时书院之规模，此亦处变之道则然。然自创议筹备，诸公及来院相助诸友，其用心皆以扶持正学为重。来学之士，亦多有曾任教职，历事多师，不以自画而远来相就，其志可嘉。果能知所用力，亦当不后于古人，此又书院之常道也。

时人或以书院在今日为不亟之务，视为无足重轻；或又责望备至，病其规制不广。前者可置不论，后者亦未察事情。盖力愿之在己者是常，事物之从缘者是变。常者，本也；变者，迹也。举本则范围天地而不过，未足以自多也；语迹则行乎患难而无辞，亦未足以自沮也。

凡我书院同人，固不宜妄自菲薄，卒安于隘陋；亦不可汰然自许，有近于奢夸。如是则大行不加，厄穷不闵。持常以遇变，不累于物而有以自全其道矣。至于师资之间，所望熏习以渐，相喻益切，斯相得益彰。不务速化，而期以久成；不矜多闻，而必求深造。唯日孜孜，如恐弗及。因时而惕，虽危无咎。如是，则气质之偏未有不能化，学问之道未有不能成者。

盖人之习惑是其变，而德性是其常也。观变而不知常，则以己徇物，往而不返，不能宰物，而化于物，非人之恒性也。若夫因物者，不外物而物自宾；体物者，不遗物而物自成。知物各有则，而好恶无作焉，则物我无间。物之变虽无穷，而吾心之感恒一，故曰："天下之动，贞夫一者"，言其常也。老氏亦曰："不知常，妄作凶。"故天下之志有未通者，是吾之知有未致也；天下之理有未得者，是吾之性有未尽也。睽而知其类，异而知其通，易简而天下之理得，夫岂远乎哉。

穷理尽性，明伦察物，是人人分上所有事。不患不能御变，患不能知常。不患不能及物，患不能尽己。毋守闻见之知，得少为足；毋执一隅之说，以蔽为通。讳言病而拒药者，将不可医；不自反而责人者，必至丧己。骛广者易荒，近名者亡实。扬己矜众，并心役物，此皆今日学者通病，其害于心术者甚大。诸生虽才质志趣并有可观，其或狃于旧习而不自知，有一于此，必决而去之，然后于经术义理之学，方能有入。语有之："为山假就于始篑，修途托至于初步。"儒者先务立志，释氏亦言发心。此须抉择是当，不容一毫间杂。圣狂由此分途，惑智莫能并立。随时变易以从道，斯知变矣；夭寿不贰以俟命，斯知常矣。

君子小人之归，吉凶悔吝之渐，系乎当人一念之辨而已。敬则不失，诚则无间，性具之德，人人所同，虽圣人不能取而与之。学而至于圣人，方为尽己之性。此乃常道，初无奇特。须知自私用智，实违性德之常。精义入神，始明本分之事。书院师友所讲习者，莫要于此。今当开讲之初，特举是以为说。当知此理平实，勿谓幽玄。此语切近，勿谓迂阔。《说命》曰："敬逊务时敏，厥修乃来。"程子曰："敬之一字，聪明睿知皆由此出。"君子进德修业，欲及时也。诸生远来不易，当念所为何事？敬之哉！毋怠，毋忽。若于此能循而行之，庶几可与共学，可与适道矣。①

---

① 原文不分段，今分为七段。

复性书院学规

在昔书院俱有学规，所以示学者立心之本，用力之要，言下便可持循，终身以为轨范，非如法令科条之为用，止于制裁而已。乃所以弼成其德，使迁善改过而不自知，乐循而安处，非特免于形著之过，将令身心调熟，性德自昭，更无走作。《书》曰："念兹在兹""允出兹在兹"。朱子《白鹿洞学规》、刘忠介《证人社约》，由此其选也，与今时学校之有校训实不同科。彼则树立鹄的，驱使力赴；此乃因其本具，导以共由也。又今日所谓养成学风，亦非无验。然其原于一二人之好乐，相习而成，有分河饮水之嫌，无共贯同条之契。此则合志同方，营道同术，皆本分之事，无门户之私也。昔贤谓："从胡安定门下来者，皆醇厚和易；从陆子静门下来者，皆卓然有以自立。"此亦可以观矣。孔子家儿不知怒，曾子家儿不知骂；颜子如和风庆云，孟子如泰山乔岳。圣贤气象，出于自然，在其所养之纯，非可以矫为也。

夫"率性之谓道"，闻道者必其能知性者也；"修道之谓教"，善教者必其能由道者也。顺其气质以为性，非此所谓率性；增其习染以为学，非此所谓修道也。气质之偏，物欲之蔽，皆非其性然也，杂于气，染于习，而后有也。必待事为之制，曲为之防，则亦不胜其扞（hàn）格。"童牛之牿""豮豕之牙"，则恶无自而生矣。禁于未发以前则易，遏于将萌之际则难。

学问之道无他，在变化气质，去其习染而已矣。长善而救其失，易恶而至其中。失与恶，皆其所自为也；善与中，皆其所自有也。诸生若于此信不及，则不必来院受学，疑则一任别参，两月以后，自请退席可也。书院照章考察，验其言行，若立志不坚，习气难拔者，随时遣归，决不稍存姑息，转以爱人者误人。慎之戒之，毋贻后悔。盖不能长善，即是长恶，无论如何多闻多见，只是恶知恶觉，纤芥不除，终无入德之分也。

今立学规，义取简要，言则叮咛，求其易喻，事非得已。盖遮止恶德，不如开以善道，譬诸治病于已锢，不如摄养于平时，使过患不生，无所用药。象山有言："某无他长，只能识病。"夫因病与药，所以贵医，若乃妄予毒药，益增其病，何以医为？病已不幸，而医复误之，过在医人。若不知择医而妄服药，过在病人。至于有病而不自知其为病，屏医恶药，斥识病者为妄，则其可哀也弥甚！人形体有病，则知求医，唯恐其不愈，不可一日安也；心志有病，则昧而不觉，且执以为安，唯恐其或祛，此其为颠倒之见甚明。孟子曰："指不若人，则知恶之；心不若人，则不知恶。"岂不信然哉！

诸生须知，循守学规，如航海之有罗盘针，使知有定向而弗致于迷方；如防毒之有血清注射，使抵御病菌而弗致于传染。此实切己之事，不可视为具文。

孔子曰："谁能出不由户？何莫由斯道也？"舍正路而不由，乃趋于旁蹊曲径，错用心力，唐费光阴，此扬子云所谓"航断港绝潢，以求至于海"，不可得也。

今为诸生指一正路，可以终身由之而不改，必适于道，只有四端：一曰主敬，二曰穷理，三曰博文，四曰笃行。主敬为涵养之要，穷理为致知之要，博文为立事之要，笃行为进德之要。四者内外交彻，体用全该，优入圣途，必从此始。今分言之如下。

一曰主敬为涵养之要者

孟子曰："苟得其养，无物不长；苟失其养，无物不消。"凡物不得涵濡润泽则不能生长，如草木无雨露则渐就枯槁。此是养其生机，故曰涵养也。涵有含容深广之意，喻如修鳞之游巨泽，活鲅自如，否则如尺鲋之困泥沙，动转皆碍。又有虚明照澈之意，如镜涵万象，月印千江。如谓黄叔度如汪汪千顷之陂，澄之不清，挠之不浊，即含容深广之意。朱子"天光云影"一诗，即虚明照澈之意。

人心虚明不昧之本体元是如此，只为气禀所拘，故不免褊小而失其广大之量。为物欲所蔽，故不免昏暗而失其觉照之用。气夺其志，则理有时而不行矣。然此是客气，如人受外感，非其本然。治病者先祛外感客邪，乃可培养元气，先以收摄，继以充养，则其冲和广沛之象可徐复也。孟子曰：“持其志，毋暴其气。”“志者，气之帅也。”“志至焉，气次焉。”心之所之谓之志。帅即主宰之义。志足以率气，则气顺于理，而是气固天理之流行也。

何以持志？主敬而已矣。伊川曰：“涵养须用敬”，即持志之谓也。以率气言，谓之主敬；以不迁言，谓之居敬；以守之有恒言，谓之持敬。心主于义理而不走作，气自收敛。精神摄聚则照用自出，自然宽舒流畅，绝非拘迫之意。故曰“主一无适之谓敬”，此言其功夫也。敬则自然虚静，敬则自然和乐，此言其效验也。敬是常惺惺法，此言其力用也。

《尚书》叙尧德，首言“钦明”；傅说告高宗，先陈“逊志”。盖散乱心中，决无智照。无智照，故人我炽然，发为骄慢，流为放逸，一切恶德皆从此生。敬之反，为肆、为怠、为慢。怠与慢，皆肆也，在己为怠，对人为慢。武王之铭曰：“敬胜怠者吉，怠胜敬者灭。”《孝经》曰：“敬亲者，无敢慢于人。”故圣狂之分，在敬与肆之一念而已。

“主忠信”，即是主敬，《说文》忠、敬互训，信者，真实无妄之谓。此以立心而言。“居处恭，执事敬，与人忠”，程子曰：“此是彻上彻下语。圣人元无二语。”此该行事而言，心外无事也。“礼仪三百，威仪三千”，一言以蔽之，曰“毋不敬”。礼以敬为本，人有礼则安，无礼则危，故武王曰“怠胜敬者灭”也。“忠易为礼，诚易为辞”，语在《韩诗外传》，忠即敬也，诚即信也。“敬以直内，义以方外，敬义立而德不孤”，未有敬而不能为义者，即未有忠信而不能为礼者，内外一也。一有不敬，则日用之间动静云为皆妄也。居处不恭，执事不敬，与人不忠，则本心汩没，万事堕坏，安在其能致思穷理邪？

故敬以摄心，则收敛向内，而攀缘驰骛之患可渐祛矣；敬以摄身，则百体从命，而威仪动作之度可无失矣。敬则此心常存，义理昭著；不敬则此心放失，私欲萌生。敬则气之昏者可明，浊者可清。气既清明，义理自显，自心能为主宰。不敬则昏浊之气辗转增上，通体染污，蔽于习俗，流于非僻而不自知，终为小人之归而已矣。外貌斯须不庄不敬，则慢易之心入之；心中斯须不和不乐，则鄙诈之心入之。未有箕踞而心不慢者。视听言动，一有非礼，即是不仁，可不念哉？

今时学者通病，唯务向外求知，以多闻多见为事，以记览杂博相高，以驰骋辩说为能，以批评攻难自贵，而不肯阙疑阙殆。此皆胜心私见，欲以矜名哗众，而不知其徇物忘己，堕于肆慢，戕贼自心。故其闻见之知愈多者，其发为肆慢亦愈甚，往而不返，不可救药。苟挟是心以至，而欲其可与入理、可与立事、可与亲师取友进德修业，此必不可得之数也。今于诸生初来之日，特为抉示时人病根所在，务望各人自己勘验，猛力省察，无使疮疣在身，留为过患。

须知"敬"之一字，实为入德之门，此是圣贤血脉所系，人人自己本具。德性之知，元无欠少，不可囿于闻见之知遂以为足，而置德性之知任其隐覆，却成自己辜负自己也。圣人动容周旋莫不中礼，酬酢万变而实无为，皆居敬之功也。常人"憧憧往来，朋从尔思"，起灭不停，妄想为病，皆不敬之过也。程子有破屋御寇之喻，略谓："前后左右，驱去还来，只缘空虚，作不得主，中有主则外患自不能入。"此喻最切。主者何？敬也。故唯敬可以胜私，唯敬可以息妄。私欲尽则天理纯全，妄心息则真心显见。尊德性而道问学，必先以涵养为始基。及其成德，亦只是一敬，别无他道。故曰："敬也者，所以成始而成终也。"

二曰穷理为致知之要者

先须楷定何谓理，何谓知。"穷理尽性以至于命"，《易·系辞传》文也。"致知在格物"，《大学》文也。

向来先儒说《大学》"格物"，各明一义，异执纷然。大略不出两派：一宗朱子，一宗阳明。朱子释"格物"为穷至事物之理，"致知"为推极吾心之知。知者，知此理也。知具于心，则理不在心外明矣，并非打成两橛。不善会者，往往以理为外。阳明释知善知恶是"良知"，为善去恶是"格物"。不善会者，亦遂以物为外。且如阳明言，则《大学》当言"格物在致知"，不当言"致知在格物"矣。今明心外无物，事外无理，即物而穷其理者，即此自心之物而穷其本具之理也。此理周遍充塞，无乎不在，不可执有内外。学者须知儒家所言"事物"，犹释氏言"万法"，非如今人所言物质之物。若执唯物之见，则人心亦是块然一物质耳，何从得有许多知识。阳明"致良知"之说，固是直指，然《大学》须还他《大学》。教有顿渐，《大学》说先后次第，明是渐教。《中庸》显天人一理，"君子笃恭而天下平"，中和即位育，方是顿教。儒者不言顿渐，然实有是理。阳明是就自家得力处说，朱子却还他《大学》元来文义，论功夫造诣是同，论诠释经旨却是朱子较密。上来约简旧说，是要学者先明穷理致知为何事，非于先儒妄生异同，心存取舍，亦非欲为调停之说也。此意既明，学者须知格物即是穷理，异名同实。今言穷理为致知之要者，亦即是"致知在格物"也。

何以不言格物而言穷理？只为从来学者，都被一个"物"字所碍，错认物为外，因而再误，复认理为外。今明心外无物，事外无理，事虽万殊，不离一心。佛氏亦言："当知法界性，一切唯心造。""心生法生，心灭法灭。""万行不离一心，一心不违万行。"所言法者，即事物异名。一心贯万事，即一心具众理。即事即理，即理即心。心外无理，亦即心外无事。理事双融，一心所摄，然后知散之则为万殊，约之唯是一理。

所言穷者，究极之谓。究极此理，周匝圆满，更无欠阙，更无渗漏，不滞一偏一曲，如是方名穷理。致者，竭尽之称。如"事父母能竭其力，事君能致其身"、《孝经》言"养则致其欢，丧则致其哀"之致。知是知此理唯是自觉自证境界，拈似人不得，如人饮水，冷暖自知。一切名言诠表，只是勉强描摹一个体段，到得此理显现之时，始名为知。一现一切现，鸢飞鱼跃，上下与天地同流，左右逢源，触处无碍，所谓头头是道，法法全彰，如是方名致知，所谓知之至也。

清凉观答唐顺宗心要云："语证则不可示人，说理则非证不了。"证者方是真知，证后所说之理方是实理。不然只是揣量卜度，妄生分别，如盲人摸象，各说一端，似则似，是则不是。在佛氏，谓之情识思量境界，谓之遍计执，全体是妄；在儒家，谓之私智穿凿，谓之不诚。故穷理工夫入手处，只能依他古来已证之人所说，一一反之自心，仔细体究，随事察识，不等闲放过。如人学射，久久方中。到得一旦豁然贯通，表里洞然，不留余惑，所谓直到不疑之地，方可名为致知也。《大学》只此一关，最为难透，到得知至以后，意诚、心正、身修，乃是发悟。以后保任长养之事，譬如顺水行船，便易为力。故象山曰："向上事益简易不费力。但穷理工夫直是费力，不是吃紧用力一番，不能致知。"朱子所谓"唯于理有未穷，故其知有不尽"，此系诚言，不容妄生疑虑。

孟子曰："尽其心者，知其性也。知性则知天矣。"朱子《集注》曰："心者，人之神明，所以具众理而应万事者也。性则心之所具之理，而天又理之所从以出者也。人有是心，莫非全体，然不穷理，则有所蔽，而无以尽乎此心之量。故能极其心之全体而无不尽者，必其能穷夫理而无不知者也。既知其理，则其所从出亦不外是矣。以《大学》之序言之，知性则物格之谓，尽心则知至之谓也。"《易·系辞》"穷理尽性以至于命"，"穷理"即当孟子所谓"知性","尽性"即当孟子所谓"尽心","至命"即当孟子所谓"知天"。

天也，命也，心也，性也，皆一理也。就其普遍言之，谓之天。就其禀赋言之，谓之命。就其体用之全言之，谓之心。就其纯乎理者言之，谓之性。就其自然而有分理言之，谓之理。就其发用言之，谓之事。就其变化流形言之，谓之物。故格物即是穷理，穷理即是知性，知性即是尽心，尽心即是致知，知天即是至命。

程子曰："理穷则性尽，性尽则至命。"不是穷理了再去尽性，尽性了再至于命，只是一事，非有三也。《大学》说"致知在格物"，不是说欲致其知者，先格其物。故今明穷理为致知之要者，须知合下用力，理穷得一分，即知致得一分。在佛氏谓之分证，到得知至，即满证也。

《中庸》曰："唯天下至诚为能尽其性，能尽其性，则能尽人之性；能尽人之性，则能尽物之性；能尽物之性，则可以赞天地之化育；可以赞天地之化育，则可以与天地参矣。"朱子章句曰："尽其性者，德无不实，故无人欲之私，而天命之在我者，察之由之，巨细精粗，无毫发之不尽也。人物之性，亦我之性，但以所赋形气不同而有异耳。能尽之者，谓知之无不明而处之无不当也。"此是一尽一切尽，其间更无先后。肇公曰："会天地万物为自己者，其唯圣人乎。"圣人无己，靡所不己，是故成己即所以成物，成物乃所以成己。"成己，仁也。成物，智也。性之德也，合外内之道也。"此是一成一切成，其间更无分别。"己欲立而立人，己欲达而达人。能近取譬，可谓仁之方。"良以物我无间，人己是同，于中不得安立人见我见。契此理者，是谓正理，是谓正知。反是，则非正理，为不正知。此是知之根本。

曾子闻"一贯"之旨，直下承当。及门人问，只道个"夫子之道，忠恕而已矣"。尽己之谓忠，推己之谓恕，此事学者合下可以用力。"己所不欲，勿施于人"，推己之事也。"行有不得，反求诸己"，尽己之事也。此亦是彻上彻下语。到得一理浑然，泛应曲当，亦只是个"忠恕"，别无他道。学者须于此信得亲切，行得真实，方可以言穷理，方可以言致知。更须知：理是同具之理，无可独得；知是本分之知，不假他求。故象山曰："宇宙内事，即吾性分内事。吾性分内事，即宇宙内事。"此亦知至之言。

今时学者，每以某种事物为研究之对象，好言"解决问题""探求真理"，未尝不用思力，然不知为性分内事，是以宇宙人生为外也。自其研究之对象言之，则已亦外也。彼此相消，无主可得，而每矜为创获，岂非虚妄之中更增虚妄？以是为穷理，只是增长习气。以是为致知，只是用智自私，非此所谓穷理致知也。

至穷理之方，自是要用思维。"思曰睿，睿作圣"，程子曰："学原于思，不思则罔。"若一向读书，只匆匆涉猎，泛泛寻求，便谓文义已了，能事已毕，终其身昏而无得也。欲入思维，切忌自谓已了，若轻言易了，决定不思，是闭门而求入也。

读书既须简择，字字要反之身心。当思：圣贤经籍所言，即是吾心本具之理，今吾心现在，何以不能相应？苟一念相应时，复是如何？平常动静云为之际，吾心置在何处？如此方有体认之意。

当思：圣贤经籍所言，皆事物当然之则，今事当前，何以应之未得其当？苟处得是当时，复是如何？平常应事接物之时，吾心如何照管？如此方有察识之意。

无事时体认自心是否在腔子里？有事时察识自心是否在事上？如此方是思，方能穷理。

思如浚井，必当及泉；亦如抽丝，须端绪不紊，然后引而申之，触类而长之，曲畅旁通，豁然可待。体认亲切时，如观掌纹，如识痛痒；察识精到处，如权衡在手，铢两无差，明镜当台，毫发不爽。如此方有知至之分。此在散乱心中必不可得，故必先之以主敬涵养，而后乃可以与于此也。

三曰博文为立事之要者

须先知不是指文辞为文，亦不限以典籍为文，凡天地间一切事相皆文也，从一身推之家国天下皆事也。道外无事，亦即道外无文。《论语》朱注曰："道之显者谓之文。"今补之曰："文之施于用者谓之事。"博者，通而不执之谓。立者，确乎不拔之称。易言之，亦可谓通经为致用之要也。

世间有一等质美而未学之人，遇事尽能处置，然不能一一皆当于理，处甲事则得，处乙事又失之。此谓不能立事，其故由于不学，即未尝博文也。虽或偶中，而幽冥莫知其原，未尝穷理也。恒言斥人"不学无术"，本《霍光传》中语。"不学"言未尝读书，"无术"即是没办法。可见遇事要有办法，必须读书穷理始得。《中庸》曰："文理密察，足以有别也。""文理"亦可析言之，在心则为理，见于事则为文；事有当然之则谓之理，行此当然之则谓之文。已明心外无事、离体无用，更须因事显理、摄用归体，故继穷理致知而言博文立事也。

穷理主于思之意多，博文主于学之意多。《论语》曰："学而不思则罔，思而不学则殆。"盖不求诸心，则昏而无得；不习其事，则危而不安。此见思学并进，亦如车两轮，如鸟两翼，致力不同，而为用则一，无思而非学，亦无学而非思也。

"不学操缦，不能安弦；不学博依，不能安诗。"操缦、博依，博文也；安弦、安诗，立事也。"不学《诗》，无以言"，"不学《礼》，无以立"。《诗》《礼》，文也；言、立，事也。六艺之文，即"冒天下之道"，实则天下之事，莫非六艺之文。明乎六艺之文者，斯可以应天下之事矣。此义云何？《诗》以道志而主言，在心为志，发言为诗。凡以达哀乐之感，类万物之情，而出以至诚恻怛，不为肤泛伪饰之辞，皆《诗》之事也。《书》以道事。事之大者，经纶一国之政，推之天下。凡施于有政，本诸身、加诸庶民者，皆《书》之事也。《礼》以道行。凡人伦日用之间，履之不失其序、不违其节者，皆《礼》之事也。《乐》以道和。凡声音相感，心志相通，足以尽欢忻鼓舞之用而不流于过者，皆《乐》之事也。《易》以道阴阳。凡万象森罗，观其消息盈虚变化流行之迹，皆《易》之事也。《春秋》以道名分。凡人群之伦纪、大经、大法，至于一名一器，皆有分际，无相陵越，无相紊乱，各就其列，各严其序，各止其所，各得其正，皆《春秋》之事也。其事即其文也，其文即其道也。学者能于此而有会焉，则知六艺之道何物而可遗，何事而不摄乎！

故凡言文者，不独前言往行、布在方策、有文史可稽者为是。须知一身之动作威仪、行业力用，莫非文也。孔子称尧"焕乎其有文章"，乃指尧之功业。子贡称"夫子之文章可得而闻"，乃指孔子之言行。天下万事万物之粲然并陈者，莫非文也。凡言事者，非一材一艺、一偏一曲之谓，自入孝出弟、爱众亲仁、立身行己、遇人接物，至于齐家治国平天下，开物成务，体国经野，大之礼乐刑政之本，小之名物度数之微，凡所以为因革损益、裁成辅相之道者，莫非事也。

《学记》曰："九年知类通达，强立而不反。"夫"知类通达"，乃可谓博文矣。"强立而不反"，乃可与立事矣。在《易》则曰：圣人有以"观其会通"而"行其典礼"。夫"观其会通"，是博文也；"行其典礼"，是立事也。《朱子语类》："会通，谓物之节角交加处。"盖谓如人身之有关节，为筋脉活动之枢纽。又喻如水之众流汇合而为江河，虽千支万派，俱入于海，此所谓会通也。足以尽天下之事相而无所执碍者，乃可语于博矣；足以得举措之宜而不疑其所行者，乃可语于立矣。若乃事至而不免于惑，物来而莫之能应，是乃不可与立事，亦不足以语于博文也。

今举《诗》教以明一例。如曰："诵《诗》三百，授之以政，不达；使于四方，不能专对；虽多，亦奚以为？""小子何莫学夫《诗》，《诗》可以兴、观、群、怨。迩之事父，远之事君。""人而不为《周南》《召南》，其犹正墙面而立也欤？"今学《诗》者，能详其名物训诂矣，又进而能言其义矣，而不达于政，不能事父事君，其为面墙也如故，谓之未尝学《诗》可也。他经亦准此可知。

故言"博文"者，决不是徒夸记览，徒骋辞说，以炫其多闻而不切于事，遂可以当之；必其闳通淹贯，畜德多而谨于察物者也。言"立事"者，不是智效一官，行效一能，不该不遍，守其一曲，遂足以当之；必其可以大受当于物而卓然不惑者也。

复次当知《易》言："观乎天文，以察时变；观乎人文，以化成天下。"观天之文与地之宜，非如今言天文学或人文地理之类。天文即谓天道，人文即谓人道。阴阳消长，四时错行，天文也；彝伦之序，贤愚之等，人文也。《系辞传》曰："道有变动，故曰爻。爻有等，故曰物。物相杂，故曰文。文不当，故吉凶生焉。""六爻之动，三极之道也。""兼三才而两之，故六。"阴阳、刚柔、仁义之相，皆两也。等犹言类也。阴阳、刚柔各从其类，谓之物。物相杂而成文，谓之文。物犹事也，事之相错而著见者，咸谓之文。故一物不能成文，成文者必两。凡物之对待而出者为文。对待之物，交参互入，错综变化，互赜至动，皆文也。唯圣人有以见其"至赜而不可恶"，"至动而不可乱"，故"拟诸形容，象其物宜，是故谓之象"，"观其会通以行其典礼，是故谓之爻"。学者知此，则知所谓文为事相之总名可以无疑也。

文以变动而有，事以变动而生，故曰"功业见乎变"。功业者，事也。"举而措之天下之民，谓之事业"，此乃从体起用，亦谓之全体作用。"行其所无事"而非有计功谋利之心焉，斯立事之要也。故天地虽万物并育，不居生物之功；圣人虽保民无疆，不矜畜众之德。博文如物之生长，必积渐以至广大；立事，如物之成实，必贞固而后有成。今人欲立事而不务博文，是犹不耕而望获也；徒事博文而不务穷理，是犹鲁莽而耕之，灭裂而耘之也，欲责之以立事，安可得哉？

复次当知，博文属知，立事属能。《中庸》曰："匹夫匹妇之愚，可以与知与能，及其至也，圣人有所不知不能焉。"学者切忌自谓已知已能，如此则是自画，而不可以进于博，不可以与于立矣。

试观圣人之气象为如何？达巷党人曰："大哉孔子！博学而无所成名。"子闻之曰："吾何执？执御乎？执射乎？"太宰问于子贡曰："夫子圣者欤？何其多能也？"子闻之曰："吾少也贱，故多能鄙事。君子多乎哉？不多也。"又曰："君子之道四，丘未能一焉。"又曰："吾有知乎哉？无知也。有鄙夫问于我，空空如也。我叩其两端而竭焉。"

夫圣人知周万物而道济天下，然其自以为无知无能如此，非故为谦辞也，其心实如是也。鄙夫云者，执其一端之见而汏然以自多者也。圣鄙之分，由此可见。老子曰："其出弥远，其知弥少。"释氏亦曰："若作圣解，即是凡情。"必其自视歉然，然后虚而能受。此所以必先之以穷理致知，而后乃可语于博文立事也。

四曰笃行为进德之要者

德行为内外之名，在心为德，践之于身为行。德是其所存，行是其所发。自其得于理者言之，则谓之德；自其见于事者言之，则谓之行。非有二也。充实而有恒之谓笃，日新而不已之谓进。知止而后能笃，不为物迁，斯可以载物；行健而后能进，自强不息，乃所以法天。无有欠阙，无有间断，乃可言笃；无有限量，无有穷尽，所以言进。行之积也愈厚，则德之进也愈弘。故《大畜》曰："刚健笃实，辉光日新其德。"《商颂》曰："汤降不迟，圣敬日跻。"言其进也。《乾·文言》："君子以成德为行，日可见之行也。"故行之未成，即德之未裕。《系辞》曰："默而成之，不言而信，存乎德行。"此所以言笃行为进德之要也。

言、行同为中之所发，故曰："言出乎身，加乎民；行发乎迩，及乎远。""言行，君子之所以动天地也。""言行，君子之枢机。枢机之发，荣辱之主也，可不慎乎？"此以言行并举。

今何以单言行？《论语》曰："有德者必有言，有言者不必有德。""始吾于人也，听其言而信其行；今吾于人也，听其言而观其行。""论笃

110

是与，君子者乎？色庄者乎？""君子不以言举人，不以人废言。"此明言行有不相应者，不可不察也。《曲礼》曰："鹦鹉能言，不离飞鸟。猩猩能言，不离走兽。""君子耻其言而过其行。""视其所以，观其所由，察其所安。人焉廋哉？"人之色取仁而行违者尽多，依似之言，可以乱德，学者当知以此自观自儆。"言顾行，行顾言"，"庸德之行，庸言之谨，有所不足，不敢不勉，有余不敢尽"，方可语于笃行也。此是言行分说，然当知合说，则言亦行之所摄。

《洪范》"五事"、《论语》"九思""四勿""三贵"，并属于行。广说无尽，今只略说五事，曰貌、言、视、听、思，曰恭、曰从、曰明、曰聪、曰睿，即行之笃也。"恭作肃，从作乂，明作哲，聪作谋，睿作圣"，即德之进也。"九思""四勿""三贵"，皆笃行之事。曰仁、曰礼、曰信，皆德也。

德之相，广说亦无尽。仁者，德之总相也。开而为二，曰仁智、仁义。开而为三，曰智、仁、勇。开而为四，曰仁、义、礼、智。开而为五，则益之以信。开而为六，曰智、仁、圣、义、中、和。如是广说，可名万德，皆统于仁。

学者当知，有性德，有修德。性德虽是本具，不因修证则不能显。故因修显性，即是笃行为进德之要。全性起修，即本体即功夫；全修在性，即功夫即本体。修此本体之功夫，证此功夫之本体，乃是笃行进德也。

孔子曰："德之不修，学之不讲"，"是吾忧也"。讲本训肄，即指"时习"，并非讲说之谓。即今讲说，亦是"时习之"之事，亦即笃行之事，亦即修德之事，即是因修显性也。

前言学问之道，在变化气质。须知变化气质即是修。汉儒每言才性，即指气质。魏钟会作《四本论》，论才性异同，其文已佚，当是论气质不同之书，或近于刘劭之《人物志》。其目为才者，指气质之善而言。气质之不善者，固当变化，即其善者，只名为才，亦须变化，乃可为德，此即是修德。如《虞书·皋陶谟》行有九德："宽而栗，柔而立，愿而恭，乱而敬，扰而毅，直而温，简而廉，刚而塞，强而义。"宽柔是才，须"宽而栗，柔而立"，始名为德，此非变化不能成就。其下准此可知。《周书·洪范》义用三德："一曰正直，二曰刚克，三曰柔克。平康正直。强弗友刚克，燮友柔克；沉潜刚克，高明柔克。"此皆明气质必假变化。《通书》"刚柔善恶"一章，所谓"俾人自易其恶，自至其中"，亦是此旨。

111

刘劭《人物志·九征篇》，虽名家言，亦有可取。大致以偏至为才，兼才为德，全德为圣。故曰："九征皆至，则纯粹之德也。九征有违，则偏杂之才也。九征者，谓九质之征，谓精、神、筋、骨、气、色、仪、容、言也。文繁不具引。三度不同，其德异称。故偏至之才，以才自名；兼才之人，以德为目；兼德之人，更为美号。是故兼德而至，谓之中庸。中庸者，圣人之目也。具体而微，谓之德行。德行者，大雅之称也。一至谓之偏才。偏才，小雅之质也。一征谓之依似。依似，乱德之类也。一至一违，谓之间杂。间杂，无恒之人也。无恒、依似，皆风人末流。末流之质，不可胜论。"名家之言，乃以品核人流，未必尽为知德，然其所谓三度则有当也。知此可明修德须学，由偏至而进于兼，由兼德而进于全，非进德之谓乎？然又须明性修不二，不是性德之外别有修德，修德须进，性德亦有进。性德本无亏欠，何以须进？当知天地之道，只是至诚无息，不息即进也。"与天地合其德"，只是贵其不已。所谓"不息则久，久则征，征则悠远，悠远则博厚，博厚则高明"，"博厚配地，高明配天，悠久无疆"，此进德之极致也。

行之不笃，即是不诚，不诚则无物。一有欠阙，一有间断，便是不笃。行有欠阙，即德有欠阙；行有间断，即德有间断。故虽曰性德无亏，亦须笃行到极致处始能体取，所以言笃行为进德之要也。

易言之，即是践形所以尽性，进德即尽性之事，践形即笃行之事。孟子曰："形色，天性也。唯圣人然后可以践形。"气之凝成者为形，形之变动者为色。此与佛氏言色法不同。参看《宜山会语》五《说视听言动》。天性，即行乎气中之理也。如视听言动皆有其理，视极其明，听极其聪，言极其从，貌极其恭，始为尽视听言动之理，始为得耳目口体之用，是谓尽性，是谓践形。朱子曰："众人有是形而不能尽其理，故无以践其形；惟圣人有是形而又能尽其理，然后可以践其形而无歉也。"故知视有不明，听有不聪，则是未能践其形，即未能尽其性。视听言动皆行也，四者一于礼，则是仁是德也。人生所日用不离，最切近而最易体认者，孰有过于四事者乎？所以应万事而根于心之所发者，舍此岂别有乎？故颜渊问仁，孔子告以"克己复礼为仁"。颜子直下承当，便请问其目，只此视听言动四事。知此便知笃行之道，合下当从非礼勿视、听、言、动入手。才有非礼即是不仁，到得四事全是礼，则全体是仁。是故言笃行为进德之要，此理决定无可疑也。

复次当知《中庸》曰"温故而知新"，博文之事也；"敦厚以崇礼"，笃行之事也。此所以继博文而言笃行也。《乾·文言》曰"知至至之，可与言几也"，主敬、涵养、穷理、致知、博文、立事当之；"知终终之，可与存义也"，则笃行、进德当之。

又此门总摄前三，如主敬须实是主敬，穷理须实是穷理，博文须实是博文，此便是笃行，一有不实，只是空言。涵养得力，致知无尽，应事不惑，便是进德。若只言而不行，安能有得？行而不力，安望有进？故言虽分三，事唯是一，总此四门，约为一行。《论语》曰："博学于文，约之以礼，亦可以弗畔矣夫。"文以知言，礼以行言，博约亦是同时，文礼非有二致。故孟子曰："博学而详说之，将以反说约也。"前三是博，此门是约。又中二为博，初终均约。总该万行，不离一心。即知即行，全理是事。即博即约，全事是理。始终本末，一以贯之，即下学，即上达。

子以四教：文、行、忠、信。文即六艺之文，行即六艺之事，忠、信则六艺之本。今此四门亦略同四教，全体起用，全用归体。此乃圣学之宗要，自性之法门，语语从体验得来，从胸襟流出，一字不敢轻下。要识圣贤血脉，舍此别无他道。于此不能有会，决定非器，难与入德。若只作一种知解、一种言说领取，而不肯笃行，则是辜负自己，辜负先圣。

曾子曰："尊其所闻，则高明矣。行其所知，则光大矣。"闻是闻道，知是知德，道为万行，德是一心。今有言说显示，但名为"闻"，诸生体之在己，乃可名"知"。勤而行之，斯可与适道；得之于心，斯可与入德。如此，则日进于高明光大之域，必可期也。"为仁由己，而由人乎哉？"勉之！勉之！

读 书 法

　　前讲学规，乃示学者求端致力之方。趣向既定，可议读书。如人行远，必假舟车，舟车之行，须由轨道，待人驾驶。驾驶之人，既须识途，亦要娴熟，不致迷路，不致颠覆，方可到达。故读书之法，须有训练，存乎其人。书虽多，若不善读，徒耗日力，不得要领，陵杂无序，不能入理，有何裨益？所以《学记》曰"记问之学，不足以为人师"也。古人以牛驾车，有人设问，曰："车如不行，打车即是？打牛即是？"此以车喻身，以牛喻心。车不自行，曳之者牛；肢体连用，主之者心。故欲读书，必须调心，心气安定，自易领会。若以散心读书，博而寡要，劳而少功，必不能入。以定心读书，事半功倍。随事察识，语语销归自性，然后读得一书自有一书之用，不是泛泛读过。须知读书即是穷理博文之一事，然必资于主敬，必赖于笃行。不然，则只是自欺欺人而已。

　　《易·系辞》曰："上古结绳而治，后世圣人易之以书契，百官以治，万民以察，盖取诸夬。"夫者，决也。决是分别是非之意，犹今言判断决去其非，亦名为决。此"书"名所由始。契乃刻木为之，书则箸于竹帛。故《说文》曰"書，箸也。从聿"，所以書（书的繁体字——编者注）者，是别白之词。声亦兼意。孔颖达《尚书正义》曰："道本冲寂，非有名言，既形以道生，物由名举，圣贤阐教，事显于言，言惬群心，书而示法，因号曰书。"名言皆诠表之辞，犹筌蹄为渔猎之具。书是能诠，理即所诠。《系辞》曰："书不尽言，言不尽意。"故读书在于得意，得意乃可忘言。意者，即所诠之理也。

　　读书而不穷理，譬犹买椟还珠，守此筌蹄，不得鱼兔，安有用处？禅家斥为"念言语汉"，俚语谓之"读死书"。贤首曰："微言滞于心首，转为缘虑之场；实际居于目前，翻成名相之境。"此言读书而不穷理之过。记得许多名相，执得少分知解，便傲然自足，顿生狂见，自己无一毫受用，只是增长习气。《圆觉经》云："无令求悟，唯益多闻，增长我见。"此是不治之症。故读书之法，第一要"虚心涵泳，切己体察"，切不可以成见读书，妄下雌黄，轻言取舍，如时人所言批评态度。

南齐王僧虔《诫子书》曰："往年有意于史"，后"复徙业就玄"，"犹未近仿佛。曼倩有云：'谈何容易。'见诸玄，志为之逸，肠为之抽。专一书，转诵数十家注，自少至老，手不释卷，尚未敢轻言。汝开《老子》卷头五尺许，未知辅嗣何所道，平叔何所言，马、郑何所异，《指例》何所明，而便盛于麈尾，自呼谈士，此最险事"，"就如张衡思侔造化，郭象言类悬河，不自劳苦，何由至此？汝曾未窥其题目，未辨其指归；六十四卦，未知何名；《庄子》众篇，何者内外；八帙所载，凡有几家；四本之称，以何为长。而终日欺人，人亦不受汝欺也"。据此文，可知当时玄言之盛，亦如今人之谈哲学、新学。后生承虚接响，腾其口说，骛名无实，其末流之弊有如是者。僧虔见处，犹滞知解，且彼自为玄家，无关儒行。然其言则深为警策，切中时人病痛，故引之以明"知之为知之，不知为不知，是知也"之旨，慎勿以成见读书，轻言批评，此最为穷理之碍，切须诫绝也。

今以书为一切文籍记载之总名，其实古之名书，皆以载道。《左氏传》曰："楚左史倚相能读《三坟》《五典》《八索》《九丘》。"读书之名始此。

《尚书序》曰："伏羲、神农、黄帝之书，谓之《三坟》，言大道也；少昊、颛顼、高辛、唐、虞之书，谓之《五典》，言常道也；至于夏、商、周之书，虽设教不伦，雅诰奥义，其归一揆。是故历代宝之，以为大训。八卦之说，谓之《八索》，求其义也。九州之志，谓之《九丘》。丘，聚也，言九州所有，土地所生，风气所宜，皆聚此书也。"此见上古有书，其来已远。

《书序》复云："孔子生于周末，睹史籍之烦文，惧览者之不一，遂乃定《礼》《乐》，明旧章，删《诗》为三百篇，约史记而修《春秋》，赞《易》道以黜《八索》，述《职方》以除《九丘》。疑当时《八索》者类阴阳方伎之书，故孔子作《十翼》，以赞《易》道之大，而《八索》遂黜。《职方》，孔颖达以为即指《周礼》。疑上古亦有方志，或不免猥杂，故除之。讨论坟典，断自唐、虞以下，讫于周。芟（shān）夷烦乱，翦截浮辞，举其宏纲，撮其机要，足以垂世立教。""所以恢弘至道，示人主以轨范也。"此义实通群经言之，不独《尚书》也。《尚书》独专"书"名者，谓其为帝王遗书，所谓"文

115

武之道，布在方策"者是也。"文王既没，文不在兹乎？"文所以显道，事之见于书者，皆文也。故六艺之文，同谓之书；以常道言，则谓之经；以立教言，则谓之艺；以显道言，则谓之文；以竹帛言，则谓之书。

《论语》记"子所雅言，《诗》《书》、执礼"，"子不语怪、力、乱、神"，此可对勘。世间传闻古事多属怪、力、乱、神，如《楚辞·天问》之类。《山海经》疑即《九丘》之遗。如《竹书纪年》《汲冢周书》《穆天子传》等，固魏、晋间人伪书。然六国时人最好伪撰古事，先秦旧籍多有之。故司马迁谓："诸家言黄帝，其言不雅驯，荐绅先生难言之。"可知孔子删《书》，所以断自唐虞者，一切怪、力、乱、神之事，悉从刊落。郑康成《书论》引《尚书纬》云："孔子求书，得黄帝玄孙帝魁之书，迄于秦穆公，凡三千二百四十篇，断远取近，定可以为世法者百二十篇。今伏生所传今文才二十九篇，益以古文，并计五十八篇。"《古文尚书》虽有依托，并非全伪。据此可见，孔子删后之《书》，决无不可信者。群经以此类推，为其以义理为主也。故曰："述而不作，信而好古，窃比于我老彭。""我非生而知之者，好古，敏以求之者也。"此是孔子之读书法。今人动言创作，动言疑古，岂其圣于孔子乎？不信六经，更信何书？不信孔子，更信何人？

"夏礼，吾能言之，杞不足征也；殷礼，吾能言之，宋不足征也。文献不足故也。足，则吾能征之矣。""吾犹及史之阙文也。今亡矣夫！"此是考据谨严态度。今人治考古学者，往往依据新出土之古物，如殷墟甲骨、汉简之类，矜为创获，以推论古制。单文孤证，岂谓足征？即令有当，何堪自诩？此又一蔽也。

"孔子读《易》，韦编三绝，漆书三灭，铁挝三折"，其精勤专久如此。今人读书，不及终篇，便生厌倦，辄易他书，未曾玩味，便言已瞭，乃至文义未通即事著述，抄撮剽袭，自矜博闻，谬种流传，每况愈下。孔子曰："盖有不知而作者，我无是也。"此不独浅陋之甚，亦为妄诞之尤，其害于心术者甚大。今日学子，所最宜深诫者也。

《易》曰："天在山中，大畜。君子以多识前言往行，以畜其德。"伊川曰："天为至大，而在山之中，所畜至大之象。""人之蕴蓄，由学而大，而多闻前古圣贤之言与行，考迹以观其用，察言以求其心，识而得之，以畜成其德，乃大畜之义。"此学之所以贵读书也。"登东山而小鲁，登泰山而小天下"，乃知贵近者必遗远也。河伯见海若而自失，乃知执多者由见少也。读书非徒博文，又以蓄德，然后能尽其大。盖前言往行，古人心德

116

之著见者也。畜之于己，则自心之德与之相应，所以言"富有之谓大业，日新之谓盛德"。业者，即言行之发也。君子言而世为天下法，行而世为天下则，故乱德之言，非礼之行，必无取焉。

书者何？前言往行之记录是也。今语所谓全部人生，总为言行而已矣。书为大共名，六艺为大别名。古者左史记言，右史记事，言为《尚书》，事为《春秋》，初无经史之分也。尝以六艺统摄九家，总摄四部，闻者颇以为异。《泰和会语·楷定国学名义》其实理是如此，并非勉强安排。庄子所谓"道术之裂为方术，各得一察焉以自好"。《汉志》以九家之言皆"六艺之支与流裔"，亦世所熟闻也。流略之说，犹寻其源；四部之分，遂丰其蔀。今言专门，则封域愈狭，执其一支，以议其全体，有见于别而无见于通，以是为博，其实则陋。

故曰："井蛙不可以语于海，拘于墟也；夏虫不可以语于冰，笃于时也；曲士不可以语于道，束于教也。"守目录、校雠之学而以通博自炫者，不可以语于蓄德也。

清儒自乾嘉以后，小学一变而为校勘，单辞碎义，犹比窥观。至目录一变而为版本，则唯考论椠（qiàn）刻之久近，行款之异同，纸墨之优劣，岂徒玩物丧志，直类古董市谈。此又旧习之弊，违于读书之道者也。

以上略明读书所以穷理，亦所以蓄德。料简世俗读书不得其道之弊，大概不出此数端。

然则读书之道，毕竟如何始得？约而言之，亦有四门：一曰通而不局，二曰精而不杂，三曰密而不烦，四曰专而不固。局与杂为相违之失，烦与固为相似之失。执一而废他者，局也；多歧而无统者，杂也；语小而近琐者，烦也；滞迹而遗本者，固也。通，则曲畅旁通而无门户之见；精，则幽微洞彻而无肤廓之言；密，则条理谨严而无疏略之病；专，则宗趣明确而无泛滥之失。不局不杂，知类也；不烦不固，知要也。类者，辨其流别，博之事也；要者，综其指归，约之事也。读书之道尽于此矣。

《学记》曰："一年视离经辨志。"郑注："离经，断句绝也。辨志，谓别其心意所趋向。"是离经为章句之学，以了解文义为初学入门之事。继以辨志，即严义利之辨，正其趋向，否则何贵于读书也？下文云："三年视敬业乐群，五年视博习亲师，七年视论学取友，谓之小成；九年知类通达，强立而不反，谓之大成。"敬业、博习、论学，皆读书渐进功夫；乐群、亲师、取友，则义理日益明，心量日益大，如是积累，犹只谓小

117

成。至于"知类通达"，则"知至"之目；"强立而不反"，_{郑注云："强立，临事不惑也。不反，不违失师道。"}犹《论语》言"弗畔"。则学成之效。是以深造自得，然后谓之大成。故学必有资于读书，而但言读书，实未足以为学。今人读书，但欲了解文义，便谓能事已毕，是只做得"离经"一事耳，而况文义有未能尽了者乎！

《汉书·艺文志》曰："古之学者耕且养，三年而通一艺，存其大体，玩经文而已，是故用日少而畜德多，三十而五经立也。后世经传既已乖离，博学者又不思多闻阙疑之义，而务碎义逃难，便辞巧说，破坏形体；说五字之文，至于二三万言。后进弥以驰逐，故幼童而守一艺，白首而后能言；安其所习，毁所不见，终以自蔽。此学者之大患也。"此见西汉治经，成为博士之业，末流之弊，已是如此，异乎《学记》之言矣。此正《学记》所谓"呻其占毕，多其讯言"者，乃适为教之所由废也。

汉初说《诗》者，或能为《雅》而不能为《颂》，其后专主一经，守其师说，各自名家。如《易》有施、孟、梁丘；《书》有欧阳、夏侯；《诗》有齐、鲁、韩。人持一义，各不相通。武帝末，壁中古文已出，而未得立于学官；至平帝时，始立《毛诗》《逸礼》《古文尚书》《左氏春秋》。刘歆《让太常博士书》，极论诸儒博士不肯置对，专己守残，"挟恐见破之私意，而亡从善服义之公心"，"雷同相从，随声是非"。此今古文门户相争之由来也，此"局"过之一例也。及东汉末，郑君承贾、马之后，遍注群经，始今古文并用，庶几能通者，而或讥其坏乱家法。迄于清之季世，今文学复兴，而治古文家者亦并立不相下，各守封疆，仍失之"局"。而其为说之支离破碎，视说"曰若稽古"三万言者犹有过之，则又失之"烦"。汉、宋之争，亦复类此。为汉学者，诋宋儒为空疏；为宋学者，亦鄙汉儒为锢蔽。此皆门户之见，与经术无关。知以义理为主，则知分今古汉宋为陋矣。然微言绝而大义乖，儒分为八，墨分为三，邹、鲁之间，龂（yín）龂如也，自古已然。荀子非十二子，其态度远不如庄子。《天下篇》言"古之道术有在于是者，某某闻其风而说之"，故道术裂为方术，斯有异家之称。刘向叙九流，言九家者皆六艺之支与流裔。礼失而求诸野，彼异家者，犹愈于野已，此最为持平之论。其实末流之争，皆与其所从出者了无干涉。

推之儒佛之争、佛老之争，儒者排二氏为异端；佛氏亦判儒家为人天乘，老、庄为自然外道。老佛互诋，则如顾欢《夷夏论》、甄鸾《笑道论》

之类。乃至佛氏亦有大小乘异执，宗、教分途；道家亦有南北异派；其实与佛、老子之道皆无涉也。

儒家既分汉、宋，又分朱、陆，至于近时，则又成东方文化与西方文化之争、玄学与科学之争、唯心与唯物之争，万派千差，莫可究诘，皆"局而不通"之过也。大抵此病最大，其下三失随之而生。既见为多歧，必失之杂；言为多端，必失之烦；意主攻难，必失之固。欲除其病本，唯在于通。知抑扬只系临时，对治不妨互许。扫荡则当下廓然，建立则异同宛尔。门庭虽别，一性无差。不一不异，所以名如；有疏有亲，在其自得。一坏一切坏，一成一切成，但绝胜心，别无至道。庄子所谓"恢诡谲怪，道通为一"，荀卿所谓"奇物变怪，仓卒起一方，举统类以应之，若辨黑白"，禅家所谓"若有一法出过涅槃，我亦说为如梦如幻"。《中庸》之言最为简要，曰"不诚无物"；《孟子》之言最为直截，曰"万物皆备于我矣"；《系辞》之言最为透彻，曰："天下同归而殊途，一致而百虑。天下何思何虑！"盖大量者用之即同，小机者执之即异。总从一性起用，机见差别，因有多途。若能举体全该，用处自无差忒，读书至此，庶可"大而化之"矣。

学者观于此，则知天下之书不可胜读，真是若涉大海，茫无津涯。庄子曰："吾生也有涯，而知也无涯。以有涯随无涯，殆已。"然弗患其无涯也，知类，斯可矣。盖知类则通，通则无碍也。

何言乎知类也？语曰：群言淆乱，折衷于圣人，摄之以六艺，而其得失可知也。

《汉志》叙九家，各有其长，亦各有其短。《经解》明六艺流失，曰愚，曰诬，曰烦，曰奢，亦曰《礼》失则离，《乐》失则流。曰贼，曰乱。《论语》"六言""六蔽"，曰愚，曰荡，曰贼，曰绞，曰乱，曰狂。孟子知言，显言之过为诐、淫、邪、遁，知其在心者为蔽、陷、离、穷。皆各从其类也。荀子曰："墨子蔽于用而不知文，宋子蔽于欲而不知得，慎子蔽于法而不知贤，申子蔽于势而不知知，惠子蔽于辞而不知实，庄子蔽于天而不知人。故由用谓之，道尽利矣；由欲谓之，道尽嗛矣；由法谓之，道尽数矣；由势谓之，道尽便矣；由辞言之，道尽论矣；由天谓之，道尽因矣。此数具者，皆道之一隅也。夫道者，体常而尽变，一隅不足以举之。"荀子此语，亦判得最好。蔽于一隅，即局也。是知古人读书先须简过，知其所从出，而后能知其所流极，抉择无差，始为具眼。

119

凡名言施设，各有分齐。"齐衡诚悬，则不可欺以轻重；绳墨诚陈，则不可欺以曲直；规矩诚设，则不可欺以方圆。"以六艺统之，则知其有当于理者，皆六艺之一支也；其有乖违析乱者，执其一隅而失之者也。袪其所执而任其所长，固皆道之用也。《诗》之失何以愚？《书》之失何以诬？《礼》之失何以离？《乐》之失何以流？《易》之失何以贼？《春秋》之失何以乱？失在于不学，又学之不以其道也。故判教之宏，莫如《经解》，得失并举，人法双彰。乃知异见纷纭，只是暂时歧路，封执若泯，则一性齐平，寥廓通途，谁为碍塞？所以囊括群言，指归自性，此之谓知类。

何言乎知要也？《洪范》曰："会其有极，归其有极。"老子曰："言有宗，事有君。"荀卿曰："圣人言虽万变，其统类一也。"王辅嗣曰："物无妄然，必由其理，统之有宗，会之有元，故繁而不乱，众而不惑。自统而寻之，物虽众则知可以执一御也；由本以观之，义虽博则知可以一名举也。故处璇玑以观大运，则天地之动未足怪也；据会要以观方来，则六合辐辏未足多也。"此知要之说也。

《诗谱序》曰："举一纲而万目张，解一卷而众篇明。"康成可谓善读书者也。

试举例以明之，如曰：《诗》以道志，《书》以道事，《礼》以道行，《乐》以道和，《易》以道阴阳，《春秋》以道名分，六艺之总要也。"思无邪"，《诗》之要也；"毋不敬"，《礼》之要也。"告诸往而知来者"，读《诗》之要也；"言忠信，行笃敬"，学《礼》之要也。"惧以终始，其要无咎"，学《易》之要也。"君君、臣臣、父父、子子"，《春秋》之要也。

"礼，与其奢也，宁俭；丧，与其易也，宁戚"，此亦《礼》之要也。"报本反始"，郊社之要也。"慎终追远"，丧祭之要也。"尊尊亲亲"，丧服之要也。"谨始"，冠昏之要也。"尊贤养老"，燕飨之要也。"礼主别异，乐主和同；序为礼，和为乐；礼主减，乐主盈；礼乐只在进反之间"，此总言礼乐之要也。"好贤如《缁衣》，恶恶如《巷伯》"，"将顺其美，匡救其恶"，此亦《诗》之要也。"《天保》以上治内，《采薇》以下治外"，"《小雅》尽废，则四夷交侵，中国微矣"，《诗》通于政之要也。"婚姻之礼废则淫僻之罪多；乡饮酒之礼废则争斗之狱繁；丧祭之礼废则倍死忘生者众；聘觐之礼废则倍畔侵陵之败起"，"明乎郊社之礼，禘尝之义，治其国如示诸掌"，议礼之要也。"逝者如斯夫"，"四时行，百物生"，读《易》观象之要也。"清斯濯缨，浊斯濯足"，"未之思也，夫何远之有"，读《诗》耳顺之要也。"智者观其《彖辞》，则思过半矣"，亦学《易》之要也。"杂物撰德，辨是与非，非其中爻不备"，则六位之要也。六十四卦之《大象》，用《易》之要也。"齐一变至于鲁，鲁一变至于道"，《春秋》三世之要也。"其或继周者，虽百世可知也"，《尧曰》一篇，皆《书》之要也。《乡党》一篇，皆《礼》之要也。孟子尤长于《诗》《书》，观孟子之道"性善"，言"王政"，则知《诗》《书》之要也。《论语》，群经之管钥，观于夫子之雅言，则知六艺之要也。他如子夏《诗序》、郑氏《诗谱序》、王辅嗣《易略例》、伊川《易传序》、胡文定《春秋传序》、蔡九峰《书集传序》，皆能举其大，则又一经之要也。

如是推之，不可殚述。验之于人伦日用之间，察之于动静云为之际，而后知心性之本、义理之宗实为读群书之要。欲以辨章学术，究极天人，尽此一生，俟诸百世，舍此无他道也。此之谓知要。

《孔子闲居》曰："天有四时，春秋冬夏，风雨霜露，无非教也；地载神气，神气风霆，风霆流形，庶物露生，无非教也。"观象，观变，观物，观生，观心，皆读书也。六合之内，便是一部大书。孟子曰："观于海者难为水，游于圣人之门者难为言。"夫义理无穷，岂言语所能尽？

今举读书法，乃是称性而谈，不与世俗同科，欲令合下识得一个规模，办取一副头脑，方免泛滥无归。信得及时，正好用力，一旦打开自己宝藏，运出自己家珍，方知其道不可胜用也。

通治群经必读诸书举要

四 书 类

《大学》《中庸》章句

《论语》《孟子》集注

《中庸辑略》

《论孟精义》

《四书或问》

《朱子语类》四书门

《四书纂疏》

《礼记注疏》《大学》《中庸》篇

《论语》何晏集解、皇侃义疏、邢昺疏

《孟子》赵岐注

右（上）①四书类。

六艺皆孔氏之遗书，七十子后学所传。欲明其微言大义，当先求之《论语》，以其皆孔门问答之词也。据《论语》以说六艺，庶几能得其旨。孟子、荀卿皆身通六艺，然荀卿蔽于修而不知性；唯孟子道性善，言王政，为足以继《论语》。先儒取戴记《大学》《中庸》二篇以益之，谓之四书，万世不可易矣。朱注字字称量而出，深得圣人之用心。故谓治群经必先求之四书，治四书必先求之朱注。然不校之《集解》《义疏》，不知其

———————

① 原文为竖排版，所以称前面的文字为"右"。现排为横版，"右"可以改为"上"。后同。

122

择义之精也；不考诸《精义》《或问》，不知其析理之微也。学者宜于此详玩而深体之，乃有以立其本矣。

孝 经 类

《孝经注疏》
《孝经章句》
《孝经集传》

右（上）《孝经》类。

自魏文侯已为《孝经传》，汉于《孝经》立博士。匡衡上成帝疏云："《论语》《孝经》，圣人言行之要，宜究其意。"然汉师如长孙、江翁、后苍、翼奉诸家，书皆不传。今古文文字多寡，章句亦异，是以朱子疑之。玄宗注依文解义而已。吴草庐合今古文刊定，为之章句，义校长，然合二本为一，非古也。唯黄石斋作《集传》，取二《戴记》以发挥义趣，立五微义、十二显义之说，为能得其旨。今独取三家，以黄氏为主。

诗 类

《诗经注疏》
《韩诗外传》
《三家诗拾遗》
《诗本义》
《吕氏家塾读诗记》
《诗集传》《诗序辨》
《诗缉》
《诗毛氏传疏》
《诗经传说汇纂》
《毛诗古音考》
《诗本音》

右（上）《诗》类。

孟子、荀卿皆善说《诗》。孟子谓"以意逆志，斯为得之"，荀卿言"《诗》无达诂"。世传子夏《诗传》乃出后人依托，然《诗序》非子夏不能作也。观《论》《孟》及二《戴记》诸篇引《诗》，可悟孔门说《诗》之法。《韩诗外传》颇得其意。三家义已阙遗，今独宗毛。郑《笺》训诂，亦间与毛异。

《小序》或言出于卫宏，虽不尽可据，然其精者，弗能易也。欧阳永叔作《诗本义》，始攻毛、郑。朱子《集传》不信《小序》，亦稍有抑扬之过，然其言义理，固有非毛、郑所及者。吕伯恭《家塾读诗记》，最便初学。

严氏《诗缉》宗《毛传》，用《小序》，而长于义理，可法也。陈氏奂《传疏》训诂校优。清敕编《诗经传说汇纂》，采摭亦颇不苟。顾氏《诗本音》后出，比陈氏《古音考》为长。初学先读此数书，亦可以稍窥其涯略矣。

书　　类

《尚书大传》郑注
《尚书注疏》
《尚书集传》
《东莱书说》
《尚书集传纂疏》
《书经传说汇纂》
《尚书古文疏证》
《古文尚书冤词》
《禹贡锥指》
《洪范明义》

右（上）《书》类。

孟子曰："尽信《书》，则不如无《书》。吾于《武成》，取二三策而已矣。""以至仁伐至不仁，而何其血之流杵也？"孟子尤长于《诗》《书》，而其言若此，可见《书》之可信者当准之以义理，不关考证也。孟子此言，远在伏生以前，何有今古文之别？古文实有不可信者。如"火炎昆冈，玉石俱焚"，此的是魏晋以后语，比"血流漂杵"为甚，不必定归狱于梅赜也。自王柏作《书疑》《诗疑》，始启疑经之渐。至清儒，考订益精，于是伪孔之书几全废矣。今取《尚书大传》为首，以其为伏生之遗也。《孔传》不尽出依托，佚文赖之以存，但准之义理，可以无诤。《蔡传》自不可易。《东莱书说》亦长于义理。阎氏《疏证》，毛氏《冤词》，在学者自审之，知有此一段未了公案而已。《禹贡》《洪范》最为难治，聊举二家，以示一例。

三　礼　类

《仪礼注疏》

《周礼注疏》

《礼记注疏》

张尔岐《仪礼句读》

胡培翚《仪礼正义》

孙诒让《周礼正义》

《礼记集说》<small>陈澔</small>

《礼记集说》<small>卫湜</small>

《大戴礼》<small>卢辨注，孔广森补注</small>

《大戴礼解诂》<small>王聘珍</small>

《礼记章句》<small>任启运</small>

《仪礼经传通解》

《礼书纲目》<small>江永</small>

《礼经通论》<small>邵懿辰</small>

《通典》议礼诸文

右（上）"三礼"类。

"三礼"同遵《郑注》，宜先读《礼记正义》。《周礼》《仪礼》，则孙、胡二家疏义为详。

《礼记集说》，则陈书精约，卫书详博，俱宜尽心。张蒿庵、任钧台之书，亦便初学。江慎修《礼书纲目》继《仪礼经传通解》而作，最有体要。

礼以义起，必先求之二戴。丧祭之礼尤为重要而难明。《丧服传》最精，宜出于子夏。二戴诸篇，皆七十子后学所传，非汉之博士所能附益也。《通典》多录议礼诸文，亦见汉以后礼说未为衰熄。清儒多勤于名物而疏于义，约取而已。

乐　类

《古乐经传》李光地。即释《周礼·大司乐》文。
《乐书》明·郑世子
《律吕精义》清敕编
《律吕新论》江永
《声律通考》陈澧

右（上）《乐》类。

《乐记》一篇，明乐之义。《乐经》本无其书，后儒以《周礼·大司乐》一篇当之。证以《论语》子"自卫反鲁，而后乐正，《雅》《颂》各得其所"及"子语鲁太师乐"一章，当是正其律吕，亦如今乐之有谱。然"在齐闻《韶》"，亦以乐之谱在陈氏也。

汉后多杂用四夷之乐，唐人尤好胡乐，乐乱久矣。周王朴、宋司马光、范镇皆尝定乐律，朱子门下唯蔡元定可与言此。明郑世子《乐书》，亦以己意更定律位，此非习其器不能知也。聊举数家，以见一斑。

易　类

《周易注疏》
《易略例》
伊川《易传》
朱子《易本义》
《易学启蒙》
苏氏《易传》
慈湖《易传》
《汉上易传》朱震

《易汉学》惠栋

《易学滥觞》黄泽

《观物篇解》祝泌

《皇极经世索隐》张行成

附《易学辨惑》邵伯温。此非说《易》之书，以其可考见邵学授受源流，故附于此。

《周易函书》胡煦

《周易集解》李鼎祚

《周易述》惠栋

《易图明辨》胡渭

《周易折中》

《易音》

右（上）《易》类。

《易》为六艺之原，其为书广大悉备，得其一义并足名家，故说《易》之书较群经为最多。

汉儒自京、孟以逮虞、荀，皆主象数。魏王辅嗣始主义理，一扫支离破碎之习。而或讥其以老氏说《易》，不知老氏固《易》之支流也。魏晋以后，南北分途。北学宗郑，南学宗王。及唐初，敕编《正义》，乃定用辅嗣，《系辞》用韩康伯，亦多存玄言。六朝每以《易》《老》并称，凡善言明理，未有不通《易》《老》者，《易》几为道家所独擅矣。

伊川作《易传》，重在玩辞，切近人事，而后本隐之显之旨明，深得孔子赞《易》之志，故读《易》当主伊川。朱子重在玩占，故作《启蒙》以摄象数。邵氏先天之说，九图之传，虽或云出于陈抟，其理自不可易。清儒张皇汉学，务相攻难，于是象数又分汉宋两派，亦徒见其隘而已。

今谓治《易》当以义理为主。至汉宋象数，亦不可不知。实则求之《启蒙》，约而已足。无取穿凿附益，流为术数方伎，而使《易》道反小。

诸家说《易》不可殚举，观于上列诸书，亦可以略知其流至宗归，义理必以伊川为法也。

127

春 秋 类

《春秋公羊传注疏》

《春秋穀梁传注疏》

《春秋左氏传注疏》

《春秋繁露义证》 苏舆

《公羊何氏释例》 刘逢禄

《穀梁补注》 钟文烝

《春秋左氏释例》 杜预

《春秋集传纂例》 陆淳

《春秋集传辨疑》 陆淳

《春秋微旨》 陆淳

《春秋尊王发微》 孙复

《春秋传》 刘敞

《春秋权衡》 刘敞

《春秋胡氏传》 胡安国

《春秋集传》 赵汸

《春秋属辞》 赵汸

《春秋师说》 赵汸

《春秋左传补注》 赵汸

附：

《资治通鉴》

《唐鉴》

《续通鉴》

《明通鉴》

《通鉴纲目》

右（上）《春秋》类。

董生曰："不明乎《易》，不能明《春秋》。以《春秋》推见至隐，以人事反之天道，是故因行事加王心。王心者何？即道心也，天理也。""志在《春秋》"，此志即王心也。故庄子谓"《春秋》经世先王之志"。"志"

不可作"志乘"之"志"解。孟子引孔子之言曰："其事则齐桓、晋文，其文则史，其义则某窃取之矣。"义，即圣人之志也，即王心也。

先儒说《春秋》，最难治三传。《公》《穀》述义，《左氏》述事。自杜氏独行，而何、范之书隐。至唐有啖、赵之学。宋初孙明复、刘原父始稍出新解。胡文定《传》，义理最精。至元，而有东山赵氏之学，并不尽依三传。

晚清，今文学复兴，于是《公羊》何氏学盛行，黠者至附会改制以言新法，是以私智说经，去圣人之志益远矣。

今谓《公羊》遗义，当求之《繁露》。"弃周之文，反殷之质"，准以《论语》"吾从先进""十世损益""四代礼乐"义可推知。至"黜周王鲁""为汉制作"，则博士之陋言也。胡文定后，唯东山赵氏为不苟。伊川欲作传而未成。朱子一生遍治群经，独于《春秋》不敢轻说一字。学者且宜熟玩《公》《穀》《胡传》，须使义精仁熟，乃有以得圣人之用心。慎勿以智过游、夏自许，当以朱子为法，庶其可也。

小 学 类

《尔雅义疏》郝懿行

《广雅疏证》王念孙

《说文解字注》段玉裁

《说文通训定声》朱骏声

《释名》

《玉篇》

《广韵》

《古籀拾遗》孙诒让

《文始》章炳麟

《经典释文》

《经传释词》王引之

右（上）小学类。

清儒最长于小学，此数家在所必读，其余可缓。

129

群经总义类

《白虎通义疏证》陈立
《五经异义》
《驳五经异义疏证》陈寿祺
附：
《汉儒通义》陈澧

右（上）群经总义类。

汉博士之说，求之《白虎通义》，可见其略。许、郑驳难，并杂用今古义，虽非完书，亦见当时辩论之概。陈兰浦纂《汉儒通义》，尽采汉儒义理之言，乃欲以抗《近思录》，此亦学者所当知也。

子部儒家类

《家语》
《孔丛子》
《荀子集解》王先谦
《新书》
《新序》
《说苑》
《法言》
《中说》
《太极图说》朱子注，曹述解
《通书》朱子注，曹端注
《二程遗书》
《二程外书》
《二程文集》
《程氏经说》
《正蒙》王夫之注，李光地注
《西铭》《东铭》

《经学理窟》

《龟山语录》

《上蔡语录》

《延平答问》

《朱子大全集》

《朱子语类》

《象山集》

《慈湖遗书》

《白沙语录》

《传习录》

《阳明文集》

《近思录》

《伊洛渊源录》

《考亭渊源录》

《授经图》

《儒林宗派》

《宋元学案》

《明儒学案》

《清儒学案小识》

《困学纪闻》

《日知录》

右（上）子部儒家类。

《书院简章·通治门》以《论语》《孝经》为一类；孟、荀、董、郑、周、二程、张、朱、陆、王十一子附之。若不读群经，亦不能通《论语》《孝经》也。不读十一子之书，亦不能通群经大义也。除《孟子》列在四书，董书在《春秋》，郑书之要者在"三礼"，今仍依四部目略举儒家诸子必当先读者如上。此群经之津逮，义理之总龟也。

《家语》《孔丛》虽不免依托，纯驳互见。荀卿虽未知性，终不失为大儒。贾生、刘向并宗荀子。子云、仲淹文过其质。至于周、程，始为直接孔孟。程门以龟山、上蔡为巨子，龟山重涵养，上蔡重察识。龟山再传为延平，上蔡再传为五峰。朱子亲受业于延平，及见南轩而尽闻湖南之学，晚乃继述伊川，实兼绍杨、谢二脉，故极其醇密。象山独称伯子，其专重察识，实近上蔡。白沙静中养出端倪，亦龟山之别派，下启甘泉，至阳明而益大，复与上蔡、象山相接，弥近直指矣。深宁，朱子之后学也，入理则疏，而涉学至博，下开亭林，遂为有清一代考据之祖。故以二家附也。此其源流之大概也。自余非要者，不须汲汲。

诸子异家类

《老子》王弼注

《庄子》郭象注

《列子》张湛注

《墨子》孙氏闲诂

《公孙龙子》谢希深注

《人物志》刘昞注

《管子》房玄龄注

《晏子春秋》

《尸子》

《慎子》佚文

《韩非子》

《商君书》

《吕氏春秋》

《淮南子》

《抱朴子外篇》

右（上）诸子异家类。

九家以儒为高，余可观者四家，道、墨、名、法，皆出于六艺而得失有多少，语在《泰和会语·六艺统诸子篇》。然皆道术之流变也。杂家多取而寡得。道家至《淮南》《抱朴》，益华而少实矣。此六艺之失，学者所当知也。

史　部

《史记》

《汉书》

《后汉书》

《三国志》

《晋书》

《宋书》

《南齐书》

《新唐书》

《五代史》

右（上）史部诸史选读。

史家以迁、固为不祧之宗。史公自附于《春秋》，纪传独绝；班书特长典制；陈、范虽文美，弗能及矣。《晋书》虽成于唐，其所因藉者胜。沈约、萧子显，一文一玄。《新唐》《五代》简而有法，余则近薉（huì，古同"秽"）矣。《隋书·经籍志》《魏书·释老志》并与学术有关。先尽诸史，再议其后者可也。

诗 文 类

《楚辞》

《文选》

《古文苑》

《唐文粹》

《宋文鉴》

《文章正宗》

《两汉诏令》

《古诗源》

《渔洋古诗选》

《唐诗别裁》

《唐贤三昧集》

《乐府诗集》

《骈体文钞》

《古文辞类纂》

《续古文辞类纂》

姚椿《国朝文录》

附：

《艺苑卮言》

《诗薮》

《诗人玉屑》

《瀛奎律髓》

右（上）诗文类。

但举总集之要者。集部之书，汗牛充栋，终身读之不能尽。大抵唐以前别集无多，俱宜读。唐宋则择读大家，宜知流别，宜辨体制，宜多读诗文评。文章不关经术者，不必深留意也。小学不精则遣词不能安，经术不深则说理不能当。桐城派古文家乃谓文章最忌说理，真瞀（wèi）言也。扬子云曰："读赋千篇，自然能赋。"尔雅深厚，非可袭取，涉览既博，蓄蕴既多，取精用弘，自能知其利病，下笔方可免于鄙倍矣。

上来所举，约之又约。此在通方之士，或将病其陋略，然初机必不可缺之书，亦不外此。

姚姬传以义理、考据、辞章，并列为三，实不知类。辞章岂得倍于义理？义理又岂能不用考据？朱子每教人先看注疏，岂是束书不观？明道斥上蔡玩物丧志，及其读史，却甚仔细。象山每诫学者曰："诸公莫谓某不读书，某尝中夜而起，自检经籍，恐有遗忘。"故谓"未审皋、夔、稷、契，更读何书"者，乃一时抑扬之语耳。俗人或诋义理为空疏，乃真坐不读书。若不充实，义理何由得明？徒炫多闻，不求蓄德，是真空疏也。

推而上之，胡安定分经义、治事，亦是打成两橛。安有离经义之治事？亦无不谙治事之经义。若其有之，二俱不是。

再推而上之，则如宋明帝之分玄、儒、文、史四学。夫玄、儒异撰，犹或可言；文、史分途，斯为已陋。儒不解玄，在儒则小。文即史之所由成，离文言史，未知其史当为何等？此亦蔽也。

王介甫自矜新说，罢黜诸家，久乃自悔曰："本欲变学究为秀才，何期变秀才为学究？"书院意在养成通儒，并非造成学究。时人名学，动言专门，欲骛该通，又成陵杂。此皆不知类之过。

今略示"通治门"必读诸书，以为嚆（hāo）矢，非谓遂止于此也。

勿惮其难，勿病其寡，随分量力，"日知其所无，月无忘其所能"，优而柔之，餍而饫之，涣然怡然之效可期矣。"别治门"当稍求广博。今且先毕此书，然后乃议其他耳。

复性书院讲录·卷二题识

尝谓讲说与著述殊科。著述行文贵谨严缜密，芟落繁芜，自成体要，斯可行远垂后；讲语则用以启发未悟，变动无方。有时引申触类，或嫌词费；有时意存警策，语似离筌；称臆而谈，不为典要，但期词达理举，无意于文。善会者能得其旨，斯舍之矣，故不可以著述绳之。

书院甫立，特引初机，不能无所提示。皆临时施设，未及精思，率尔操觚，岂免疏舛，良不欲流布，取憎于人。而院中诸友咸谓容接既患不广，又复深秘其言，途人之议，将谓我何？不如呈示诸方，一任弹责，是亦过而存之，不隐之义也。

今自简其过，奚止一端。判教之言，实同义学，不明统类，则疑于专己，一也。摄事归心，务存要约，无取依文，迥殊前轨，二也。玄义流失，直指斯兴，禅病既除，儒宗乃显，原流未晰，将以杂糅见诃，三也。世方盛谈哲学，务求创造，先儒雅言，弃同土梗，食芹虽美，按剑方瞋，四也。胸襟流出，不资獭祭，针石直下，不避瞑眩，旧师恶其家法荡然，异论诋为闭门自大，五也。举斯五过，触牾已多。

虽不惜于横身，实有惭于玄默。幸全岩穴之好，无废刍荛之言。其或斥以不类，固当拱手谢之，无劳置辩。渊明自比醉人，子云甘心覆瓿，庸何伤乎？不复追改，因题短语于简端。后有续刊，亦同斯例。

群经大义统说

判教与分科之别

孟子曰："始条理者，智之事也；终条理者，圣之事也。"朱子谓："智是知得彻，圣是行得彻。知以理言，行以事言。理事不二，知行合一，圣智同符，始终一贯，在得其条理而已。"荀子曰："圣人言虽千举万变，其统类一也。"统是总相，类是别相。总不离别，别不离总，举总以该别，由别以见总，知总别之不异者，乃可与言条理矣。内外本末，小大精粗，统之有宗，会之有元；备而不遗，通而不瞹，交参互入，并摄兼收，错列则行布分明，汇合则圆融无碍，此条理之事也。事犹言相。若乃得其一支而遗其全体，守其一曲而昧乎大方；血脉不通，触涂成滞；畛域自限，封执随生；相缚相距，不该不遍；是丹而非素，专己而斥人；安其所习，毁所不见；是犹井蛙不知有海，夏虫不知有冰。游骑忘归，散钱无串。百工居肆，不可以为君师；匹夫搏斗，不可以成军旅。蹄涔（cén）之水，非众流之所归；一尺之棰（chuí），析千岁而不尽。修罗之钻藕孔，鼷鼠之食牛角，宁得谓之尽条理乎？由前之说，则判教是已；由后之说，则分科是已。

已知条理为圣智之事，非偏曲之业，于何证之？求之六艺而已。六艺之道，条理粲然。圣人之知行在是，天下之事理尽是。万物之聚散，一心之体用，悉具于是。吾人欲究事物当然之极则，尽自心义理之大全，舍是末由也。圣人用是以为教，吾人依是以为学。教者教此，学者学此。外乎此者，教之所由废，学之所由失也。今言判教者，就此条理之粲然者而思绎之，综会之，其统类自见，非有假于安排造作，实为吾心自然之分理，万物同具之根源。特借言语诠表，抉而出之，显而示之而已耳，岂有他哉！

古人言语必有根据。故《曲礼》曰"言必则古昔，称先王"；《虞书》曰"无稽之言勿听，弗询之谋勿庸"；孔子"祖述尧舜，宪章文武"，"述而不作，信而好古"；《礼记·曾子问》数称"吾闻诸老聃"，示不敢专之于己也。其在释氏，结集诸经，必曰"如是我闻"；论主造论，开篇必有"归敬颂"，亦犹行古之道也。

今欲判教，必当有据。或曰：天台据《法华》判四，慈恩依《深密》《楞伽》判三时教，贤首本《华严》判五教，然则判教之名，实始于佛氏之义学，儒家亦有之乎？答曰：实有之，且先于义学矣，后儒习而不察耳。

今先出所据。

《论语》："子所雅言，《诗》《书》、执礼"；"兴于《诗》，立于《礼》，成于《乐》"；如曰"可与言《诗》"，"卒以学《易》"，"不学《诗》，无以言"，"不学《礼》，无以立"，"《诗》可以兴、观、群、怨""事父""事君"。《孟子》引孔子言"知我罪我，其唯《春秋》"，"其义则吾窃取"。此见于《论》《孟》者，即判教之旨也。

《王制》："乐正崇四术，立四教，顺先王《诗》《书》《礼》《乐》以造士。春秋教以《礼》《乐》，冬夏教以《诗》《书》。"此四教之目也。《孔子世家》叙孔子删《诗》《书》，定《礼》《乐》，晚而赞《易》，修《春秋》，及门之徒三千，身通六艺者七十有二人。此明孔子之门益四教而为六艺。

又《太史公自序》曰："儒者以六艺为法，六艺经传以千万数。"是六艺之目也。亦曰六经，亦曰六学，亦曰六籍。赵岐《孟子序》曰："孟子通五经，尤长于《诗》《书》。"此五经之目也。皆判教也。

至庄、荀之书，并陈六艺。荀子《劝学篇》曰："《书》者，政事之纪也；《诗》者，中声之所止也；《礼》者，法之大分、类之纲纪也。"又曰："《礼》之敬文也，《乐》之中和也，《诗》《书》之博也，《春秋》之微也，在天地之间者毕矣。"《儒效篇》曰："圣人者，道之管也。"杨倞注："管，枢要也。"天下之道管是，百王之道一是。"《诗》言是其志也，《书》言是其事也，《礼》言是其行也，《乐》言是其和也，《春秋》言是其微也。""天下之道毕是矣。乡是者臧，倍是者亡。乡是而不臧，倍是而不亡，未尝有也。"《庄子·天下篇》曰："《诗》以道志，《书》以道事，《礼》以道行，《乐》以道和，《易》以道阴阳，《春秋》以道名分。其数散于天下而设于中国者，百家之学，时或称而道之。"庄生之言与荀卿相同，言百家道之，则知治六艺者，不独儒家为然。其曰"判天地之美，析万物之理，察古人之全"，下"判"字尤为分晓。

《礼记·经解》引孔子曰："入其国，其教可知也。其为人也，温柔敦厚，《诗》教也；疏通知远，《书》教也；广博易良，《乐》教也；洁静精微，《易》教也；恭俭庄敬，《礼》教也；属辞比事，《春秋》教也。故《诗》之失，愚；《书》之失，诬；《乐》之失，奢；《易》之失，贼；《礼》之失，烦；《春秋》之失，乱。其为人也，温柔敦厚而不愚，则深于《诗》者也；疏通知远而不诬，则深于《书》者也；广博易良而不奢，则深于《乐》者也；洁静精微而不贼，则深于《易》者也；恭俭庄敬而不烦，则深于《礼》者也；属辞比事而不乱，则深于《春秋》者也。"此段文人法双彰，得失并举，显然是判教的实证据。

《繁露·玉杯篇》云："《诗》《书》序其志，《礼》《乐》纯其美，《易》《春秋》明其知，六学皆大而各有所长。《诗》道志，故长于质；《礼》制节，故长于文；《乐》咏德，故长于风；《书》著功，故长于事；《易》本天地，故长于数；《春秋》正是非，故长于治人。"

《史记·太史公自序》："余闻之董生曰：《易》著天地阴阳、四时五行，故长于变；《礼》纲纪人伦，故长于行；《书》纪先王之事，故长于政；《诗》纪山川溪谷、禽兽草木、牝牡雌雄，故长于风；《乐》乐所以立，故长于和；《春秋》辨是非，故长于治人。是故《礼》以节人，《乐》以发和，《书》以道事，《诗》以达意，《易》以道化，《春秋》以道义。"

《汉书·艺文志》曰："六艺之文：《乐》以和神，仁之表也；《诗》以正言，义之用也；《礼》以明体，明者著见，故无训也；《书》以广听，知之术也；《春秋》以断事，信之符也。五者，盖五常之道，相须而备，而《易》为之原。"

《法言》云："说天者莫辨乎《易》，说事者莫辨乎《书》，说体者莫辨乎《礼》，说志者莫辨乎《诗》，说理者莫辨乎《春秋》。"

是皆据六艺以判教，其余不可殚举。要以《经解》为最精，庄、荀为最约。《汉志》叙九家，以为皆六艺之支与流裔，故推之一切学术，涂虑虽有万殊，归致原无二理。举一全该，万物悉备，得者得此，失者失此，语在《泰和会语》论六艺诸篇及学规"博文"条。得之则智仁圣义中和，失之则愚诬奢烦贼乱。六艺之教，通天地、亘古今而莫能外也；六艺之人，无圣凡、无贤否而莫能出也。散为万事，合为一理，此判教之大略也。

彼为义学者之判教，有小有大，有偏有圆，有权有实；六艺之教则绝于偏小，唯是圆大，无假权乘，唯一实理，通别始终，等无有二，但有得失，而无差分。此又儒者教相之殊胜，非义学所能及者矣。

分科之说，何自而起？起于误解《论语》"从我在陈"一章。记者举此十人有德行、言语、政事、文学诸目，特就诸子才质所长言之，非谓孔门设此四科也。十子者，皆身通六艺，并为大儒，岂于六艺之外别有四科？盖约人则品核殊称，约教则宗归无异。德行、文学，乃总相之名；言语、政事，特别相之目。总为六艺，别则《诗》《书》，岂谓各不相通而独名一事哉！故有判教而无分科。若其有之，则成偏小，非六艺之道也。庄子以"道术之裂为方术"，"天下多得一察焉以自好"，"各为其所欲焉以自为方"，谓之"不该不遍""往而不返""不见天地之纯、古人之大体"。此正显分科之失也。《学记》曰："大德不官，大道不器，大信不约，大时不齐。察于此四者，可以有志于学矣。"

分科者，一器一官之事，故为局；判教则知本之事，故为通。如今人言科学自哲学分离而独立，比哲学于祧庙之主，此谓有类而无统。中土之学不如是，以统类是一也。如释氏讥教相不明者为笼统真如、颟顸佛性。儒者之学不如是，以始终条理也。

今将为诸生明六艺之教，必先了然于此而后可以无惑。故既于《通治群经必读诸书举要》每门之下，各缀数言，聊示涂辙，复为申说判教与分科之义趣不同如此。

玄言与实理之别

古人垂语，皆本其所自得。见得端的，行得纯熟，自然从胸襟中流出，不假安排，以其皆实理也。

《乾·文言》曰："修辞立其诚，所以居业也。"诚者，真实无妄之理。业即是行。居者，止其所而不迁之谓。言君子修治其言辞，与实理相应。此理确立，然后日用之间不更走作也。修者，治也。言有条理，名之为修，非雕绘藻饰之谓。无条理则乱，亦曰荛言，言其乱如荛草，此为条理之反也。如理而说，如量而说，云兴瓶泻不为多，片语只字而不为少，乃至默然不说，其声如雷。庄子曰："君子尸居而龙见，渊默而雷声。"到此田地，有言亦可，无言亦可。古德云："但患自心不作佛，不愁佛不会说法。"此

140

即《论语》所谓"有德者必有言也"。德者，即是得于心之实理，所谓诚也。"三灾弥纶而行业湛然"，可谓能居业矣。

"素患难，行乎患难"，即在患难中行；"素夷狄，行乎夷狄"，即在夷狄中行。夷狄、患难不能碍之，则何忧乎夷狄，何惧乎患难？理在则非外物所能夺也。故言行业者，不独指事为之显著者而言，凡心所行处，皆行业也。人之举心动念，即已为行。《系辞》每以德、业对举，业即是行，此亦显微无间。故佛氏斥人每曰："汝是何心行！"人若不得此实理，则其所行无论隐显，皆无是处，便是"不诚无物"。

诚立，则所言者莫非实理。既言与理应，斯为诚谛之言，言之必可行也。行与理应，斯为笃实之行。《礼运》曰"体信达顺"，在《易》曰"履信思顺"，言有不诚则不信矣，行有不实则不顺矣。故"修辞立诚"即"体信"也，"居业"即"达顺"也。上言"忠信所以进德"，此忠信之德即是实理。"言忠信"是"立诚"，"行笃敬"是"居业"，"君子于其言，无所苟而已矣"。不诚即妄，不与此实理相应皆妄也；少分相应而有违失，犹未离乎妄也。言下可以持循，便是"居业"。

故学者当知修辞之要贵在立诚，而亦即是笃行之事，进德即在其中。言行相应，德业不二，始终只是此个实理。故见其礼而知其政，闻其乐而知其德，直是无处可以盖藏，丝毫不容差忒，岂可以伪为哉！后世修饰其文辞而务以悦人者，岂能当得此事？

若"有言者未必有德"，只是其言亦有中理处，娓娓可听，足以移人，及细察之，则醇疵互见，精粗杂陈，于此实理，未尝有得，而验之行事，了不相干，言则甚美而行实反之，此为依似乱德之言。其有陈义，亦似微妙，务为高远，令人无可持循，务资谈说，以长傲遂非，自谓智过于人，此种言说，亦可名为玄言之失。

盖真正玄言，亦是应理，但或举本而遗末，舍近而求远，非不绰见大体，而不能切近人事，至其末流，则失之弥远。此学者所不可不知也。

老、庄为玄言之祖，今试取《老子》与《论语》、《庄子》与《孟子》比而观之，则可知矣。如："道可道，非常道；名可名，非常名。"此玄言之最精者，初机闻之，有何饶益？说有说无，令学者全无入路。《论语》开篇便曰："学而时习之，不亦说乎？"合下便可用力。《庄子》内篇七篇诚汪洋自恣矣，以视《孟子》七篇为何如？《孟子》开篇便严义利之辨，其直指人心处，可令人当下悟入。读《庄子》虽觉其文之美，可好说理为无端崖，令人流荡失据。此玄言与实理之别也。以佛氏之言判之，则知老庄为破相教，孔孟为显性教。一于破相，则性亦相也；一于显性，则相亦性也。

故老子曰"失道而后德，失德而后仁，失仁而后义"，"天下皆知美之为美，斯恶矣"，"六亲不和有孝慈，国家昏乱有忠臣"，一切破斥无余。庄子曰："是亦彼也，我亦为彼所彼。彼亦是也。彼亦自以为是。彼亦一是非，此亦一是非。此亦自是而非彼，彼亦自是而非此。果且有彼是乎哉？果且无彼是乎哉？是亦一无穷，非亦一无穷也。"此皆令人无可据依。试观孔孟之言，有似于此者乎？

横渠曰："大易不言有无，言有无者，诸子之陋耳。"故在佛氏则必悟一真法界，而后知空宗之为权说；在儒者则必至"至诚无息"，而后知文章不离性道。子贡于此犹隔一尘。纵使多闻能如子贡，犹在言语边取。今之料简，欲使学者知据六艺判教乃是实理，不是玄言，务在直下明宗，不致承言失旨耳。

《论语》大义

一 诗 教

《汉书·艺文志序》曰："仲尼没而微言绝，七十子丧而大义乖。"此本通六艺而言，后儒乃专意属之《春秋》，非也。微言者，微隐之言，亦云深密，学者闻之，未能尽喻，故谓微隐。其实圣人之言，岂分微显？契理为微，契机为显，无显非微，亦无微非显。故曰："知微之显，可与入德。"且言即是显，何以名微？但就学者未喻边说，故曰微言耳。大义者，圆融周遍之义，对小为言。圣人之言，亦无有小大，但贤者识其大者，不贤者识其小者。此亦就机边说，机有小大，故其所得之义有小大。七十子并是大机，故其所传为大义；后学见小，故大义乖失也。今欲通治群经，须先明"微言大义"。求之《论语》，若不能得旨，并是微言；得其旨者，知为大义。一时并得，则虽谓仲尼未没，七十子未丧可也，岂非庆快之事耶？

今当略举《论语》大义，无往而非六艺之要。若夫举一反三，是在善学。如闻《诗》而知《礼》，闻《礼》而知《乐》，是谓告往知来，闻一知二。若颜渊闻一知十，即是合下明得一贯之旨，此真圆顿上机。"舜何人也？予何人也？有为者亦若是。"切望猛著精彩，勿自安于下机也。

《论语》有三大问目：一问仁，一问政，一问孝。凡答问仁者，皆《诗》教义也；答问政者，皆《书》教义也；答问孝者，皆《礼》《乐》义也。故曰："子所雅言，《诗》《书》、执礼，皆雅言也。""兴于《诗》，立于《礼》，成于《乐》。"言"执礼"不及乐者，礼主于行，重在执守，行而乐之即乐，以礼统乐也。言兴《诗》不及《书》者，"《书》以道事"，即指政事，《诗》通于政，以《诗》统《书》也。《易》为礼乐之原，言礼乐，则《易》在其中，故曰"明则有礼乐，幽则有鬼神也"。《春秋》为《诗》《书》之用，言《诗》《书》，则《春秋》在其中，故曰"《诗》亡然后《春秋》作"也。"《春秋》以道名分"，名阳而分阴，若言属辞比事，则辞阳而事阴，故名分亦阴阳也。不易是常，变易是变，《易》长于变，以变显常，不知常者，其失则贼。《春秋》拨乱反正，乱者是变，正者是常，正名定分是常，乱名改作是变，不知正者，其失则乱。《乐》为阳，《礼》为阴，《诗》为阳，《书》为阴。《乐》以配圣，《诗》以配仁，《礼》以配义，《书》以配智。故《乡饮酒义》曰："天子之立：左圣，乡仁；右义，背智。"《戴记》作"背藏"，"知以藏往"，故以"藏"为"智"也。"东方者春，春之为言蠢也。产万物者，圣也。南方者夏，夏之为言假也。假训大。养之长之假之，仁也。西方者秋，秋之为言揫（jiū）也。《戴记》作'愁'，通假字，正当作'揫'。揫之以时察，守义者也。北方者冬，冬之为言终也。终者，藏也。"《戴记》作"中"，以音近而误，字当作"终"。故四教配四德，四德配四方，四方配四时，莫非《易》也，莫非《春秋》也。以六德言之即为六艺，《易》配中，《春秋》配和，四德皆统于中和，故四教亦统于《易》《春秋》。

《易》以天道下济人事，《春秋》以人事反之天道，天人一也。道外无事，事外无道，一贯之旨也。又四时为天道，四方为地道，四德为人道，人生于天地之中，法天象地，兼天地之道者也。故曰："大人者，与天地合其德，与日月合其明，与四时合其序，与鬼神合其吉凶。""天大地大人亦大。"此之谓大义也。程子曰："才有一毫私吝心，便与天地不相似。"又曰："小人只不合，小了。"私吝即小，无私吝元来是大。又《乡饮酒义》曰："天地严凝之气，始于西南而盛于西北，此天地之尊严气也，此天地之义气也；天地温厚之气，始于东北而盛于东南，此天地之盛德气也，此天地之仁气也。"此以卦位言之，即配四隅卦，左阳而右阴也。故曰："易有太极，是生两仪，两仪生四象，四象生八卦，八卦定吉凶。"曰极者，至极之名。曰仪、曰象、曰卦者，皆表显之相。其实皆此性德之流行，一理之著见而已。

明乎此，则知六艺不是圣人安排出来，得之则为六德，失之则为六失。愚、诬、烦、奢、贼、乱。所谓"七十子丧而大义乖"者，即是于此义乖违，辗转陷于偏小而失之弥远也。以上先显大义，次当别释问目。

仁是心之全德，易言之，亦曰德之总相。即此实理之显现于发动处者。此

144

理若隐，便同于木石。如人患痿痹，医家谓之不仁，人至不识痛痒，毫无感觉，直如死人。故圣人始教，以《诗》为先。

《诗》以感为体，令人感发兴起，必假言说，故一切言语之足以感人者皆诗也。此心之所以能感者便是仁，故《诗》教主仁。说者、闻者同时俱感于此，便可验仁。佛氏曰："此方真教体，清净在音闻，欲取三摩提，要以闻中入。"此亦《诗》教义也。如佛说《华严》，声闻在座，如聋如哑，五百退席，此便是无感觉，便可谓之不仁。人心若无私系，直是活鱍鱍的，拨着便转，触着便行，所谓"感而遂通"，才闻彼，即晓此，何等俊快，此便是兴。若一有私系，便如隔十重障，听人言语，木木然不能晓了，只是心地昧略，决不会兴起，虽圣人亦无如之何。须是如迷忽觉，如梦忽醒，如仆者之起，如病者之苏，方是兴也。兴便有仁的意思，是天理发动处，其机不容已。《诗》教从此流出，即仁心从此显现。

志于学，志于道，志于仁，一也。仁是性德，道是行仁，学是知仁。仁是尽性，道是率性，学是知性。学者第一事便要识仁，故孔门问"仁"者最多。

孔子——随机而答，咸具四种悉檀，此是《诗》教妙义。四悉檀者，出天台教义，悉言遍，檀言施。华、梵兼举也。一世界悉檀，"世界"为隔别分限之义，人之根器各有所限，随宜分别，次第为说，名世界悉檀。二为人悉檀，即谓因材施教，专为此一类机说，令其得入，名为人悉檀。三对治悉檀，谓应病与药，对治其人病痛而说。四第一义悉檀，即称理而说也。如樊迟问仁，子曰"爱人"；问知，子曰"知人"，世界悉檀也。答子贡曰"己欲立而立人，己欲达而达人，能近取譬，可谓仁之方也已"，为人悉檀也。答司马牛曰"仁者，其言也讱"，答樊迟曰"仁者先难而后获"，对治悉檀也。答颜渊曰"一日克己复礼，天下归仁焉"，第一义悉檀也。其实前三不离后一，圣人元无二语，彻上彻下，彻始彻终，只是一贯，皆是第一义也。

颜渊直下承当，便请问其目，孔子拈出"视听言动"一于礼；说仁之亲切，无过于此，颜渊一力担荷，此是孔门问仁第一等公案。于此透脱，斯可以尽性矣。仲弓问仁，孔子告以"敬恕"，仲弓亦一力担荷，此皆是兴之榜样。不如此，不足以为兴也。又如曾子闻"一贯"之言，直应曰"唯"，及门人问，则告之曰："夫子之道，忠恕而已矣。"此是自解作活计，如此方是"兴于《诗》"，以其感而遂通，全不滞在言语边，而真能得其旨也。子曰："苟志于仁矣，无恶也。"又曰："唯仁者能好人，能恶

145

人。""吾未见好仁者，恶不仁者。好仁者，无以尚之；恶不仁者，其为仁矣，不使不仁者加诸其身。"自非见得端的，好恶安能如是之切！此皆《诗》教之义也。

又问仁而告以"复礼"，告以"敬恕"，告以"能近取譬"，此并是《诗》教。"仁远乎哉？我欲仁，斯仁至矣。"引《诗》曰："岂不尔思，室是远而。"为之说曰："未之思也，夫何远之有？""绵蛮黄鸟，止于丘隅。"为之说曰："于止，知其所止，可以人而不如鸟乎？"孺子之歌："沧浪之水清兮，可以濯我缨；沧浪之水浊兮，可以濯我足。"子闻之曰："小子识之，清斯濯缨，浊斯濯足矣。"诗人感物起兴，言在此而意在彼，故贵乎神解，其味无穷。

圣人说《诗》皆是引申触类，活鲅鲅的。其言之感人深者，固莫非《诗》也。"天地感而万物化生"，仁之功也；"圣人感人心而天下和平"，《诗》之效也。程子曰："鸡雏可以观仁。"满腔都是生意，满腔都是恻隐，斯可与识仁，可与言《诗》矣。凡《论语》问仁处，当作如此会。以上说"问仁"为《诗》教义竟。

二　书　教

何言乎问政者皆《书》教义也？《书》以道政事，尧、舜、禹、汤、文、武、周公所以治天下之道在是焉。孔子"祖述尧舜，宪章文武"，梦见周公，告颜渊以四代之礼乐，答子张以殷周损益"百世可知"，皆明从本垂迹，由迹显本之大端。政是其迹，心是其本，二帝三王，应迹不同，其心是一。

故孟子曰："以不忍人之心，行不忍人之政。""行一不义，杀一不辜，而得天下，皆不为也。是则同。"此本迹之说也。

蔡九峰《书传序》曰："精一执中，尧、舜、禹相授之心法也。建中建极，商汤、周武相传之心法也。曰德曰仁，曰敬曰诚，言虽殊而理则一，无非所以明此心之妙也。至于言天，则严其心之所自出；言民，则谨其心之所由施。礼乐教化，心之发也；典章文物，心之著也；家齐国治而天下平，心之推也。心之德其盛矣乎！二帝三王，存此心者也；夏桀、商受，亡此心者也；太甲、成王，困而存此心者也。存则治，亡则乱，治乱之分，顾其心之存不存如何耳。后世人主有志于二帝三王之治，不可不求其道；有志于二帝三王之道，不可不求其心。"自来说《尚书》大义，未有精于此者。

今观《论语》记孔子论政之言，以德为主，则与本迹之说可以无疑也。尧、舜、禹、汤、文、武、周公、孔子之心，一也。有以得其用心，则施于有政，迹虽不同，不害其本一也。后世言政事者，每规规于制度文为之末，舍本而言迹，非孔子《书》教之旨矣。《论语》"为政以德"一章，是《书》教要义。德是政之本，政是德之迹。"大哉，尧之为君！惟天为大，惟尧则之。""无为而治者，其舜也欤？"此皆略迹而言本。《中庸》曰："君子不赏而民劝，不怒而民威于铁钺。《诗》曰：'不显惟德，百辟其刑之。'是故君子笃恭而天下平。《诗》曰：'予怀明德，不大声以色。'子曰：'声色之于以化民，末也。'"此为政以德之极致也。"道之以政，齐之以刑，民免而无耻；道之以德，齐之以礼，有耻且格。"数语将一切政治得失判尽。朱子注："政者，为治之具。刑者，辅治之法。德、礼则所以出治之本，而德又礼之本也。"数语亦判得分明。《尚书》多叹德之辞，如："钦明文思安安，允恭克让""浚哲文明，温恭允塞""克明峻德""玄德升闻""惇德允元"，如此之类，不可胜举。

今举例以明之。如哀公问："何为则民服？"子曰："举直错诸枉，则民服；举枉错诸直，则民不服。"季康子问："使民敬忠以劝，如之何？"子曰："临之以庄，则敬；孝慈，则忠；举善而教不能，则劝。"张钦夫曰："此皆就我所当为者言之。然能如是，则其应有不期然而然者。"哀公、季康子皆怀责效于民之心，而孔子告之皆修之在己之事。故曰："苟正其身矣，于从政乎何有？不能正其身，如正人何？"季康子问政，子曰："政者，正也。子帅以正，孰敢不正？"季康子患盗，问于孔子，子曰："苟子之不欲，虽赏之不窃。"季康子问政于孔子曰："如杀无道，以就有道，何如？"子曰："子为政，焉用杀？子欲善而民善矣。君子之德风，小人之德草。草上之风必偃。"《尧曰》一篇，约尧、舜、禹、汤、武之言，皆修德责己之事，与此同旨。如汤之言曰："朕躬有罪，无以万方；万方有罪，罪在朕躬。"武王之言曰："虽有周亲，不如仁人。百姓有过，在予一人。"二帝三王之用心如此。鲁之君臣虽卑陋不足以及此，孔子之告之，皆就其用心处直下针锤，可使一变至道，故曰《书》教之旨也。

论政亦具四悉檀。如曰："既庶矣，富之；既富矣，教之。""足食足兵，民信之矣。""谨权量，审法度，修废官。""兴灭国，继绝世，举逸

147

民。""所重：民、食、丧、祭。""不患寡而患不均，不患贫而患不安。均无贫，和无寡，安无倾。"世界悉檀也。答叶公问政曰："近者悦，远者来。"答子夏为莒父宰问政曰："无欲速，无见小利。"答仲弓为季氏宰问政曰："先有司，赦小过，举贤才。"为人悉檀也。答哀公、季康子诸问及定公问一言兴邦丧邦，答齐景公问政曰："君君、臣臣、父父、子子。"对治悉檀也。答子张问政曰："居之无倦，行之以忠。"答子路问政曰："先之劳之。"请益，曰："无倦"。答子贡问"必不得已而去"曰："去兵"，"去食"，"自古皆有死，民无信不立"。答子路问君子曰："修己以敬。"皆第一义悉檀也。"宽则得众，信则民任焉，敏则有功，公则说。"答子张问从政以"尊五美，屏四恶"，其言尤为该备。世界悉檀也。《中庸》"哀公问政"一章，其要义曰："为政在人，取人以身，修身以道，修道以仁。"第一义悉檀也。二《戴记》中七十子后学之徒记孔子论政之言，不可殚举，以《论语》准之，莫非《书》教义。又一一悉檀，皆归第一义悉檀，学者当知。

"帝""王"皆表德之称。《说文》："帝，谛也。《春秋元命包》《运斗枢》皆有此文。王天下之号。""谛，审也。"《诗》毛传曰："审谛如帝。""审谛"是义理昭著之意，犹言"克明峻德"。谓此一理显现，谛实不虚，名之曰"帝"。"王者，往也。天下所归往也。"《春秋繁露》曰："古之造文者，三画而连其中谓之'王'。三者，天、地、人也。而参通之者，王也。"许书引孔子曰："一贯三为王。"言其与天地合德，人所归往，故谓之王。《易乾凿度》曰："易有君人之号五：帝者，天称也；王者，美行也；天子者，爵号也；大君者，与上行异；大人者，圣明德备也。变文以著名，题德以别操。"郑注云："虽有隐显，应迹不同，其致一也。"此明五号元无胜劣，只是变文，迹有隐显，本唯是一。又德隐而文显，显是有为，隐是无为。明道曰："自私则不能以有为为应迹，用智则不能以明觉为自然。"故帝王以应迹而殊称，圣德则明觉之自证。庄子言"内圣外王"者，亦本迹之义也。

《孔子闲居》子夏问曰："三王之德，参于天地。敢问如何斯可谓参天地矣？"孔子曰："天无私覆，地无私载，日月无私照。奉斯三者，以劳天下，此之谓三无私。"无私而后能应迹。所谓"廓然而大公，物来而顺应"，"天叙有典，敕我五典五惇哉！天秩有礼，自我五礼有庸哉"！"天命有德，五服五章哉！天讨有罪，五刑五用哉！"此皆物各付物，不杂一毫私智于其间。体信达顺之道，亦即自然之明觉也。明乎此，则知从本垂迹，由迹显本，为《书》教之大义，可以无疑也。

今人每以"帝""王"为封建时代之名号，不知其本义也。中土三代封建，以亲亲尊贤为义，与欧洲封建制绝不同。柳子厚作《封建论》，全以私意窥测圣人，已近于今之言社会学，正是失之诬也。如今人所指斥之帝国主义，乃是霸者以下之事，以霸者犹不利人之土地也。今以侵略兼并，号为"帝国"，是夷狄之道。"皇帝"一名，已被秦始皇用坏，今言帝国，尤天壤悬殊。然古义须还他古义，不得乱以今名致疑，学者当知。

又复当知：《书》教之旨，即是"立于《礼》"。孔子曰："道之以德，齐之以礼。"凡一切政典，皆礼之所摄。《易·系辞》曰："观其会通，以行其典礼。"典礼即是常事。二帝之书名为"典"者，明其为常事也。圣人之用心，只是行其当然之则，尽其本分之事而已。唯恐其有未当理者，唯恐其有不尽分者，绝无一毫居德求功之意，然后功德乃可成就。君如尧、舜，臣如禹、稷、契、皋陶、伯益，方做到能尽其分，岂有加哉！观其"严恭寅畏""都俞吁咈"叮咛诰诫之辞，兢兢业业，岂有一毫矜伐于其间？此最学者所当深味。伊尹之告太甲，傅说之告高宗，周公之告成王，其言又为如何？《礼运》曰：禹、汤、文、武、成王、周公，"此六君子者，未有不谨于礼者也"。学至圣人，也只是个"谨于礼"，才有不谨，即便放倒，如何能立？故曰立身，曰立事，曰立政，皆谓确乎不拔，不为外物之所摇动，必有刚大之气，乃可语于"立"。子有"未见刚者"之叹。如曾子在孔门，可谓刚者，观其言可见，而曾子最谨于礼。仲弓宽弘简重，亦近于礼者，许其"可使南面"。学者渐濡于《书》教之久，必能有见于此，而后知"立于礼"之言与《书》教相通也。

应迹之说，学者一时未喻，可求之《孟子》。如曰："禹、稷、颜子易地则皆然。""地"即谓"迹"也。大行不加，穷居不损，其本不异也。舜饭糗茹草，若将终身，自耕稼陶渔，以至为帝，若固有之，可谓能行其典礼矣。孔子无可无不可，布衣穷居，虽不得位，而尧、舜、禹、汤、文、武之道在是焉。故程子曰："尧舜事业如一点浮云过太虚。"学者必由迹以观本，而不徒滞其迹以求之，乃可以得圣人之用心，然后于"应迹不同，其致一也"之旨无惑也。如是乃可与言《书》，可与论政矣。以上说问政为《书》教义竟。

三　礼乐教（上）

何言乎答问孝皆礼乐义也？礼者，天地之序。乐者，天地之和。

《易·序卦》曰："有夫妇然后有父子，有父子然后有君臣，有君臣然后有上下，有上下然后礼义有所错。"此自然之序也。《虞书》舜命契曰："百姓不亲，五品不逊，汝作司徒，敬敷五教在宽。"五教之目，皆因其秉彝之所固有而导之，使亲睦逊顺，天性呈露，不能自已，则是和之至也。

故曰："人人亲其亲，长其长，而天下平。"《礼运》曰："圣人以天下为一家，以中国为一人。""父慈，子孝，兄良，弟弟，夫义，妇听，长惠，幼顺，君仁，臣忠，十者谓之人义；讲信修睦，谓之人利；争夺相杀，谓之人患。"十义者亦因五教之目而广之。所谓人利、人患者，亦即亲与不亲、逊与不逊之别耳。礼乐之义，孰有大于此者乎？而行之必自孝弟始，故《孝经》一篇，实六艺之总归，所以谓之"至德要道，以顺天下"也。"爱亲者，无敢恶于人；敬亲者，无敢慢于人。爱敬尽于事亲，而德教加于百姓，刑于四海。"举是心以推之而已。

有子曰："君子务本，本立而道生，孝弟也者，其为仁之本欤？"孟子曰："仁之实，事亲是也；义之实，从兄是也；知之实，知斯二者弗去是也；礼之实，节文斯二者是也；乐之实，乐斯二者，乐则生矣，生则恶可已也。"有子、孟子之言皆至精，本、实皆直指本心之体。一切大用，皆从此流出，故曰生。但有子单约行仁言，孟子则兼举四德而终之以乐，其义尤为该备。

伊川作《明道行状》云："知尽性至命必本于孝弟，穷神知化由通于礼乐。"此以孝弟与礼乐合言，性命与神化并举。行孝弟，则礼乐由此生，性命由此至，神化由此出；离孝弟，则礼乐无所施，性命无所丽，神化无所行。故知孝弟则通礼乐矣，尽孝弟则尽性命矣，尽性命则穷神化矣。离此而言礼乐，则礼乐为作伪也；离此而言性命，则性命为虚诞也；离此而言神化，则神化为幻妄也。故曰本曰实，皆克指此心发用之所由来，舍此则何由以见之邪？故知性命不离当处，即在伦常日用中现前一念。孝弟之心，实万化之根源，至道之极归。故曰："孝弟之至，通于神明，光于四海，无所不通。"自来料简儒家与二氏之异者，精确无过于此语，学者当知。

今引伊川原文，略为附释如下：

伊川作《明道行状》，叙明道为学，自十五六时，闻周茂叔论道，遂慨然有求道之志。"未知其要，泛滥诸家，出入释、老者几十年，返求诸六经而后得之。明于庶物，察于人伦，知尽性至命必本于孝弟，穷神知化由通于礼乐。辨异端似是之非，开百代未明之惑。秦汉而下，未有臻斯理也。"

初言"未知其要"，继言"返求而得"。"知尽性至命"二句，明此乃真为道要。前所求而未知者，未知此理也。后之返求而得者，实知此理，实臻此理而已。以下料简异学之过。"自谓之穷神知化而不足以开物成务，言为无不周遍，实则外于伦理"，亦即与此二句相违，义至明显。学者切当于此着眼，自己体究。与此理相应即是，与此理相违即不是。言"尽性至命"者，就天所赋而言则谓之命，就人所受而言则谓之性，其实皆一理也。物与无妄谓之赋，各一其性谓之受。万物一太极，一切即一也。物物一太极，一即一切也。《大戴礼·本命篇》"分于道谓之命，形于一谓之性"，犹以气言，不及伊川"天赋""人受"纯以理言。此理人所同具，初无欠缺。"尽"是尽此理而不遗，"至"是至此理而不过。"尽"以周匝无余为义，"至"以密合无间为义。孟子曰："人之所不虑而知者，其良知也；所不学而能者，其良能也；孩提之童，无不知爱其亲也；及其长也，无不知敬其兄也。"天地万物本是一体，即本此一理，本此一性，本此一命。不知性者，迷己为物，徇物丧己，执有物与己为对，于是有取之心生而以物为外，以其有外，则物我间隔，不能相通，遂成睽乖之象，此《睽》之所以继《家人》也。唯赤子之心，其爱敬发于天然，视其父母兄弟犹一体，无有能所之分、施报之责，此其情为未睽。以父母之性为性，以父母之命为命，而己无与焉，此谓全身奉父，无一毫私吝于其间，序之至，和之至也。人能保是心，极于《孝经》之"五致"，是之谓"致良知"。"尽性至命"之道在是矣。乐自顺此生，礼自体此作。妙用无方之谓神，流行合同之谓化。

穷者，究极之称。知者，实证之量。通则交参互入，彻始彻终，无往而非礼乐，即无往而非神化矣。"不言而信"，"不动而敬，无为而成"，"不疾而速"，"不行而至"，"立之斯立，道之斯行，绥之斯来，动之斯和"，此皆极言礼乐自然之效，神化之至也。故曰："尧舜之道，孝弟而已矣"；"夫子之道，忠恕而已矣"。圣人"所过者化，所存者神"，岂有他哉！充扩得去时，天地变化草木蕃；充扩不去时，天地闭，贤人隐。"人而不仁，如礼何？人而不仁，如乐何？""亲亲而仁民，仁民而爱物。"言举是心加诸彼而已矣。忠恕即礼乐之质也，礼乐即孝弟之施也，神化即性命之符也。

《孝经》曰："教民亲爱，莫善于孝；教民礼顺，莫善于弟；移风易俗，莫善于乐；安上治民，莫善于礼。礼者，敬而已矣。故敬其父则子悦，敬其兄则弟悦，敬其君则臣悦，敬一人而千万人悦。所敬者寡而所乐者众，此之谓要道也。""教以孝，所以敬天下之为人父者也；教以弟，所以敬天下之为人兄者也；教以臣，所以敬天下之为人君者也。《诗》云：'岂弟君子，民之父母。'非至德，孰能顺民如此其大者乎？"此皆以孝弟与礼乐合言，明其为至德要道。虽单提一"敬"字，然言"悦"、言"顺"及引《诗》言"岂弟"，皆乐义也。故言孝弟则礼乐在其中矣，言礼而乐在其中矣。

《大学》曰："君子不出家而成教于国。孝者，所以事君也；弟者，所以事长也；慈者，所以使众也。一家仁，一国兴仁；一家让，一国兴让；一人贪戾，一国作乱。""其为父子兄弟足法，而后民法之。""上老老而民兴孝，上长长而民兴弟，上恤孤而民不倍，是以君子有絜矩之道也。"所谓"治国在齐其家"，"平天下在治其国"，皆以孝、弟、慈为本。其言兴仁、兴让、兴孝、兴弟、不倍者，以其自然之效言之，亦乐义也。学者知此，则于伊川以孝弟与礼乐合言之旨可以无碍，而于《论语》问孝之为礼乐义亦可以思过半矣。

四　礼乐教（中）

以四悉檀配之。答孟懿子曰："无违。"世界悉檀也。答孟武伯曰："父母唯其疾之忧。"为人悉檀也。答子游曰："不敬何以别乎？"答子夏曰："色难。"对治悉檀也。答或问禘之说曰："知其说者之于天下也，其如示诸斯乎？"指其掌。第一义悉檀也。又一一悉檀皆归第一义，推之可知。

"生，事之以礼；死，葬之以礼，祭之以礼。"特拈出一"礼"，养生送死之义尽矣。君子跬步不敢忘亲，谨于礼之至也。"一朝之忿，忘其身以及其亲"，为父母忧之大者。《中庸》曰："无忧者，其唯文王乎？以王季为父，以武王为子，父作之，子述之。"无忧之至，即乐之至也。

能养而不能敬，则礼阙矣。《祭义》曰："孝子之有深爱者，必有和气；有和气者，必有愉色；有愉色者，必有婉容。"不知"色难"，则乐阙矣。曾子曰："大孝尊亲，其次弗辱，其下能养。"公明仪问于曾子曰："夫子可以为孝乎？"曾子曰："君子之所谓孝者，先意承志，谕父母于道。参直养者也，安能为孝乎？""身也者，父母之遗体也。行父母之遗体，敢不敬乎？居处不庄，非孝也；事君不忠，非孝也；莅官不敬，非孝也；朋友不信，非孝也；战阵无勇，非孝也。五者不遂，灾及于亲，敢不敬乎？"夫五者不遂皆疾也。灾及于亲，为亲忧也。又曰："亨熟膻芗，尝而荐之，非孝也，养也。君子之所谓孝也者，国人称愿然曰：幸哉！有子如此。所谓孝也已。众之本教曰孝，其行曰养。养可能也，敬为难；敬可能也，安为难；安可能也，卒为难。父母既没，慎行其身，不遗父母恶名，可谓能终矣。仁者仁此者也，礼者履此者也，义者宜此者也，信者信此者也，强者强此者也。_{强即是勇}乐自顺此生，刑自反此作。"又曰："夫孝，置之而塞乎天地，溥之而横乎四海，施诸后世而无朝夕，推而放诸东海而准，推而放诸西海而准，推而放诸南海而准，推而放诸北海而准。《诗》云'自西自东，自南自北，无思不服'，此之谓也。"又曰："小孝用力，中孝用劳，大孝不匮。思慈爱忘劳，可谓用力矣；尊仁安义，可谓用劳矣；博施备物，可谓不匮矣。"

曾子亲传《孝经》，今二《戴记》凡言丧祭义者，多出曾子，无异为《孝经》作传。观其推言礼乐之大而严孝养之别，出于孔子答问孝之旨可知也。但孔子之言约，曾子之言广耳。子曰："父在，观其志；父没，观其行。三年无改于父之道，可谓孝矣。"此与《中庸》"武王、周公其达孝矣乎？夫孝者，善继人之志，善述人之事者也"同旨。曾子曰："慎终追远，民德归厚矣。"礼莫重于丧祭，丧礼是慎终，祭礼是追远，故"丧祭之礼废"则"倍死忘生者众"，"明乎郊社之礼，禘尝之义，治国其如示诸掌乎"，皆善继善述之推也。《郊特牲》曰："万物本乎天，人本乎祖。"社者，祭地而主阴气。郊者，大报天而主日。地载万物天垂象，取财于地，取法于天，是以尊天而亲地也。社所以报本反始也，"郊之祭也，大报本反始也"。《祭统》曰："祭有四时：春祭曰礿，夏祭曰禘，秋祭曰尝，冬祭曰烝。礿、禘，阳义也。尝、烝，阴义也。禘者，阳之盛也。尝者，阴之盛也。""古者于禘也，发爵赐服，顺阳义也；于尝也，出田邑，发秋政，顺阴义也。""故曰：禘尝之义大矣，治国之本也。"荀子曰："礼有三本：天地者，生之本也；先祖者，类之本也；君师者，治之本也。无天地，恶生？无先祖，恶出？无君师，恶治？三者偏亡焉，无安人。故礼，上事天，下事地，尊先祖而隆君师，是礼之三本也。"《孝经》曰："昔者明王事父孝，故事天明；事母孝，故事地察；长幼顺，故上下治。天地明察，神明彰矣。"神明彰，犹言神化著明也。《哀公问》引孔子曰："古之为政，爱人为大。不能爱人，不能有其身；不能有其身，不能安土；不能安土，不能乐天；不能乐天，不能成其身。"公曰："敢问何谓成身？"孔子对曰："不过乎物。"公曰："敢问君子何贵乎天道也？"孔子对曰："贵其不已，如日月东西相从而不已也，是天道也；不闭其久，是天道也；无为而物成，是天道也；已成而明，是天道也。""仁人不过乎物，孝子不过乎物，是故仁人之事亲也如事天，事天如事亲。是故孝子成身。"《孝经》曰："父母生之，续莫大焉；君亲临之，厚莫重焉。"综上来诸义观之，则知所谓"无改"，所谓"善继""善述"，所谓"报本""追远"，所谓"事天""事亲"，所谓"爱人""成身"，所谓"续莫大焉""厚莫重焉"者，皆一理也。

今略释《哀公问》"爱人""成身"义，余可准知。夫言"不能有其身"，是无身也。"爱人为大"者，无私之谓大，私则小矣。对天言则谓之仁人，对亲言则谓之孝子。爱人者，本爱亲之心以推之，故"不独亲其亲，不独子其子"，"老者安之，朋友信之，少者怀之"，使天下无一物不得其所，然后乃尽此心之量，是以天地万物为一身也。"不过乎物"者，如理如量之谓，犹言不遗也。《易·大传》曰："曲成万物而不遗。"身外无物，成物之事即成身之事。"成"之为言，"全"也。"父母全而生之，子全而归之"，无一毫亏欠，斯谓之全。物亦身也，物有亏欠，则身有亏欠。若以物为外，则外其身。遗身而恶物与徇物而丧己者，其病是同。以其所谓身者私己也，私其身者，亦以物为可私，于是人与我睽，身与物睽。执有身见，有物见，有人见，有我见，则天地万物皆外矣。孝子之身则父母之身也，仁人之身则天地之身也。乐正子春曰："吾闻诸曾子，曾子闻诸夫子曰：'不亏其体，不辱其身，可谓全矣。'"此成身之义，即继述之义，即报本之义，亦即相续之义、不已之义也。

横渠《西铭》实宗《孝经》而作，即以事天事亲为一义，故曰："天地之塞吾其体，天地之帅吾其性"，"存吾顺事，没吾宁也"，斯可谓成身矣。"乾称父，坤称母"，斯能达孝矣。"民吾同胞，物吾与也"，斯能达弟矣。《祭义》曰："先王之所以治天下者五：贵有德，贵贵，贵老，敬长，慈幼。此五者，先王之所以定天下也。贵有德，何为也？为其近于道也；贵贵，为其近于君也；贵老，为其近于亲也；敬长，为其近于兄也；慈幼，为其近于子也。"五者皆即孝弟之心以推之。又曰："虞、夏、殷、周，天下之盛王也。未有遗年者。""七十杖于朝，君问则席；八十不俟朝，君问则就之，而弟达乎朝廷矣。""见老者则车徒辟，斑白者不以其任行乎道路，而弟达乎道路矣。居乡以齿，而老穷不遗，强不犯弱，众不暴寡，而弟达乎州巷矣。""五十不为甸徒，颁禽隆诸长者，而弟达乎蒐狩矣。军旅什伍，同爵则尚齿，而弟达乎军旅矣。"是故礼乐之兴，皆孝弟之达也；继天立极，为事亲之终也；尽性至命，即孝子之成身也；穷神知化，即天道之不已也。礼乐之义孰大于是？

五　礼乐教（下）

子夏问："何如斯可谓民之父母？"孔子答以"必达于礼乐之原"。孝弟者，即礼乐之原也。

《礼运》曰："夫礼，必本于天，殽于地，列于鬼神，达于丧祭、射乡、冠昏、朝聘。乡，今本作'御'，误。据《仲尼燕居》'射乡之礼，所以仁乡党也'，正当作'乡'。邵懿辰《礼经通论》谓以形近而误，良是。故圣人以礼示之，故天下国家可得而正也。"《仲尼燕居》曰："郊社之义，所以仁鬼神也；尝禘之礼，所以仁昭穆也；馈奠之礼，所以仁死丧也；射乡之礼，所以仁乡党也；食飨之礼，所以仁宾客也。"皆本此一念以推之。以天地万物为一体，即是合天地万物为一身也。

《仪礼·丧服传》是子夏所作，其义至精，即明一体之义。尊尊亲亲，有从服，有报服，故曰："父子一体也，夫妻一体也，昆弟一体也。"与尊者一体则为之从，如为世父、叔父期。旁尊则为之报。如为昆弟之子期。父至尊也，父为长子亦三年。"正体于上，又乃为所传重也"，谓为先祖之继体也。"为人后者"，为其所后三年。"受重者必以尊服服之。""大宗者，尊之统也。""尊祖故敬宗，敬宗者，尊祖之义也。""禽兽知有母而不知父，野人曰父母何算焉，都邑之士则知尊祢矣，大夫及学士则知尊祖矣。诸侯及其太祖，天子及其始祖之所自出。"此以庙制言之，天子七庙，诸侯五庙，大夫三庙，适士二庙，中下士一庙。故曰："尊者尊统上，卑者尊统下。"上""下"犹"远""近"也。德厚者。其文缛，所推者远也。由报本反始推之，极于天地；由仁民爱物推之，极于禽兽草木：使各得其理，各遂其生。故伐一木、杀一兽，不以其时，非孝也。斧斤以时入山林，网罟以时入川泽。仁政之行，必推致其极，然后可以充此心之量，尽礼乐之用也。

"宰我问三年之丧期已久矣"一章，是圣人吃紧为人处，即丧礼之要义也。"于汝安乎？"先令反求诸心。"汝安，则为之。"绝之严、责之深矣。及宰我出，子曰："予之不仁也！子生三年，然后免于父母之怀。夫三年之丧，天下之通丧也，予也有三年之爱于其父母乎？"故非孝者无亲，为短丧之说者皆不仁之甚，圣人之所绝也。《礼记·三年问》一篇，即明此章之义。故曰："三年之丧，人道之至文者也"，"是百王之所同，古今之所一也，未有知其所由来者也"。此见文野之分于此判之。言"未有知其所由来者"，谓其由来已久也。滕文公为世子，其父定公薨，使其傅然友问于孟子而行三年之丧。其时滕之群臣皆不欲，曰："吾宗国鲁先君莫之行，吾先君亦莫之行也。"当孟子之时，诸侯已不能行三年丧，故孟子引曾子之言，而谓"诸侯之礼，吾未之学；虽然，吾尝闻之：三年之丧，齐疏之服，饘粥之食，自天子达于庶人，三代共之"。据《尧典》曰："二十有八载，帝乃徂落，百姓如丧考妣（bǐ）。三年，四海遏密八音。"是唐、虞已然。《孟子》复有"尧、舜、禹崩，三年之丧毕"之文，是必《书》说之佚者。可证唐、虞之时，臣民之为君丧亦三年，犹父母也。朱子曰："'丧礼''经界'两章，见孟子之学，识其大者。是以虽当礼法废坏之后，制度节文不可复考，而能因略以致详，推旧而为新，不屑屑于既往之迹，而能合乎先王之意，可谓命世亚圣之才矣。"今人与言井田之制，或犹以为古代经济制度在所当知；与言丧服，则罕有知其为礼之大本者，读《论》《孟》可以思其故矣。

《三年问》曰："凡生天地之间者，有血气之属，必有知；有知之属，莫不知爱其类。今是大鸟兽，则失丧其群匹，越月逾时焉，则必反巡，过其故乡，翔回焉，鸣号焉，蹢躅焉，踟蹰焉，然后乃能去之。小者至于燕雀，犹有啁噍之顷焉，然后乃能去之。故有血气之属者，莫知于人；故人于其亲也，至死不穷。将由夫患邪淫之人欤？则彼朝死而夕忘之，然而从之，则是曾鸟兽之不若也。夫焉能相与群居而不乱乎？将由夫修饰之君子欤？则三年之丧，二十五月而毕，若驷之过隙，然而遂之，则是无穷也。

156

故先王焉，为之立中制节，一使足以成文理，则释之矣。"故三年之丧，称情而立文。"三年以为隆，缌小功以为杀，期九月以为间"，"人之所以群居和一之理尽矣"，"人道之至文者也"。

在《易·涣》之象曰："风行水上，涣。先王以享于帝，立庙。"夫人心不和一则离散，所以系人心、合离散之道莫大于宗庙祭祀，故丧祭之礼重焉。《檀弓》曰："太公封于营丘，比及五世，皆反葬于周。君子曰：'乐，乐其所自生；礼，不忘其本。'古之人有言曰：'狐死正丘首。'仁也。"《曲礼》曰："国君去其国，止之曰：'奈何去社稷也?'大夫，曰：'奈何去宗庙也?'士，曰：'奈何去坟墓也?'"今责人以爱国而轻去其礼，爱国之心何自而生乎?《礼运》曰："礼之于人也，犹酒之有蘖也，君子以厚，小人以薄。""唯圣人知礼之不可以已也，故坏国、丧家、亡人，必先去其礼。"《经解》曰："以旧坊为无所用而坏之者，必有水败；以旧礼为无所用而去之者，必有乱患。"《乐记》曰："土敝则草木不长，水烦则鱼鳖不大，气衰则生物不遂，世乱则礼慝而乐淫。"故厚于礼则治，薄于礼则乱，孝弟薄而丧祭之礼废，则倍死忘生者众。教民不倍，则必自重丧祭始矣。

《檀弓》引孔子曰："之死而致死之，不仁而不可为也。之死而致生之，不知而不可为也。"子游曰："人死，斯恶之矣。无能焉，斯倍之矣。是故制绞衾，设蒌翣（shà），为使人勿恶也。始死，脯醢（hǎi）之奠；将行，遣而行之；既葬而食之，未有见其飨之者也。自上世以来，未之有舍也。为使人勿倍也。"是故"事死者如事生，事亡者如事存"，"祭如在，祭神如神在"，"洋洋乎如在其上，如在其左右"。"散斋七日，致斋三日"，乃见其所为。斋者，僾（ài）乎如有见，忾（xì）乎如有闻，精诚之至而后可以交于神明。曰："庶或飨之，庶或飨之，孝子之志也。"谢上蔡曰："祖考的精神即是自家的精神。是故孝弟之至，通于神明，光被四表，格于上下，皆此精神为之。"故凡有血气，莫不尊亲，此神化自然之效也。

复次当知《论语》中凡言"不争"者，皆《礼》教义；凡言"无怨"者，皆《乐》教义。《诗》曰："神罔时怨，神罔时恫。"《孝经》曰"行满天下无怨恶"，孝之格也；"礼让为国""在丑不争"，弟之达也。故曰："求仁而得仁，又何怨"，"不念旧恶，怨是用希"，"在邦无怨，在家无怨"，"不怨天，不尤人"，皆本于孝也。"揖让而升，下而饮，其争也君子"，"绥之斯来，动之斯和"，"于乡党恂恂如也，似不能言者"，皆本于弟也。《乐记》曰："乐至则无怨，礼至则不争。暴民不作，诸侯宾服，兵革不试，五刑不用，百姓无患，天子不怒，如此则乐达矣。合父子之亲，明长幼之序，以敬四海之内，天子如此，则礼行矣。"又曰："万物之理，各以类相动也。是故君子反情以和其志，比类以成其行。奸声乱色，不留聪明；淫乐慝礼，不接心术；'放郑声，远佞人'，即是义。惰慢邪僻之气，不设于身体，使耳目鼻口心知百体皆由顺正，以行其义。""耳目聪明，血气和平，移风易俗，天下皆宁。故曰：乐者，乐也。君子乐得其道，小人乐得其欲。以道制欲则乐而不乱，以欲忘道则惑而不乐。是故君子反情以和其志，广乐以成其教。乐行而民乡方，可以观德矣。"是故"情深而文明，气盛而化神，和顺积中而英华发外"，夫是之谓"成于《乐》"也。

《论语》凡言"礼乐"义者，不可殚举，今特拈孝弟为仁之本，略明丧祭之要。学者能引而申之，触类而长之，庶可达乎礼乐之原，而尽性至命、穷神知化亦在其中矣。

六　易教（上）

上来据《论语》略说《诗》《书》《礼》《乐》义，今当略说《易》义。夫义理无穷，非言说可尽，贵在自得自证。圣人垂教，亦是将此个有言的显那无言的，故曰："不愤不启，不悱不发。举一隅不以三隅反，则不复也。"为实施权，开权显实，一切名言施设皆权也。六艺只是人人自性本具之实理，今为显示此实理，故权示言说。学者须是合下持循，方可悟入。知此实理不待他求，不为诸魔外道所惑，不被一切违顺境界所转，方能有之于己。否则拈一放一，只成另一种知解，依旧"业识茫茫，无本可据"。须知此理不是知解边事，说得便休，纵有解会，不实在用力，只是自瞒。

子曰："有能一日用其力于仁矣乎？吾未见力不足者。盖有之矣，我未之见也。"前说学是知仁，道是行仁；学是知性，道是率性。真能用力，始名为学，不然只是好而不学，便成六言六蔽，况若存若亡，尚未足以言好者乎？《论语》言"学诗""学礼"，才举一"学"字，便见功夫实有用力处，不指占毕、诵数、记问、训解而言。能言能立，便见学之效验。如言"时习"是功夫，"悦怿"便是效验。"学"字下得甚重，其间大有事在，急须着眼，不可泛泛寻求，忽忽涉猎，以当平生；亦不可以强探力索、妄生穿凿为能事。

学须是学圣人。今欲说《易》，先举一例，乃是绝好榜样。子曰："加我数年，卒以学《易》，可以无大过矣。"又曰："朝闻道，夕死可矣。"上句是指工夫，下句是指效验。此是何等语！《史记·孔子世家》称孔子晚而好《易》，读《易》韦编三绝。据《孔子世家》，孔子以定公十四年去鲁，是时孔子五十六岁，至哀公十一年自卫返鲁，年将七十矣。删《诗》《书》，定《礼》《乐》，赞《易》修《春秋》，皆在是时。哀公十六年，孔子卒，年七十三。是时孔子年将七十，犹有"可无大过"之言。此是何等气象！"五十而知天命，六十而耳顺，七十而从心所欲不逾矩。"此必是七十以后之言。可知"无大过"与"不逾矩"，是同是别，正好会取。"朝闻""夕死"，虽不知何时所言，然语脉却与此章一例，亦非早年之说可知也。圣人到七十之年，尚自居学地，其言如此，学者其可轻言已学已闻邪？

《十翼》是孔子所作，欲知学《易》之道，当求之《十翼》。《系辞传》曰："君子所居而安者，《易》之序也；所乐而玩者，爻之辞也。是故君子居则观其象而玩其辞，动则观其变而玩其占。"此示学《易》之道也。又曰："《易》之为书也不可远，为道也屡迁，变动不居，周流六虚，上下无常，刚柔相易，不可为典要，唯变所适。其出入以度外内，使知惧，又明于忧患与故。无有师保，如临父母。初率其辞而揆其方，既有典常。苟非其人，道不虚行。"又曰："《易》之兴也，其当殷之末世、周之盛德邪？当文王与纣之事邪？是故其辞危。危者使平，易者使倾。其道甚大，百物不废。惧以终始，其要无咎。此之谓《易》之道也。"明此两节，乃知学《易》用力处何在，与《论语》"可无大过"之言相应，亦犹禅家所谓"识法者惧"也。

"吉凶者，失得之象也；悔吝者，忧虞之象也。""八卦以象告，爻彖以情言，刚柔杂居而吉凶可见矣。""吉凶以情迁"，即所谓"屡迁"也。"刚柔相推而生变化"，即所谓"变动不居，周流六虚，上下无常，刚柔相易"也。"唯变所适"，故不容不惧。"吉凶者，贞胜者也"；"知进退存亡而不失其正者，其唯圣人乎"。贞，胜也。"变动以利言。"利，贞也。利贞者，性其情也。"元亨"是性德，"利贞"是修德。"无过"者，利贞也。"从心所欲不逾矩"者，元亨也。故濂溪曰："元亨，诚之通；利贞，诚之复。"程子每曰："'象也者，象此者也；爻也者，效此者也。'此是何谓？此以教人致思。"法象莫大乎天地，变通莫大乎四时，皆明圣人修德之事，故"与天地合其德，与四时合其序"。岂曰心外有法，如今人所名为宇宙论者，以天地万物为外邪？

何以举"朝闻夕死"一章为《易》义？以欲明死生之故，必当求之于《易》。凡民皆以死生为一大事而不暇致思。求生而恶死，生不能全其理，死亦近于桎梏而非正命，此谓虚生浪死；唯闻道者则生顺而没宁，乃是死生之正。孟子所谓"尽其道而死者，正命也"。《易》"穷理尽性以至于命"，乃此所谓"道"也。闻，非口耳之事，乃是冥符默证，澈法源底，圆悟真常，在佛氏谓之"了生脱死"。"朝""夕"，极言其时之近。闻道之人，胸中更无余疑，性体毫无亏欠，则死生一也，岂复尚留遗憾？故谓"生死如门开相似"。若有一毫微细所知愚未断者，终无自由分。

"朝闻"之事岂易言哉！《系辞传》曰："原始反终，故知死生之说。精气为物，游魂为变，是故知鬼神之情状。"又曰："通乎昼夜之道而知。"于此荐得，庶几可语于"朝闻"矣。佛氏言"分段生死"，只是"精气为物"；言"轮回"，只是"游魂为变"；言"变易生死"，虽较细微，犹在生死边，未至涅槃。须知"夕可"直是涅槃。见不生灭，见无生死，而后于生死乃能忍可。所言"可"者，犹佛氏言"无生法忍"也。《楞伽》云："一切法不生，我说刹那义，当生则有灭，不为愚者说。"言"朝夕"者，犹"刹那义"也。死生之义，佛说为详。然彼土之言虽多，亦无所增；此土之言虽简，亦无所欠。此在学者善会。

先儒不好举佛说，亦无过也。庄子亦深明死生之故，如言"适来夫子时也，适去夫子顺也。安时而处顺，哀乐不能入也"。此亦似顺受其正，但其言外天下而后能外物，外物而后能外生，以死生为外，则不是。又托为仲尼之言曰："哀莫大于心死，而人死亦次之。""吾一受其成形，而不化以待尽，效物而动，日夜无隙，而不知其所终。""知命不能规乎其前，丘以是日徂。吾终身与汝交一臂而失之，可不哀欤？"此言变化不可执而留。若哀死者，则此亦可哀也。今人未尝以此为哀，奚独哀死邪？彼言"人死"，乃"分段生死"；言"心死"，则指"变易生死"；独于刹那不生灭之义，似尚隔一尘耳。

学者须念"朝闻夕死"之说，圣人言之特重。此实《易》教之大义也。

七 易教（下）

《肇论》云："道远乎哉？触事而真；圣远乎哉？体之即神。"肇公直是深于《易》者。《易》道至近而人以为远。言《易》者往往舍近而求诸远，遂以为神秘，以为幽玄，泥于象数，拘于占筮，终身不得其旨，而不知日用之间无往而非《易》也。《十翼》之文，较然明白，学者不悟，妄生穿凿，圣人亦无如之何。明明说"圣人以此洗心，退藏于密"，明明说"圣人以此斋戒，以神明其德"，明明说"因贰以济民行，以明失得之报"，明明说"和顺于道德而理于义，穷理尽性以至于命"；……学者只是求之于外，如何得相应去？

凡《大象》及《系辞》中所用"以"字，皆须着眼，不可放过。此即示人学《易》之道也。圣人教人，皆是觌（dí）面提持，当体指示，绝无盖覆。故曰："二三子以我为隐乎？吾无隐乎耳。吾无行而不与二三子者，是丘也。"会得此章，便见圣人日用处全体是《易》，《易》道亦至显而非隐也。道无隐显，因人心之有显隐而为显隐。故曰："盲者不见，非日月咎。"《系辞》每以"《易》之为书"与"《易》之道"并举，"书"指言教所诠之实理，"道"即指此实理之发用处而言。譬如以指标月，须是因指见月，不可执指忘月、以指为月。"爻象动乎内，吉凶见乎外，功业见乎变，圣人之情见乎辞。"学者因辞而有以得圣人之情，然后知爻象、吉凶、功业皆实有着落，乃于三易之义昭然可以无疑矣。

今举"子在川上"章略显此理。此即于迁流中见不迁，于变易中见不易也。"逝者如斯夫"是法喻并举。"逝"，言一切法不住也；"斯"，指川流相。一切有为诸法，生灭行相，逝而无住，故非常；大化无为，流而不息，不舍昼夜，故非断。法尔双离断常，乃显真常不易之实理。"断常二见"之常，是刻定死常，与"真常"之常不同。妄计诸有不坏灭，是死常；法尔如然，无有生灭，乃是真常。此须料简。朱子曰：道体之本然，"其可指而易见者，莫如川流"。故于此发以示人，欲学者时时省察而无毫发之间断也。程子曰："天运而不已，日往则月来，寒往则暑来，水流而不息，物生而不穷，皆与道为体，运乎昼夜，未尝已也。是以君子法之，自强不息。及其至也，纯亦不已。"此乃显示真常也。《朱子语录》略谓：道无形体，非指四者为道体，但因此可见道之体耳。道无声无臭，寻那无声无臭处，如何见得？因此方见那无声无奥的，所以说与道为体。这"体"字却粗。如邵子曰："心者，性之郭郭；性者，道之形体。"此类名言，皆不可泥。又谓："自汉以来，儒者皆不识此义。"某谓禅师家却识得此义，如赵州云："汝等诸人被十二时使，老僧使得十二时。"赵州不必定读《论语》，却深得"川上"之旨。亦如肇公不必定读《易》，其作《物不迁论》却深得变易即不易之旨。"参活句，莫参死句"，乃可与言学《易》也。

《乾凿度》云："易者，其德也；变易者，其气也；不易者，其位也。""位"字若改作"理"字，其义尤显。自佛氏言之，则曰：变易者，其相也；不易者，其性也。故《易》教实摄佛氏圆顿教义。三易之义，亦即体、相、用三大：不易是体大，变易是相大，简易是用大也。

《中庸》正义引贺场云："性之与情，犹水之与波。静时是水，动则是波；静时是性，动则是情。"《楞伽》云："诸识有二种生住灭，谓流注及相。诸识有三种相，谓转相、业相、真相。转相、业相可灭，真相不灭。偈云：譬如巨海浪，斯由猛风起。洪波鼓冥壑，无有断绝时。藏识海常住，境界风所动。种种诸识浪，腾跃而转生。"《起信论》宗《楞伽》而作，有两段文与贺场语绝相似。一"显智净相"文云："如大海水因风波动，水相风相不相舍离，而水非动性，若风止灭，动相则灭，湿性不坏故。如是众生自性清净，心因无明风动，心与无明俱无形相，不相舍离，而心非动性，若无明灭，相续则灭，智性不坏故。"一"答二种生灭征诘灭义"文曰："所言灭者，唯心相灭，非心体灭。如风依水而有动相，若水灭者则风相断绝，无所依止。以水不灭，风相相续，唯风灭故，动相随灭，非是水灭。无明亦尔，依心体而动，若心体灭则众生断绝，无所依止，以体不灭，心得相续，唯痴灭故，心相随灭，非心智灭。"学者当知，佛氏所言"生灭"即"变易"义；言"不生不灭"者，即"不易"义；若"不变随缘，随缘不变"，即"简易"义也。

"川上"一语，可抵大乘经纶数部。圣人言语简妙亲切如此，善悟者言下便荐，岂在多邪？

再举"予欲无言"一章，以显性体本寂而神用不穷。离于言说，会者当下即是，不会者只在言语边取。如子贡曰："子如不言，则小子何述焉？"孔子不惜眉毛，即就现前与之点破，可惜子贡无后语，故谓"夫子之言性与天道，不可得而闻"。不知"四时行""百物生"即此全是天道，岂别有一个性与天道？又岂假言说方显邪？

"天地之道，贞观者也；日月之道，贞明者也；天下之动，贞夫一者也。夫乾确然，示人易矣；夫坤隤然，示人简矣。"明明示人简易，不待言说，而人自不荐，圣人亦末如之何。故曰："书不尽言，言不尽意。""圣人之意，其不可见乎？""神而明之，存乎其人；默而成之，不言有信，存乎德行。"以《系辞传》与"无言"章对勘，而后圣人之意可知也。

知《易》是最后之教，此章亦是圣人最后之言。如佛说：我四十九年不曾说一字而涅槃，扶律谈常，实为末后之教。故《涅槃》之"常、乐、我、净"四德，亦如《乾》之"元、亨、利、贞"也。此非言说所及，必须自悟。

今略举此数章以为说者，欲使学者知圣人吃紧为人处，方识得学《易》当如何用力。决非如昔之象数论、今之宇宙论所可几耳。有人问圆悟克勤如何是诸佛出身处，答曰："熏风自南来，殿阁生微凉。"大慧杲（gǎo）即于此句下得悟。此却深得"四时行，百物生"之旨。今学者如问《易》道如何体会，有一语奉答，曰："吾尝于此切思之。"

八　春秋教（上）

已据《论语》略明《易》义，今当略明《春秋》义。

董生云：不明乎《易》，不能明《春秋》。《易》本隐以之显，《春秋》推见至隐；《易》以天道下济人事，《春秋》以人事反之天道。实则隐显不二，天人一理。故《易》与《春秋》者，圣人之全体大用也。用处难知，只为体上不了，故非义精仁熟，不容轻说《春秋》。若以私意窥测圣人，决无是处，贤如游、夏，犹莫能赞一辞，故先儒说经，于《春秋》特为矜慎。

今谓《春秋》大义当求之《论语》。《论语》无一章显说《春秋》，而圣人作《春秋》之旨全在其中。至显说者莫如孟子，孟子之后则董生、司马迁能言其大。"三传"自以《公羊》为主，《穀梁》次之，《左氏》述事，同于《国语》而已。自杜预独尊《左氏》，而《春秋》之义益晦。至啖、赵始非杜氏，兼用"三传"，得伊川、胡文定而后复明。此其源流，当俟别讲。

今先引《孟子》"公都子问好辩"章。孟子言："天下之生久矣，一治一乱。"从禹抑洪水，周公兼夷狄，驱猛兽，说到孔子作《春秋》，以

《春秋》为天子之事；又从"人之所以异于禽兽者几希，庶民去之，君子存之"，因言舜"明于庶物，察于人伦"，历叙禹、汤、文、武、周公之德，说到《诗》亡而后《春秋》作。所谓"其义则丘窃取之"者，意以孔子作《春秋》乃所以继诸圣，《春秋》之义，即诸圣之道也。其言之郑重分明如此，非孟子孰能及之？《公羊》《繁露》虽有精到处，未有闳深博大如此者也。学者须先明孟子之言，然后可以求《春秋》之义，于《论语》、于《易》皆可触类而引申之。

孟子引孔子曰："道二，仁与不仁而已矣。"仁是君子之道，不仁是小人之道。凡圣之辨，义利之辨，夷夏之辨，治乱之辨，王霸之辨，人禽之辨，皆于是乎分途。此即《易》之所谓吉凶得失也。《系辞传》曰："阳一君而二民，君子之道也；阴二君而一民，小人之道也。《易》曰：'憧憧往来，朋从尔思。'"此义甚明。盖阳卦多阴，一阳为主而众阴从之，此"一君二民"之象，在人则为率性。横渠谓之"性命于德"，释氏谓之"随顺法性"，则众生五阴转为法性五阴。阴卦多阳，一阴为主而众阳从之，此"二君一民"之象，在人则为顺习。横渠谓之"性命于气"，释氏谓之"随顺习气"，法身流转五道，名为众生。阳卦奇，性唯一理也；阴卦耦，习有多般也。《春秋》天子之事，即圣人之事。拨乱反正，用夏变夷，皆用是道而已。上无天子，下无方伯，四夷交侵，灾害并至，此危亡之道也。《公羊》家谓"《春秋》借事明义"，此语得之，犹释氏所谓"托事表法"也。董生谓之"因行事加王心"。王心者，即义也，理也。邪说暴行，弑父弑君，此何事邪？孔子无位而托二百四十年南面之权，一以义理裁之而已。二百四十年如此，二千四百年亦如此。子张问"十世可知"，孔子答以"虽百世可知"。

用《春秋》之义则治，不用《春秋》之义则乱。《遁》之象曰："君子以远小人，不恶而严。"此《春秋》所以作也。学者知此，则知凡言君子、小人、义利、王霸、夷夏、人禽、圣凡、迷悟之辨者，莫非《易》与《春秋》之旨也。但圣人用处难知。《系辞传》曰："显诸仁，藏诸用，鼓万物而不与圣人同忧。"知此则知圣人虽忧天下之深，而其大用繁兴，不动声色，因物付物，从不伤锋犯手，而其化至神。"非天下之至精，其孰能与于此？"

"知我者其惟《春秋》乎？罪我者其惟《春秋》乎？"此与"学《易》无大过"之言正好合看。后儒说《春秋》义者，往往于圣人用处未能窥见。甚矣，知圣之难也。

董生曰："《春秋》之道，奉天而法古。虽有巧手，弗修规矩，不能正方圆；虽有察耳，不吹六律，不能定五音；虽有智心，不览先王，不能平天下。先王之遗道，亦天下之规矩六律已。故圣人法天，贤者法圣，此其大数也。大数，犹今言公例。得大数而治，失大数而乱，此治乱之分也。"又曰："《春秋》之于世事也，善复古，讥易常。新王必改制者，非改其道，非变其理也，徙居处，更称号，改正朔，易服色而已。若夫大纲、人伦、道理、政治、教化、习俗、文义尽如故，亦可改哉？故王者有改制之名，无易道之实。"此董生言改制之义也，与子张问"十世"义同。殷因于夏，周因于殷，此其不可得与民变革者也，不易之道也。"损益可知"，即董生所谓"改制"，此其可与民变革者也，随时变易之道也。《革》之象曰："君子以治历明时。""天地革而四时成。汤、武革命，顺乎天而应乎人。革之时，大矣哉！"故曰："大亨以正，革而当，其悔乃亡。"《春秋》错举四时以为名，书日月时皆有义，以事系之，而当与不当可知也。

"王者以制，一商一夏，一质一文。商质者主天，夏文者主地，《春秋》者主人。"语在《繁露·三代改制质文篇》。又《说苑·修文篇》云："商者，常也；常者，质也；质主天。夏者，大也；大者，文也；文主地。"与此相应。康成释《周易》名曰："周，遍也。"由是言之，夏、殷、周乃所以表文、质、兼之义，亦即天、地、人三统也。《春秋》新王，为人统，兼天与地，兼质与文，若是则从周为人统也。文质之说，实本《论语》。法天象地，则本《周易》。此义甚深，善思可见。于此会得，乃可以言因革、损益，乃可以言改制、革命也。

《太史公自序》曰："余闻之董生曰：'周道衰废，孔子为鲁司寇，诸侯害之，大夫壅之。孔子知言之不用，道之不行也，是非二百四十二年之中，以为天下仪表，贬天子，退诸侯，讨大夫，以达王事而已矣。'子曰：'我欲载之空言，不如见之行事之深切著明也。'夫《春秋》，上明三王之道，下辨人事之纪，别嫌疑，明是非，定犹豫，善善恶恶，贤贤贱不肖，存亡国，继绝世，补敝起废，王道之大者也。""拨乱世反之正，莫近于《春秋》。""《春秋》之中弑君三十六，亡国五十二，诸侯奔走不得保其社稷者不可胜数。察其所以，皆失其本已。故《易》曰：'失之毫厘，差以千里。'故曰：'臣弑君，子弑父，非一朝一夕之故也，其渐久矣。'故有国者不可以不知《春秋》，前有谗而弗见，后有贼而不知。为人臣者不可以不知《春秋》，守经事而不知其宜，遭变事而不知其权。为人君父而不

165

通于《春秋》之义者，必蒙首恶之名。为人臣子而不通于《春秋》之义者，必陷篡弑之诛。""夫不通礼义之旨，至于君不君，臣不臣，父不父，子不子。""此四行者，天下之大过也。""故《春秋》者，礼义之大宗也。夫礼禁未然之前，法施已然之后。法之所为用者易见，而礼之所为禁者难知。"此一段文极有精彩，说得切当，非后世博士经生之所能及也。试究其义之所从出，莫不从《易》与《论语》得来。今不具引《论语》以证之，寻绎可见。

伊川《春秋传序》曰：夫子"作《春秋》，为百王不易之大法"。"斯道也，唯颜子尝闻之。'行夏之时，乘殷之辂，服周之冕，乐则韶舞'，此其准的也。后世以史视《春秋》，谓褒善贬恶而已，至于经世之大法，则不知也。《春秋》大义炳如日星，乃易见也。唯其微辞隐义、时措从宜者为难知也。或抑或纵，或予或夺，或进或退，或微或显，而得乎义理之安，文质之中，宽猛之宜，是非之公，乃制事之权衡，揆道之模范也。"程子此言，"三传"所不能到，惜其书未成。再传而有胡文定之学，虽不尽出于伊川，然其大旨固伊川有以启之。其《序》曰：《春秋》者，"史外传心之要典也"，"仲尼天理之所在"，故"以天自处"。"苟得其所同然"，则"《春秋》之权度在我"，此庶几能见圣人之大用者。学者观于此，而后知三科九旨之说，犹为经生之见矣。

九 春秋教（中）

《孟子》引孔子之言曰："其事则齐桓、晋文，其文则史，其义则丘窃取之矣。"太史公曰："《春秋》文成数万，其旨数千。"《春秋》经文只万六千余字。此其所谓"义""旨"者，非如后世"凡例"之说，亦非谓笔削之外别有口授。

以《春秋》之书虽作于晚年，而其义则孔子平日所言者皆是也，故董生谓"《春秋》无达例"。《繁露》今存者几于无一篇不引《论语》。但圣人精义入神之用，学者未到此田地，故难知耳。

何邵公《公羊解诂序》乃谓"其中多非常异义可怪之论"，实未足以知圣也。

胡文定曰："《春秋》公好恶则发乎《诗》之情，酌古今则贯乎《书》之事，兴常典则体乎《礼》之经，本忠恕则导乎《乐》之和，著权制则尽乎《易》之变。百王之法度，万世之准绳，皆在此书。故五经之有《春秋》，犹法律之有断例也。"此言深为得之。所以言学《春秋》为穷理之要，不但不明《易》不能明《春秋》，不明《诗》《书》《礼》《乐》，又焉能明《春秋》？得其旨者，知《春秋》即《易》也，亦即《诗》《书》《礼》《乐》也。如不学法律，焉能断案？

故《易》与《春秋》并为圣人末后之教，然其义旨即可于《论语》见之，引申触类，不可胜穷。

今特举一端，以助寻绎而已。

约而言之，《春秋》之大用在于夷夏、进退、文质、损益、刑德、贵贱、经权、予夺，而其要则正名而已矣。"必也正名"一语，实《春秋》之要义。

"君君、臣臣、父父、子子"，即庄生所谓"道名分"也。《经解》曰："属辞比事，《春秋》教也"；"《春秋》之失，乱"；"其为人也"，"属辞比事而不乱，则深于《春秋》者也。"董生曰："《春秋》慎辞，谨于名伦等物者也。"孟子曰："舜明于庶物，察于人伦。"是知深察名号为"名伦"，因事立义为"等物"；"名伦"即"属辞"，"等物"即"比事"也。名伦等物，得其理则治，失其理则乱。故曰"《春秋》长于治人"，"《春秋》之失，乱"，"拨乱世反之正，莫近于《春秋》"也。人事浃，王道备，在得正而已矣。

《易》曰："知进退存亡而不失其正者，其唯圣人乎。"心正则天地万物莫不各得其正。伦物者，此心之伦物也。世愈乱而《春秋》之文愈治者，托变易之事，显不易之理而成简易之用也。事则据乱而文致太平，非谓定、哀之世为太平也。"张三世""存三统"，皆西汉经师之说，须善看，不可泥。

"名伦等物"为"正名"之事。"正名"也者，正其心也，心正则致太平矣。是义于"五始"见之：五始者，"元年"一，"春"二，"王"三，"正月"四，"公即位"五也。今略引董生与胡文定之说以明之。

董生曰："谓一元者，大始也。《春秋》变'一'谓之'元'，'元'犹'原'也，其义以随天地终始也。故元者为万物之本，而人之元在焉。安在乎？乃在乎天地之前。天地之元奚为？于此恶施于人？继天地之所为而终之也。"又曰："《春秋》何贵乎元？元者，始也，言本正也。道，王道也。王者，人之始也。"按人元之说，乃自董生发之。《易》曰："大哉

167

乾元，万物资始，乃统天。""至哉坤元，万物资生，乃顺承天。"又曰："乾知大始，坤作成物。"大始即根本智，成物即后得智。"先天而天弗违，后天而奉天时。"此董生所本，故又有奉天法古之义。郑康成说《尚书》"稽古"为"同天"，此实古义。《乾凿度》云："帝者，天称也。王者，美行也。"须知：帝者，谛也；天，即理也。"大人者，与天地合其德"，故曰"同天"。"考诸三王而不谬"为"法古"，"建诸天地而不悖"为"奉天"，其义一也。又曰："《春秋》之道，以元之深，正天之端；以天之端，正王之政；以王之政，正诸侯之即位；以诸侯之即位，正竟内之治。五者俱正而化大行。"《繁露·玉英篇》。又《对策》曰："谓一为元者，视大始而欲正本也。《春秋》深探其本，而反自贵者始。胡文定《传》变'深探其本'为'深明其用'，其义一也。故为人君者，正心以正朝廷，正朝廷以正百官，正百官以正万民，正万民以正四方，四方正，远近莫不一于正。"此言亦本《孟子》。胡文定曰："元即仁也。仁，人心也。"此释董生人元之义，亦本于《易》《孟子》。五始之义大矣哉！

《春秋》始元终麟，犹《易》之首《乾》《坤》而终《既》《未》也。《论语》曰："凤鸟不至，河不出图，吾已矣夫！"然则西狩获麟而有道穷之叹，殆不虚也。此亦因事显义。王道备则鸟兽亦归其仁，人事乖则麟凤徒见其异，与瑞应之说无关。程子谓"麟不至，《春秋》亦须作"，是矣。《未济》之象曰："君子以慎辨物居方。"《杂卦》以《夬》终，曰："夬，决也，刚决柔也。君子道长，小人道忧也。"此皆可见圣人述作之旨。《论语》以"君子"始，以"君子"终，记者亦深知此义。

《序卦》曰："物不可穷也，故受之以《未济》终焉。""方以类聚，物以群分，吉凶生矣"，故曰"君子以慎辨物居方"，亦犹《春秋》之"名伦等物"也。未济者，无尽之称。佛氏言众生无尽，佛法无尽；自儒者言之，则小人之道无尽，君子之道亦无尽也。故《杂卦》变其义，终《夬》。以刚决柔，以君子决去小人，即是以仁决去不仁，"拨乱世反之正也"。曰"《易》之为书也不可远，其为道也屡迁"，曰"拨乱反正，莫近于《春秋》"，学者可以知所择矣。辨物居方，名伦等物，属辞比事，皆择于斯二者而已。

今谓"终麟"者，盖言非特人有仁与不仁而已，禽兽亦有之。麟，兽之仁者也。春秋之世，仁人不得位，仁兽之至不以时，而仁之道不可绝也。"天下有道，丘不与易。""吾非斯人之徒与而谁与？""易"之云者，

168

易其不仁以至于仁而已。故始元者，仁之施于人也；终麟者，仁之被于物也。

"仁远乎哉？我欲仁，斯仁至矣"，言近也。"斯民也，三代之所以直道而行也"，"人之生也，直；罔之生也，幸而免"，皆《春秋》之义也。直，正也。直道是仁，罔道即不仁。罔，无也，犹言虚妄也。《春秋》之所以讥贬绝者，皆罔之生也。今人好言人生哲学，先须学《春秋》、辨直罔始得。

《易》曰："正大，而天地之情可见矣。"《春秋》之所大者，大一统，大居正，于《论语》叹尧之德见之，故曰："大哉，尧之为君也！唯天为大，唯尧则之。"此亦"稽古同天""奉天法古"之义。

今略明夷夏、进退义。《论语》曰："夷狄之有君，不如诸夏之无也。"此在正名，大义有二科：一正夷夏之名，一正君之名。《春秋》不予夷狄为礼，是以无礼为夷狄也。"《春秋》尊礼而重信，信重于地，礼尊于身。"《繁露·楚庄王篇》。故晋伐鲜虞则狄之，《昭·十二年》。恶其伐同姓也。郑伐许则狄之，《成·三年》。恶其伐丧叛盟也。《成·二年》，卫侯遫率郑师侵之，郑与诸侯盟于蜀，以盟而归，诸侯于是伐许。伐丧无义，叛盟无信，无义无信，是夷狄也。邲之战，不与晋而与楚子为礼。《宣·十二年》。《繁露》曰："晋变而为夷狄，楚变而为君子，故移其辞以从其事。"《竹林篇》。伯莒之战，《定·四年》。《公羊》曰："吴何以称子？夷狄也，而忧中国。"善其救蔡。及"吴入楚，吴何以不称子？反夷狄也。"其反夷狄，谓君舍于君室，大夫舍于大夫室，妻楚王之母，恶其无义。其进退之速如此。且楚为文王师鬻熊之后，吴为仲雍之后，固神明之胄也，何以夷之？此见诸夏与夷狄之辨，以有礼义与无礼义为断，而非以种族国土为别，明矣。《公羊》立七等进退之义，准此可知。七等进退者，州不若国，国不若氏，氏不若人，人不若名，名不若字，字不若子。

"君者，不失其群者也。"《繁露·灭国篇》。又《荀子·王制篇》："君者，善群也。"《白虎通》："君，群也，群下之所归心也。"孟子曰："得乎丘民而为天子。"《尔雅》曰："林、烝、天、帝、皇、王、后、辟，君也。""林""烝"皆众义；"皇""王"皆大义；"天"是至上义、至遍义；"帝"是审谛义；"后"是继述义；"辟"是执法义。总此诸义，故知"君"为德称。故夷狄之君，《春秋》所不君也。

《繁露·王道篇》曰："五帝三王之治天下，不敢有君民之心。"言敬畏也。定公问一言"兴邦""丧邦"，孔子对曰："'为君难，为臣不易。'

169

不几乎一言而兴邦乎？""'予无乐乎为君，唯其言而莫予违也。'不几乎一言而丧邦乎？"此亦《春秋》义也。

董生曰："弑君三十六，亡国五十二，细恶不绝之所致也。"鲁隐公不书即位，乃以见其让；桓公书即位，乃以著其恶。故《春秋》之辞难知也。失位则弗君，失国则弗君。如卫侯朔入于卫，《庄·六年》。卫侯郑自楚复归于卫，《僖·二十八年》。归邾娄子益于邾娄，《哀·八年》。虽反国复位而犹书名，示不君也。"晋文公谲而不正"，为其"再致天子"言之也。《僖·二十八年》。"齐桓公正而不谲"，为召陵之会言之，喜其服楚也。《僖·四年》。有实与而文不与者，有诛意不诛辞者。防其渐，故诛意；录其功，故不诛辞。"予之为伯"也。"实与而文不与"者，不与其专封讨，其存邢、卫，可与也。董生曰："善无细而不举，恶无细而不去。"除天下之所以致患，是以天下为忧也。

辞有五等：曰正辞，曰婉辞，曰温辞，曰微辞，曰诡辞。诡辞，谓设喻之辞。从变从义而一以奉天，故言"君子居之，何陋之有"，是夷夏可齐也。"觚不觚，觚哉！觚哉！"不敢斥言不君也。此其所谓诡辞乎？察此二科，则于圣人进退予夺之权，亦可喻其少分矣。

十　春秋教（下）

次略明文质损益义。

此义在《论语》甚显，而后儒说《春秋》者多为曲说。如言质家亲亲，故兄终弟及；文家尊尊，故立子以长；殷爵三等，周爵五等之类。以此区分文质，实不成义理。

《中庸》哀公问政，子曰："仁者，人也，亲亲为大。义者，宜也，尊贤为大。亲亲之杀（shài），尊贤之等，礼所生也。"岂有亲亲而不尊贤，尊贤而不亲亲之理？孟子曰："天与贤则与贤，天与子则与子。"此与文质无关。春秋之世，诸侯篡弑相仍，其当立与不当立，亦视其人之贤否耳。如隐公不当立，而《春秋》予之；桓公当立，而《春秋》恶之。是故立弟立子之说非经义也。质家据天法三光，文家据地法五行，此亦曲说。三五之制，亦随其宜耳。若以春秋爵三等为改制，三光五行亦可得而改乎？颜渊问为邦，告以四代礼乐，可见文质并用之旨。

《说苑》谓"三王术如循环"：夏尚忠，其失野，救野莫如敬；殷尚敬，其失鬼，救鬼莫如文；周尚文，其失薄，救薄莫如忠。《白虎通》谓"阳道极则阴道受，阴道极则阳道受"，明二阴二阳不能相继，此乃有近于今世唯物史观所推历史演变阶段，其误由于不识"文质并用"之旨而来。棘子成曰："君子质而已矣，何以文为？"子贡非之曰："文犹质也，质犹文也。虎豹之鞟（kuò）犹犬羊之鞟。"子曰："质胜文则野，文胜质则史。文质彬彬，然后君子。"此可证也。"周监于二代，郁郁乎文哉！吾从周。"复曰："先进于礼乐，野人也；后进于礼乐，君子也。如用之，则吾从先进。"从周则疑于弃质，从先进又疑于弃文。程子曰："先进于礼乐，文质得宜，今反谓之质朴；后进于礼乐，文过其质，今反谓之彬彬。盖周末文胜，时人之言如此。"朱子谓："圣人既述时人之言，又自言其意，欲损过以就中，义最确。"

圣人损益之宜，亦是难见。如曰："麻冕，礼也；今也纯，俭；吾从众。拜下，礼也；今拜乎上，泰也；虽违众，吾从下。"从俭是质，从下是文。以此求之，略可知也。《春秋》之所讥绝，大者如鲁之郊禘，吴楚之僭王，《哀·四年》："晋人执戎曼子赤归于楚。"《公羊传》曰："辟伯晋而京师楚也。"《十三年》："公会晋侯及吴子于黄池。"《传》曰：吴称"子"，"主会也"；先言晋侯，"不与夷狄之主中国也"。何注云："不书诸侯，微辞，恶诸侯君事夷狄。"诸侯背叛，大夫专命，不可殚举。晋文召王，讳之曰"天王狩于河阳"；惠庙舞八佾，讳之曰"初献六羽"；皆由拜上之渐以启之也。"三家者以《雍》彻"，"季氏旅于泰山"，《论语》皆致恶绝之辞，非《春秋》之旨乎？"人而不仁，如礼何？人而不仁，如乐何？"亦为三家之僭言之也。记者次此章在"八佾舞于庭""三家者以《雍》彻"之后，"林放问礼之本""季氏旅于泰山"之前，可知。林放问礼之本，子曰："礼，与其奢也，宁俭；丧，与其易也，宁戚。"按《春秋》"作南门"，《僖·二十年》。"刻桷丹楹"，《庄·二十二年》《庄·二十四年》。作雉门及两观，《定·二年》。筑三台，《庄·三十一年》。新延厩，《庄·二十九》。皆讥为其骄溢不恤下，恶奢也。讥文公丧取，按经文距僖公薨已逾四十一月，何以谓之"丧取"？以约币之月在丧分。董生曰："《春秋》之论事莫重于志，三年之丧毕，犹宜未平于心。今全无悼远之志，是《春秋》之所甚疾也。"恶其不戚也。是知答林放之问，亦《春秋》之旨也。俭与戚是质，奢与易是文，此损文以就质，犹弃麻冕而用纯也。拜下近文，拜上近质。恶其泰而渐至于僭也，则又损质以就文。于此可见损益之微旨。

董生曰："礼之所重者在其志，志敬而节具，则君子予之知礼；志和

171

而音雅，则君子予之知乐；志哀而居约，则君子予之知丧。志为质，物为文，文著于质，‘著’读入声，言质者文之所附。质文两备，然后其礼成。文质偏行，不得有我尔之名。言其失均。不能具备而偏行之，宁有质而无文，虽弗予能礼，尚少善之，‘介葛卢来’是也。《僖·二十九年》春，来，未见公。冬，又来。《公羊》何注云：‘不能升降揖让。’‘进称名者，能慕中国，朝贤君，明当扶勉以礼义。’有文无质，非直不予，乃少恶之，谓‘州公寔来’是也。桓五年冬，州公如曹。六年春，书寔来。《公羊传》曰：‘谓州公也。曷为谓之寔来？慢之也。曷为慢之？化我也。’何注：‘行过无礼谓之化。齐人语。谓诸侯相过至境假涂，入都必朝’，‘今州公过鲁都而不朝鲁，是慢之’。疏云：‘如僖九年九月戊辰，诸侯盟于葵丘。《传》云："桓之盟不日，此何以日？危之。何危尔？""桓公振而矜之，叛者九国。""矜之者何？言莫若我也。"’然则《春秋》之为道也，先质而后文，右志而左物。故曰：‘礼云礼云，玉帛云乎哉？’推而前之，亦宜曰：‘朝云朝云，辞令云乎哉？’‘乐云乐云，钟鼓云乎哉？’引而后之，亦宜曰：‘丧云丧云，衣服云乎哉？’"董生此言最得其旨。《乐记》曰："穷本知变，乐之情也；著诚去伪，礼之经也。"《春秋》，礼义之大宗，故今谓文质，乃是并用而非递嬗。学者以是推之，于圣人损益之道，亦可略窥其微意矣。

文质之义，求之于《易》，犹不可胜举。如言"致饰而后亨则尽"，"尊酒簋贰用缶"，"东邻杀牛，不如西邻之禴（yuè）祭"，皆反质之义也。"大人虎变，其文炳也；君子豹变，其文蔚也"，"鸿渐于逵，其羽可用为仪"，贵文之义。变通趋时，其取义无定，所谓"裁成天地之道，辅相天地之宜"，皆损益之大用，广说难尽。又如后世玄言家或至任诞去礼，"质胜则野"也；义学家每务知解辩说，"文胜则史"也。二氏之流失如此，亦以老子之恶文太甚，佛氏之言义过奢有以致之。今人行好脱略，言好攻难，学不逮古人而病则过之，学《礼》与《春秋》是其药也。

次略明刑德贵贱义。

"阳为德，阴为刑"，《大戴礼》引孔子言。董生对策本此。略曰："刑主杀而德主生。阳常居大夏，而以生育长养为事；阴常居大冬，而积于空虚不用之处：以此见天之任德不任刑。刑之不可任以成世，犹阴之不可任以成岁也。为政而任刑，谓之逆天，非王道也。"亦见《繁露·阳尊阴卑篇》。此其义出于"为政以德"及"道之以政"二章。

《论语》申此义者，随处可见。如曰："善人为邦百年，亦可以胜残去杀矣。"对季康子曰："子为政，焉用杀？"宰我对哀公问社："周人以栗，曰'使民战栗'。"孔子恶之。盖圣人行王政必极于刑措不用，因恶刑而亦欲去兵。卫灵公问陈，对曰："军旅之事，未之学也。"答子贡明言"去兵"。因恶刑而亦欲去狱讼。《大学》引孔子曰："听讼，吾犹人也，必也使无讼乎！"《春秋》始作丘甲，《成·元年》。甲，铠也。谓使丘民作铠。作三军，《襄·十一年》。始用田赋，《哀·十二年》。皆讥。恶攻战，因恶盟而善平。其书战伐甚谨："觕者曰侵，精者曰伐，战不言伐，围不言战，入不言围，灭不言入。书其重者。""伐者为客，见伐者为主。"此犹今日国际战争，以先开衅者负其责任。"虽数百起，必一二书，伤其害所重也。"《论语》："天下有道，则礼乐征伐自天子出；天下无道，则礼乐征伐自诸侯出。自诸侯出，盖十世希不失矣；自大夫出，五世希不失矣；陪臣执国命，三世希不失矣。"此实《春秋》之所以作也。

孟子曰："春秋无义战。彼善于此，则有之。"《繁露·竹林篇》曰："春秋之法，凶年不修旧，新延厩。意在无苦民尔。苦民尚恶之，况伤民乎？伤民尚痛之，况杀民乎？""《春秋》之所恶者，不任德而任力。"难者曰："《春秋》之书战伐，有恶去声。有善，恶诈击而善偏战，《僖·元年》冬，公子友帅师败莒师于郦，获莒挐。《公羊传》曰：'大季子之获也。季子治内难以正，御外难以正，其御外难以正奈何？庆父弑闵公，走莒。莒人逐之，闻庆父抗辀经死汶水上，因求赂于鲁曰："吾已得子之贼矣。"鲁人不与，于是兴师伐鲁，季子待之以偏战。'何注：'善季子愈不加暴，得君子之道。'偏战者，犹今言应战，非好与人为敌也，人以兵加之而后战耳。诈战则是背盟而伐人。耻伐丧而荣复仇，《庄·四年》，纪侯大去其国。《传》：'何为不言齐灭之？为襄公讳也。《春秋》为贤者讳，何贤乎襄公？复仇也。'奈何以春秋为无义战而尽恶之？曰：春秋之于偏战也，善其偏不善其战，犹其于诸夏也。引之鲁则谓之外，引之夷狄则谓之内，比之诈战则谓之义，比之不战则谓之不义。故盟不如不盟，然而有所谓善盟；战不如不战，然而有所谓善战。不义之中有义，义之中有不义，辞不能及，皆在于旨。非精心达思者，孰能知之？"按董生此言推阐无义战之旨最精。

孟子曰："王者之师有征而无战。"汤"东面而征，西夷怨；南面而征，北狄怨"。征者，正也，以义正之。战则为敌对之辞。《公羊传》曰"王者无敌"，故言征不言战也。礼乐是德，征伐是刑。礼乐之失而为僭差，征伐之失而为攻战。《春秋》为是而作，故孟子曰："五伯者，三王之罪人也。"董生曰："《春秋》之辞有贱者，有贱乎贱者。《哀·四年》，盗杀蔡侯申。《公羊传》曰：'弑君贱者穷诸人，此其称盗何？贱乎贱者也。'夫有贱乎贱者，则亦有贵乎贵者矣。"言有尤贱尤贵者，如盗贱于人，仁贵于让。推"任德不任刑"之旨，而后圣人之所贵贱可知也。此义广说难尽，今略举一端而已。

次略明经权予夺义。

此义亦当求之《论语》。子曰："可与立，未可与权。"谓虞仲、夷逸"废中权"，谓管仲"岂若匹夫匹妇之为谅"，是言"权"也。"志士仁人，无求生以害仁，有杀身以成仁"，"自古皆有死，民无信不立"，是言"经"也。"微管仲，吾其披发左衽矣"，以功则予之。"管仲之器小哉"，"管氏而知礼，孰不知礼"，以礼则夺之。《春秋》之予夺，以此推之可知也。

董生曰："《春秋》有经礼，有变礼。明乎经变之事，然后知轻重之分，可与适权矣。"《繁露·玉英篇》。经礼，礼也；变礼，亦礼也。是知达于礼者，乃可与适权。其有达于常而不达于变，达于变而不达于常者，必于礼有未达也。淳于髡以援嫂溺比援天下，自以为达权。孟子曰："天下溺，援之以道，子欲手援天下乎？"言不可以枉道以为权也。孔子谓颜子曰："用之则行，舍之则藏，唯我与尔有是夫！"是以"可与权"许之。孟子所谓"禹、稷、颜子、曾子、子思，易地则皆然"是也。子莫执中无权，贤于杨、墨，孟子恶其害道同于执一；恶乡原，为其阉然媚于世，自以为知权。则曰："君子反经而已矣。"反，言复也。《公羊》家说"反经为权"。或释为"反背"之"反"，非。是知不达于变，其失为子莫；不达于常，其流为乡原，故君子恶之，恶乡原甚于恶杨、墨。是即《春秋》之所恶也。

其予者奈何？曰：一于礼，一于仁而已矣。礼重于身者，经也，如予宋伯姬；仁贵于让者，权也。如予司马子反。贤祭仲而恶逢丑父，其枉正以存君同也，而荣辱不同理，故予夺异。中权之难如是，非精义入神不足以知之。

《桓·十一年》，宋人执郑祭仲。《公羊传》曰："祭仲者何？郑相也。何以不名？贤也。何贤乎祭仲？以为知权也。""庄公死，已葬。祭仲往省于留，途出于宋。宋人执之，谓之曰：'为我出忽而立突。'祭仲不从其言，则君必死，国必亡；从其言，则君可以生易死，国可以存易亡。少辽缓之，则突可故出，而忽可故反，是不可得则病，然后有郑国。古人有权者，祭仲之权是也。权者何？权者，反于经然后有善者也。权之所设，舍死亡无所设。行权有道，自贬损以行权，不害人以行权。杀人以自生，亡人以自存，君子不为也。"

《成·二年》，齐侯使国佐如师。《公羊传》曰："佚获也。其佚获奈何？师环齐侯，晋郤克投戟逡巡再拜，稽首马前。逢丑父者，顷公之车右也，面目衣服与顷公相似，代顷公当左，使顷公取饮。顷公操饮而至，曰：'革取清者。'顷公用是佚而不反。逢丑父曰：'吾赖社稷之神灵，吾君已免矣。'郤克曰：'欺三军者，其法奈何？'曰：'法斫（zhuó）。'于是斫逢丑父。"

董生曰："丑父之所为难于祭仲，祭仲见贤而丑父见非，何也？祭仲措其君于人所甚贵以生之，丑父措其君于人所甚贱以生之。前枉而后义者，谓之中权，虽不能成，《春秋》善之，鲁隐公、郑祭仲是也；前正而后有枉者，谓之邪道，虽能成之，《春秋》不爱，齐顷公、逢丑父是也。夫冒大辱以生，贤者不为也，而众人疑焉。《春秋》以人之不知义而疑也，故示之以义曰：'国灭，君死之，正也。'正也者，正于天之为人性命也。按此与孟子'尽其道而死者，正命也'同。天之为人性命，使行仁义而羞可耻，非若鸟兽然，苟为生、苟为利而已。是故《春秋》推天施而顺人理，以至尊为不可以加于至辱大羞，故获者绝之；以至辱为亦不可加于至尊大位，故失位弗君也。况其溷然方获而虏邪？其于义也，非君定矣，若非君，则丑父何权矣。故欺三军为大罪于晋，其免顷公为辱宗庙于齐，是以虽难而《春秋》弗爱，是以丑父欺而不中权，忠而不中义。"谓陷其君于不义。董生之论甚精，故引之以助思绎。

程子曰："何物为权？义也。古今多错用'权'字，才说权，便堕变诈或权术，不知权只是经所不及者，权量轻重使之合义，才合义，便是经也。"程子此言尤约而尽。胡文定曰："变而不失其正之谓权，常而不过于中之谓正。"义亦精审。学者当知经权不二，然后可以明《春秋》予夺之旨。所以决嫌疑，明是非，非精于礼者未易窥其微意也。《论语》曰："君子之于天下也，无适也，无莫也。义之与比。"此经权之本也。"吾无间然"，予之至也；"斗筲之人何足算哉"，恶之至也。由此以推之，亦可以略知其辨矣。

上来依《论语》略说《春秋》义，虽仅举四门，以一反三，可至无尽。

董生曰："《春秋》之为学，遵往而明来者也。其辞体天之微，故难知

175

也。弗能察，寂若无；能察之，无物不在是。故为《春秋》者，得一端而多连之，见一空而博贯之，则天下尽矣。以鲁人之若是也，亦知他国之皆若是也；以他国之皆若是，亦知天下之皆若是也：此之谓连而贯之。故天下虽大，古今虽久，以是定矣。自内出者，无匹不行；自外至者，无主不止：言感应也。"

匹者何？贰也。"慎辨物居方"，"吉凶存亡"，皆其自致也。

主者何？一也，一谓正也。一于礼，一于义，一正一切正，故曰："正一而万物备也。"亦董生语。

又复当知：文不能离质，权不能离经，此谓"非匹不行"；用之通变者，应理而得其中，从体起用，谓之"自内出"。

夷必变于夏，刑必终于德，此谓"非主不止"；用之差忒者，虽动而贞夫一，会相归性，谓之"自外至"。

"一致而百虑"，"非匹不行"也；"殊途而同归"，"非主不止"也。

又法从缘起为"出"，一入一切也；法界一性为"至"，一切入一也。此义当求之《华严》，而实具于《论语》。

《春秋》仁以爱人，义以正己；详己而略人，大其国以容天下，在辨始察微而已。

176

第四辑

尔雅台答问选

学《易》之关键所在

——答袁竹漪[1]

"洁静精微，《易》教也。""惧以终始，其要无咎。"孔子假年学《易》，自期无过，此岂义解边事？

后儒人自为说，家自为书，斯乃说《易》，非学《易》也。

著者有志治《易》，且尝师唐先生，知求之义理，可谓能识所趋矣。

要当观象玩辞，反身修德，无汲汲以撰述为事。若是则可与极深研几，乃知"默而成之，不言而信，存乎德行"，初不关于多闻广说也。

---

[1] 此前出版的《尔雅台答问》中，标题均为"答某某"。新标题为编者所加。

"知得此理，矜心自然消释"

——答袁竹浏

自觉矜心未去，只因未尝用穷理致知功夫耳。若真能穷理，矜心自无处安着，亦无自而生。颜子便是榜样。

"但知义理之无穷，不觉物我之有间"，朱子此语深得颜子之用心。"以能问于不能，以多问于寡"，多能之目，自曾子名之耳。若颜子之心，固自以为不多不能也。当其问人之时，实恐于理有所未尽，岂可伪为？又安暇顾及人之疑不疑耶？各人自己分上事，莫管他人疑否。虚己亦不是作意为之，但知义理之无穷，则心自虚矣。

"犯而不校"，方是容物，非是以容物之心问人也。"躬自厚而薄责于人"，"行有不得者，皆反求诸己"，只是责己，自然恕人，亦不是作意要容物。若预设个尺寸限量，则是校也。

至于"以直报怨"，事义不同，亦是贵在直。直是天理，不杂一毫私意，若有夹杂，即是不直。此理须知至后自知。

来问云："'有若无，实若虚'，似尽去其所恃以矜人者之习气，方有如是之度。"此既不可以"度"言，而形容矜心一语尤见病痛。

矜本是妄，更言有恃则益妄。意谓恃一知半解以为骄人之具，此与人自恃有力以殴人者相同。

不知性德人所同具、决无以己矜人之理，如人之能吃饭穿衣决无有人以我能吃饭穿衣自矜其能者。知得此理，矜心自然消释。

180

"此由平日未尝用集义功夫"

——答杨硕井

览足下所为自叙，知足下才质奇，涉学广，时有神解，能见其大。然其析理未免于驳，持论恒失之易。

欲以穷事物之繁变，抉心性之幽微，足下之志则大矣，而其言则有芜累。此由平日未尝用集义功夫，但凭一时之察识，乍得依似之解，不免自喜，遂以为是，故未能臻乎醇密也。

夫穷神知化，乃盛德之符；开物前民，亦自然之效。圣人非有作意于其间，若待安排，便成计较。所恶于知者，为其凿也。释氏之精者，亦唯在铲除知见，潜行密证，不以义解为高，故无心于宰物而后能应物，无事于立知乃可以致知。

足下胸中所蕴者至多，此皆足以为碍，不胜憧扰。一旦廓清，然后自心虚明之本体乃可复也。

181

反躬体认，慎无以急迫之心求之

——答杨硕甫

　　来书不以直言为怫，自陈病痛，此见贤者虚怀择善之美。但以未得来院共学，不能无憾。今为贤者释之。

　　夫违应之情，无间于远近；悬解之遇，不责于当年。苟冥契于即言，亦何资乎请益？圣贤之所以为圣贤者，特全其固有之性耳，非可从人而得之也。书院讲习之事，亦只是述其旧闻，指归自己，岂曰有物能取而与人哉？来书乃以"求名者于朝，争利者于市"譬之，此为引喻失义矣。崇德辨惑，反情合性，亦待用力之久方可豁然。

　　来书乃谓"胸中所蕴，已一旦廓清"，何其言之易也！"若圣与仁，则吾岂敢"，"躬行君子，未之有得"，德虽至圣，犹示居学地，自视欿然，非故为执谦，其心实是如此。今书院师友，但期与人共学，安敢以圣哲自居？来书称许之词，动以圣人为况，非特闻者避席不安，言者宁不蹈轻许之过？"汰哉，叔氏！"君子不以礼许人，而况许人以圣乎？此非小病，甚望贤者慎而勿出也。

　　在院诸子，才质未必能过于贤者，然区区爱人之心，视在院与不在院非有殊也。否则何以不惮辞费而断断如是邪？方当阽（diàn）危之时，继此枯淡之业，其心甚苦，其事甚艰。非有广厦千间，可以盛集徒侣。故"云臻海会"，特为幻想之言；"虚往实归"，亦非解人之语。非于足下独有所遗也。

　　归而求之六经，但能反躬体认，不可横生知解，优柔自得，决定可期，慎无以急迫之心求之。

　　凡此所言，未尝有隐。讲录一册，聊以奉览。后有续刊，亦可更寄。果能信而不疑，安必负笈相从然后为学邪？若夫思绎之功，是在贤者自己分上，亦非书札所能尽也。

"德之不成，学于何有？"

——答杨硕卅

书院课试，亦是衰世之制。古者视离经辨志，敬业乐群，虽不必专重文辞，亦以考其言之能否契理。即平时札记，贵在观其读书得间是否有所省发，岂以是为容悦者邪？

贤因病先期假归，未能与试，书院未尝置议。曩所为札记，或失之穿凿，或近于摭拾，未惬衰朽意，是则有之，亦只逐条批答，期其有进而已，非于贤独抑之也。来书乃谓"不能如他人博取一二圈以为悦者"，是何言欤？

言行皆所以观德，行固尤重于言，然非曰言可废也。贤自谓"文辞非己所长，而以笃行自励"，是也。其曰"能言者未必真知，未言者宁便不知"，是近于自襮（bó）而短人，则非也。且既曰"能慎独，无戏言戏动，于诸同学皆相亲敬而无恶也"，此言又何自而来哉？无亦胸中尚有未能泯然者邪？

来书云"成学为易，成德为难"，夫学以成德，德之不成，学于何有？无乃仍以见闻知解为学，谓其不关践履邪？何与平日所闻于衰朽者翩其反也？

形体之病，虽圣贤不免。若夫心志之病、言语之病，则无之矣。愿贤深味之。

仆亦方病，未能详答也。同学中有甘自玩惕（kài）者，留之无益，不能不有所表示。若贤固可与有进者，有疾自当宽假，课文能量力补作固佳，否亦无害。但须切己用力，勿汲汲与人较短长耳。所患良已，可从容相就。

"果能切己用力，岂在多言？"

——答杨硕甫

　　贤犹在壮年，而体羸若此，却须留意。伊川先生曰："吾受气甚薄，三十而始盛，四十五十而始完。"此何故邪？庄敬日强之效，断非专言养生之术者所能及。贤既有志笃行，果能行之，久自知之，岂必以文辞为尚？恐从前只是强探力索，未有洒然沛然意味在，故以用思为苦而思反成碍矣。思通之睿，由于敬用，非可袭而取也。

　　近讲《洪范》未毕，诸子似亦只作一种义解看，无甚深益。其实果能切己用力，岂在多言？讲说直是剩语。古人得一言半句便终身受用不尽，安有如许叨怛？若闻而不入，虽日与圣贤相接，亦何益哉？贤既知所用力，固不在来与不来也。

　　时事难言，吾在书院一日，亦只尽其一日之诚而已。实愧于来学诸子，未能有所启发。然圣贤经籍具在，人心义理是同，讲说亦不能增，不讲亦何曾减？此要贤辈自悟，吾无所容心，亦不能为力也。

"义理之学贵乎自得，初不以文辞为尚"

——答杨霞峰

寄示诸文，义皆近正，足下学有师承，文不苟作，在今日可谓难能矣。然义理之学贵乎自得，初不以文辞为尚。是以伊川有作末粗之喻，将恐理之或阙，不得已而有言，非如晚近号称古文家者专以文为事，虽亦标举义理，意在修饰文辞，冀有文集传世而已也。足下所为文章亦既裒（póu）然成集，足以自名，又何事于学乎？

敝院缘起序中所谓"济蹇持危、开物成务"者，亦祈向之言，欲学者以是为心耳，非有挟持之具可以取而与诸人也。来书乃独有取于是言，谓将求与于此。此人人所得与，非书院所得专，足下果欲求之，亦在得力于自心，非可责效于今日。庄子云："见卵而求时夜，见弹而求鸮炙。"未免太早计，非仁者先难后获之旨也。邵君介绍书谓足下于濂洛关闽之学致力甚久，岂其所得者如是而已乎？

"天命"以上不容说，朱子《中庸章句》"命犹令也"，此语亦须善会。若如足下之说，竟同设官分职，乃以秉彝同于法令，岂罕譬之旨哉？《释略》一文或是足下得意之笔，以此窥知足下所见犹是执言语、泥文字，非真于理有所入也。盖其误在于学古文，古文家之言义理大率以是为足，乃欲以就其文，虽有善者，亿则屡中，实于身心未有干涉。足下之文则善矣，其于理则未当也。

书院乃接初学，欲稍正其趋向，非敢汰然自许。如足下者，固不当屈之北面之列。不欲辜负来意，辄贡其所疑，幸勿恶其言之径而少择焉。就令相从讲论，又何以加于是乎？

"处处要引归自己，方见亲切"

——答张德钧

学者读书穷理，不独理会文义，处处要引归自己，方见亲切。

来问云：既云"至诚无息"，何以称颜渊"三月不违仁，其余则日月至焉"？"日月所至"与"不违"是同是别？"不违"与"无息"复是同是别？若"不违"与"无息"同，则不当仅言"三月"；若别，则颜子之心应不至诚，何以为颜子？若"不违"与"日月所至"同，则不应独称"三月"；若不同，亦应有间息。以上约来问语。此问有二失。一计著文义太黏滞，故分疏不下；二则只知较量颜子之心有间无间，未曾一就自己之心勘验。其"日月至焉"邪？其"三月不违"邪？其"至诚无息"邪？平常与贤辈说文义，已是太煞分疏，然重在切己体究。此事总未能得力，若直下承当得，决不会于此有疑。今不免葛藤上更添葛藤。

须知"至诚无息"是本体如然，"三月不违仁"与"日月至焉"是功夫疏密。"诚"是言此性体真实不妄，"仁"是就此性中之德显发处说。来书云"至诚则无息"，中间著一"则"字不得也。瞥尔一念相应是日月之至，念念相应方是不违，言"至"与"不违"者，皆与此无息之本体相应也。"三月"但形其久，犹曰"三年无改"，虽终身可也。故曰："君子无终食之间违仁，造次必于是，颠沛必于是。"所以极言其保任不失也。不成三月以后便有违时，若不到不达，争知无息？禅师家有涌泉欣尝曰："老僧四十年于此，尚不免走作。汝等诸人慎莫轻开大口。"洞山云："相续也大难。"此是真实功夫语。

学者份上，且莫计较如何是不息，如何是不违，须是自验现前一念发动处是仁是不仁。常人亦有私欲未起时，此心昭昭灵灵，未尝欠缺，或服习圣言，熏发本智，暂与理应，亦是日月之至；及逢缘遇境，私欲一起，人我炽然，依旧打入鬼窟里去，便是违仁。故曰：直须脚下无私去，一念万年去，更无异念，方是不违。此指学的功夫，是修道边事。若"至诚无息"，乃显真常之体，须亲证法身始得，不可揣量。以上一络索总是分疏文意，不济事。

　　贤且莫问颜子之心是有间无间，当合下理会自己之心违仁不违仁，是日月一至？是念念相应？吃紧处尤在识仁，直下荐取，更莫迟疑。切不可拈弄一"仁"字、一"诚"字，下得注脚便当了事。此实丝毫无干涉也。古德决不如此说，只道待汝学到颜子地步，即与汝说。今不惜眉毛，如此叮怛，早是不著便也。日后相见。不具。

"求己为先，多闻为后"

——答程泽溥

示所论著，征引甚详，然意在辨章先儒之说，以近人治哲学之方法及批评态度出之。中土先哲本其体验所得以为说，初无宇宙论与心论之名目也。尽心知性，穷神知化，皆实有事在，非徒欲说其义而止也。

足下既尝师刘宥斋先生，备闻师说，其言必有所本。刘先生之书虽未尽见，偶见一二种，亦深叹其博洽。但好以义理之言比傅西洋哲学，似未免贤智之过。足下于师门熏习既深，固宜有此。

今书院所讲，以求己为先，多闻为后，恐于贤者平日治学趋向未必有合。故于大著未敢轻加评骘。间有讹字，为勘正一二处。虽承虚怀自屈，实恐无所裨益。人之好乐岂能尽同，不妨各求其志。在书院对于贤者所论列，颇惜其为人太多、自为太少。以贤者之知解，视书院所讲，或亦病其不广，而未足以餍其望也。

"讲习只能作助缘，用力全在自己"

——答程泽溥

续示具悉。足下既知专重知解不足为学，后此能留意持养，进德可期。

讲习只能作助缘，用力全在自己也。

足下若果有志于义理之学，而无其他人事之累，愿为院外参学，尚有可商。但此须听足下自择耳。

"无令此心没安顿处"

——答程泽溥

来书有重来之意，而不能不以事蓄为忧，此人情也。

书院本以接人，岂有人怀来学之志而反沮遏之之理？但义理既不能取而与人，生事益不能代为之计。所以设参学一门者，正为贤辈一类咨决疑滞，闻之斯行，初不在留之久暂也。时人不喻斯意，每有自居参学而又请改肄业者，其辞谓欲依止稍久，强徇其请者有之，实非初设参学之旨。

今年得一贤，观其来问之意亲切，中无夹杂，且谢馆醵（jù）资，曲折以赴，庶几有近于古人，心甚嘉之。然知其留不可以久，又值荒乱，生事益难为谋。书院所以益之者甚鲜，而贤之负累转多，此为贤计，不如遄归。今来书之言如此，虽有贤父之命，期期以为未安。夫"三年学，不至于谷，不易得也"。贤家贫亲老，平日以授徒自给，此乃常道。今为出门就学，转以米盐累及老人劳虑。贷人之粟须偿其息，费将何出？书院即令屈徇来意，改为肄业，膏火甚微，何益于事？义理之学正与禄利之途背驰，辞受取与，不容不谨。假使住满三年，熏习有效，只能益坚穷饿之志，而不能以为禽犊之资。矧又时局艰危，是否可容弦诵无辍，尤在不可知之数邪！

至学道之事，全在自己用力，岂假日日提命？讲论只可资触发，果能领会，实实践履将去，则一面数语，受用尽多。若泛泛悠悠，不唯三年，即相依三十年，亦无益也。"与其进，不与其退"，余事本可不问，因贤坦直相告，故不避烦絮，言之馨尽如此。

贤今日所亟，宜思所以善事其亲，安于乡里，无为仆仆道路以自扰也。书院夏至后即将休假，触热往复，亦似可省，非拒之也。此在贤自择之。

既以义理为学，遇事宜有裁断，无令此心没安顿处。凡此皆诚言，乃是相为之切，贤宜深体之，勿怪也。

"我这里只有减法"

——答贾君

古德恒言："从门入者，不是家珍。"此事决不在言句上。一切教语、祖语并是缘熏，其余世谛流布，徒增知解。

诸佛垂慈，只要人剿绝情识，更有何事？

巨岳不乏寸土，不可从人觅佛觅道。但不被知解系缚，胸中不留一法，一切人我、爱憎、违顺、取舍、圣凡、染净诸境，无从安立，自然田地净洁，触处全真。

赵州所谓"与伊下载"，程子所谓"我这里只有减法"，无有二致。

不敢辜负来问，不可更添葛藤。即此亦是闲言剩语，仁者速须飏却，切勿留碍。

"义理之学，最忌讲宗派、立门户"

——答池君

惠书下问之意甚笃，且引董萝石师阳明为喻，此非鄙陋所敢承也。贤者尝师廖君，习闻其经说甚富。廖君善言制度，惜乎稍近恢奇。若以先儒义理准之，似未可以尽从也。来问答如别纸，原稿附还，敬俟抉择。

晚闻何足为病，但成见必不可存。门户异同及科学整理之说，皆徒以滋人之惑而增其碍。贤者必于此廓然而后虚心体会，方有入处，方可商量，何必相师然后为得乎？不敢辜负来问，故言之无隐如此，尚希谅其径直为幸。

一、来问谓于经传理学诸书涉猎而少心得，病在"涉猎"二字。此须切己体会，久之乃可豁然贯通。徒事涉猎，乃是泛泛读过，于身心无干涉也。

二、今古文之分，乃是说经家异义，于本经无与。今文出口授，古文出壁中，偶有异文，非关宏旨。如《易》用费氏，《诗》用毛氏，必曰京、孟、梁丘、齐、鲁、韩过于费、毛，其义亦不具。《论语》今用张侯本，传《鲁论》而兼齐说。《古论》与《鲁论》同，无《齐论》"问王""知道"二篇，义亦无阙，今古文更不可分。《周礼》决非刘歆所能造，《古文尚书》亦非梅赜所能伪。即出纂辑，亦必有依据，此以义断之而可知也。《春秋左氏》《公羊》义最硕异，然本经异文亦不多见。故必以经为主，而后今古文之见可泯也。大抵今文多为博士之学，古文多为经师之学。家法者，即《汉志》所谓"安其所习，毁所不见"、刘歆所谓"党同门，妒道真"也，失在专锢。古文后出，不立学官，于是乃有经师之学。然今文家亦有精处，古文家亦有驳处，当观其通，不可偏执。如郑君今古文并用，或疑其坏家法，然郑君实通博可宗，非博士所及也。今文家如董生，实为醇儒，亦不同博士之陋。清代经学家今古文各立门户，多不免以胜心私见

192

出之，著述虽多，往往乖于义理。廖君最后出，善言制度，然以六经为俟后之书，几同预言，则经文与谶纬何别？无乃为公羊家"为汉制作"一语所误乎！若章实斋以六经皆先王政典，则孔子删述之业为侵官，其蔽一也。总之，六经皆因事显义，治经当以义为主，求其当于义而已，不必硁硁（kēng）于今古文之别。

三、义理之学，最忌讲宗派、立门户，所谓"同人于宗，吝道也"。先儒临机施设，或有抑扬，皆是对治时人病痛，不可执药成病。程、朱、陆、王，并皆见性，并为百世之师，不当取此舍彼。但其教人之法亦有不同，此须善会，实下功夫。若能见地透彻，自然无疑矣。

四、经术即是义理，离义理岂别有经术？若离经术而言义理，则为无根之谈；离义理而言经术，则为记问之学。若问敝院讲学宗旨，乃是经术与义理为一，不分今、古，不分汉、宋，不分朱、陆，然切勿以笼统目之。简章别寄。

五、敝院草创伊始，规制简陋，未有院外通讯办法。将来讲论或有记录，亦将择要刊布。但因近时印刷困难，经费支绌，尚须有待。贤者有志于学，但当尽心读先儒遗书，身体力行，不必求观鄙拙近著。即有所述，均未刊行，亦不能出先儒所言之外，若更有奇特，即不是也。为贤者计，且宜先读《四书纂疏》、赵顺孙撰，《通志堂经解》中有之，《伊洛渊源录》《二程遗书》《朱子语类》《朱子大全集》，果能于此数书尽心体会，则于此道亦思过半矣。其余恕不一一具答。

"书院不怕病人，但恐其拒药"

——答云颂天

人之气质焉能全美？学问正是变化气质之事。

识得救取自己，方解用力。

凡病痛轻而能自知其为病者，变化易，容易得入。病痛深而不自知，必自执其所见以为得，不受人言，难以救药。

书院不怕病人，但恐其拒药。若拒药者，难与共处，因于彼无益也。

吾以本分事接人，从不欲辜负人来意，但有自己辜负自己者，则不奈伊何。此诚言也。

"须自家有个安乐法门"

——答云颂天

来书经月未答，知方从王居士治法相，此亦甚善。

贤向来根器近禅，今能耐分析名相，却可对治侊侗真如之弊，亦是个好入处。法眼一宗，即从此转身，所谓"也须从这里过"也。会得者，名相即是禅；不会者，禅亦是名相，筑在肚皮里，总成过患。

看来古德为甚说"知"之一字众祸之门，须知方便施设，原是不得已，识取钩头意，莫认定盘星。若谓有法与人，则是赃诬他古人，益增后来系缚。此病不除，为人即祸生也。须是大死的人复活，任伊横说竖说，无有不是，则"知"之一字，亦为众妙之门。般若无知而无不知，所以为正智。因贤好读《灯录》，故不觉葛藤至此。

人之相聚，亦各有缘业，不容勉强。此理若契，遍十方、尽三界，未尝有间。不然，虽终日聚处，亦是对面隔山川，无益也。

今世祸乱，直是"匪夷所思"，然皆是自取，争怪得人？向后恐真是一步行不得。吾侪在此荆棘林中过活，须自家有个安乐法门，刀割香涂，等心无异，方免丧身失命。圣人说"吉凶之道，贞胜者也"，舍此别无他道。

闻梁先生方办勉仁中学，已择地在成都。若时局无大变化，则将来贤当有机会到成都。尔时若老拙尚在乌尤，或可暂图相聚。不尽欲言，唯亀勉进德，以慰远望。

"力疾答此，善自护念"

——答云颂天

顷卧病数日，于病榻阅来书，强起作答。

"去住随缘，不妨放淡，其实那曾知分"一语，却见贤胜人处。但谓"只觉得心头切，其余都无意味"，此说未是，如此却是未切也。知分莫如《孟子》语好。孟子曰："君子所性，虽大行不加焉，虽穷居不损焉，分定故也。君子所性，仁义礼智根于心"，"睟然见于面，盎于背，施于四体，四体不言而喻。"此与临济无位真人语一般。不知分者，由于不知性也。分即是性，离性岂别有分？今人只是求分外事，何尝知有分内事？故无一而可安。只缘不曾尽心知性耳。知性则知分矣；未到知性，唤甚么作分？纵有言说，都无干涉。

来书云："元是个无知无能的人，此生甘愿做个无知无能的人，亦可省少许罪过。"此语不肯自诳却是，以此为歇场则非。且问，知无知无能者是知邪，是不知邪？甘此者复是阿谁？甘与不甘，其间相去几许？所谓歇场者，但歇妄耳。妄心顿歇，则真心自显，都无此等言语矣，真则更无歇。

力疾答此，善自护念。不具。

"佛法世法，理合如此"

——答某上座

来书欲返初服，求学养母，情辞哀恻，览之动容。唯书院征选生徒，不录方外，所请与章则不符，碍难依允。若借此以为脱缁之地，并将以代力养之谋，则仁者误矣，书院实爱莫能助。

末法沙门，鲜能入理，诚如来书所云。然仁者自勘，平常日用中，亦能与佛法少分相应否？古德前如睦州，后如玉林，皆能致养其亲，僧史称孝，岂谓出家遂不能事亲邪？上座欲求力养，其道宁止一端？欲还俗则径还俗，不必假途书院。

且占毕不可为温清（qìng）之资，膏火亦不足代菽水之奉。书院不同学校，即令毕业，亦无出身。况上座于儒书本非所习，在众中理当居后，津贴亦不可遽得，虽曲徇来意，何所裨益？

书院同人，运心平等，不以姑息爱人，故直言奉告。仁者欲谋甘旨，须择他途，不可求之书院也，请便舍除此见。佛法世法，理合如此，诸希详察为幸。

"苟以行义为心，则仕宦亦非外也"

——答郭君

　　来书具见怀抱远大，不肯自安于流俗，此志可嘉。前此书院所以未能徇足下之意者，实恐有误远到，非遗之也。

　　仆手致令祖父书，勖贤蔚成吏材，不必困以牖下之业，此亦爱人之道。不谓来书乃以为贬抑，不悟吏材实古人所重，冉有、季路、黄霸、文翁，由此其选，方且难于轻许，欲足下勉而跂之云尔。而来书乃以为恶名，岂不异哉！此亦不考之甚矣。

　　非教足下以慕荣利、务干进，诚知令祖年高好道，尊翁亦倦于仕宦，其属望于足下者甚切。为人子孙，固当为仰事之计，虽不可苟以徇禄为养，亦不可徒为高论而置生事不顾，贻老人以劳虑也。书院所讲，既不适于世用；三年食淡，膏火亦不足以供菽水之资。此于足下，实属非宜。

　　道者，人伦日用所当行者是也，非将以是取声誉、示矜异也。来书自以鄙弃仕途为高，而以不得从游为憾，谓所求在内，而吾所以勉之者在外。夫苟以行义为心，则仕宦亦非外也；若犹不免于求闻，则虽学于书院亦外也。诚知求己之切，更无藉于书院。书院之教人，亦教其求己而已矣，岂有他哉！足下试平心思之，此言为直道乎？非直道乎？

"重在求己，未敢侈言及物"

——答刘君

来书并所示《识大录》及《唯欲史观待旦录》目录，具见足下奋发有为，不徒勇于著述，亦亟欲见之事业，思有所建树于当世。足下之志远矣。象山有言："宇宙内事，即吾性分内事；吾性分内事，即宇宙内事。"此语简要可思。故不明自己性分而徒以观物为能，万变侈陈于前，众惑交蔽于内，以影响揣度之谈而自谓发天地万物之秘，执吝既锢，封蔀益深，未见其有当也。足下"唯欲"之说，或远为东原所误，近为西洋社会学家浅见所移。将来学如有进，必翻然悔之，望勿墨守以为独得也。

书院暗然之业，重在求己，未敢侈言及物，所讲习者，唯务平实，初无矜异，此于足下才质恐非所安。诚不宜以奉屈。且足下既持"唯欲"之论，亦恐未肯舍除旧见，降心相从，远来何益？各从所好可矣。

"独恨于儒家本原之学未尝致力"

——答张君

　　来示欲建立大同文化统系，用科学方法研究儒学，附来《我的儒家观》及《大同丛书目录简表》多种，已经浏览。足下之志则大矣，而其所立体系则未免于糅杂也。夫体用一源，显微无间，睽而知其类，异而知其通，"非天下之至精，其孰能与于此?"是故，异同之故未易言也。于性，犹今言本体。未尝异；于相，犹今言现象，未尝同；一异不生，计一计异，二俱不是。则异同俱泯。同相异相，了不可得。此乃诣极之谈，非情识所能到。今以思量分别之心，强而一之，邵尧夫所谓"齐物到头争"也。邵诗云："泥空终是着，齐物到头争。"

　　今时科学哲学之方法，大致由于经验推想、观察事相而加以分析，虽其浅深广狭所就各有短长，其同为比量而知则一；或因苦思力索如鼷鼠之食郊牛，或则影响揣摩如猿狙之求水月；其较胜者，理论组织饶有思致可观，然力假安排，不由自得，以视中土圣人"始条理、终条理"之事，虽霄壤未足以为喻。盖类族辨物必资于玄悟，穷神知化乃根于圣证，非可以袭而取之也。

　　足下于时人之书，信能多闻而博采矣，独恨于儒家本原之学未尝致力，未有以得之于己，故择之未精、见之未确，而汲汲以著书为事，且欲献之当道，悬诸国门，无乃为人太多而自为太少乎?文化之兴，大道之行，必待缘会，久而始成，不由一二人闭门造车，遂可举而措之也。

　　今日"以科学方法研究儒学，将以建设新文化，组成大同文化之新统系，综贯世界一切科学"，此在足下之理想则可，若谓遂能建设，立求实现，言未可若是其易也。足下负阂通之愿，在今语可谓富于创造之天才，惜其专骛博大而少邃密之功，急于自见，循是而不变，近于好夸，无深造自得可言。

诚爱足下秉质甚高，求之甚猛，而其为学方法则误于多读今书、少读古书。既承下问之切，不敢辜负来意，故言之切直如此，如不以为忤，幸详思之。

"求师固是善念，闻道乃在自心"

——答刘君

本院前以志愿来学者过多，斋舍不容，故于请受甄别较迟者，一律婉谢，非于足下独遗之也。览前后来书，知足下早年涉学颇杂，既因读阳明书能有悟入，则归而求之有余师矣。何致因所请不遂，怨憾至不能堪？悟道之人，有以自足于己，其言固如是邪？以是知足下慕道虽切，实未尝悟也。

书院讲习，事至平常，亦只是教人求己，非有奇特，足下何为歆动至此？为仁由己，而由人乎哉！求师固是善念，闻道乃在自心。不得以过情之言，要人取必。

足下年已近艾，自云无慕于外。须知要求入院之心，亦是外也。若能屏除旧习，实在向内体究，从阳明入固无不可。但须知用力察识，亦不得遗却涵养一段功夫。熟读《近思录》《四书朱注》，合下切须持循，毋专记言语，向后自有得力处。以足下之年，更不可泛泛寻求，宜在简要处用力，亦更不须仆仆道路以求入书院为事也。此乃真实相为之言，若信得及，可谓参学事毕。

书院未尝辜负人，不在入院不入院也。

202

程朱陆王之学如何可求？

——答张君

足下任教有年，乃欲屈意问学，虽见虚怀，实恐不能有所裨益。

来书谓"欲究程朱陆王之学以为世倡，使青年多有修养克己工夫，故愿就院研习"，是足下之志为此学者，乃在转教青年。如今之学教育学者无异，初无为己之意，程朱陆王之学不如是也。

就学是足下个人意志，进修乃切己工夫，书院讲学不同于学校之授课，用力全在自己。足下若明了此意，须知欲求程朱陆王之学，不必辞去教职来就书院，只归而求之有余师也。

"德性之知方是真知"

——答刘君

敝院征选早经截止，诸方寄来文稿，本已不付审查，原件却还。因念足下系多闻绩学之士，不欲辜负来问，特破例于卷尾聊赘数言，以当商榷。不嫌径直，或于足下不为无益。后此恕不一一具答。

仁是性德之全。体仁是德，行仁是道。体仁者，以仁为体，即全体是仁，犹体物而不可遗之体，非体会之体；若言体会，犹与仁为二也。行仁即是率性。孝弟忠恕，所以行仁也。天理即自性所具之理，离自性岂别有天理邪？天命天德，名异实同。孟子曰："尽其心者，知其性也。知其性，则知天矣。"名言分齐，各有所当，亦不易知。作者意在分疏，未知当体即是，故言之不能亲切，终是隔膜。

学必资于读书，而但凭读书实不足以为学。况读书尤贵知要能择，泛滥妄归，无益也。不以饥渴害志，亦不易言。《通书》"颜子"章可熟玩，不到见大忘小田地，焉能不以生事累其心邪。

知徒有知解，不足言学，是也。有德性之知，有闻见之知。闻见之知亦有浅深、小大、邪正不同，然俱不是真知；德性之知方是真知。学自是知行合一，即知即行，岂有分成两橛之理？"政、法、兵、农"一段，愈见支离。但得本，莫愁末。道义陵夷，且当求之在己，斯可矣。

佛性唯证能知，非泛泛阅览教乘，依少分相似知解，便可谓得。诸宗经论浩博，亦须就善知识抉择，方有入处。不如返而求之六经，儒家言语简要，易于持循，然先须立志始得。

"神仙家出于方士，与道家无涉"，是也。然《淮南》即以道家与神仙家合言之，亦不始于葛洪、张道陵。寇谦之一派又别此。其源流颇杂，为此考据，劳而少功。

"各行所知，亦复何碍？"

——答罗君

惠书告以所不及，具仰与人为善之意。仁者宗信阴符，久娴丹诀，此自神仙家言，初与儒佛无涉。仆等博地凡夫，未足语此。然于性命之旨，各有所受，本其体验之在己者言之，不能苟同于人也。

儒者之道，只在人伦日用之间，非有单传密授之法。即佛氏之教外别传，亦只教人真参实悟，本无一法与人；不用求真，唯须息妄；涅槃生死等是空华。达摩一宗不解捏目，若丹道多门，彼自有师，何必依托西来，徒成戏论？

人之好乐既殊，熏习之缘亦别，各行所知，亦复何碍？所谓云月是同、溪山各异，世间相自古如斯。

仁者大药方成，飞升可待，不必强引门外汉为同调也。辜负盛心，恕不再答。

"《易》不言宇宙，只言天地、乾坤"

——答王君

仁者究心《易》象，独好深湛之思，在今日良为罕觏（gòu）。但中土圣哲皆以宇宙为性分内事，象者象此，爻者效此，非谓心外别有乾坤，与时人所持西方哲学研究方法大异。若以此类方法求之，未免错下名言，失其本旨。在书院所谈经术，一以义理为归，虽曰温故知新，不欲轻改先儒轨范。此与仁者意趣或有未符，各从所好可也。

庄子曰："有实而无乎处者，宇也；有长而无本剽者，宙也。"宇宙本无方所，无始终，今以时间、空间为言，不足以尽之。

《易》不言宇宙，只言天地、乾坤。天地是形体，乾坤是性情。见乃谓之象，形乃谓之器，与此所言时空物象不相似。凡说《易》所用名言，须本于《易》，似未可用今语。

《易》之为书，广大悉备，不闻有小宇宙之说。《易》立天道、地道、人道，今言二界，异于三才。《易》主于道，今主于象，非其本指矣。《易》之"六位时成"，乃表阴阳、刚柔、消息、盈虚之理，所谓"六爻之动，三极之道也"。"杂物撰德"，"非其中爻不备"，中正不但是位，须以德言，不可以时空为说。"中无定位"，以今语释之，此乃诠表纯理，不可以数学方法求之。

著者只见一边，若知即动而常静之理，则此图或须更易。请一阅《肇论》"物不迁"一章，当有触发处。

"切勿得少为足，轻言利人"

——答张君

据来书辞旨，知足下尝游意佛乘，发心利物，欲就善知识咨决，因垂询书院，以为足备参访或依止之所。虽与足下未尝相识，不敢谬承来问，然此意亦不可不答。

书院所讲，一秉先儒遗规，原本经术，冀有以发明自心之义理而已。非如佛氏之高言弘法度生，亦不如时贤动以改造社会为标榜、以救国为口号也。期于暗然自修，求之在己，事至平常，不敢有一毫矜饰，近于夸汏。

览足下来书，谓将求普觉痴迷，阐扬大教。足下之志则大矣，无乃为人太多，自为太少乎？观足下所好乐似在佛法，须知教相多门，各有分齐，语其宗极，唯是一心。从上圣贤，唯有指归自己一路是真血脉。足下既好佛法，即从佛法入亦无有二，但须先明教相、趣归、宗乘，方为究竟，切勿得少为足，轻言利人。

书院非学佛之地，儒门淡泊，亦恐收拾不住，于足下不能有所裨益也。

如此方可论量古今

——答许君

　　览来书并附诸稿件，具见向学之殷、用心之细。在今时少年有志之士如足下者，殊不多见，深愿引与共学。但有未可以遽相期者数端：

　　一、书院所讲习者以经术义理为主，其治经方法亦与清代汉学家不同。观足下寄来诸稿，似于目录考据之学特有兴趣，习之既久，恐难舍去，骤闻义理，必多扞格，以为枯淡无味，不餍所望，易生懈退。

　　二、书院造始，方值艰虞，一切设备俱极苟简。藏书一项尤为寒俭，不特《四库》书未能辇致，即江浙坊间所恒见之通行本，在蜀中亦为难求，故院中于学生修学必读之书俱感缺乏，经费又绌，无从大量购置。足下性好博览，对此当然觖（jué）望。

　　三、由浙入蜀，须经赣、湘、桂、黔四省。方今战局未定，道途行旅之困难，有非思虑所能及、言语所能尽者，就令无虞，而沿途候车时日决难预料，旅费定属不赀。足下虽不辞跋涉之劳，在书院实恐无以益之，未免虚劳往返。

　　四、书院津贴甚微。足下若在家庭，须负一部分经济责任，亦不能不为生事计。如此远游求学，虽在贤者不以为太觳（hú），亦人情之所难。

　　有此四端，故未敢径诺。

　　寄来诸稿，今仍交航空挂号寄还，至希赐复。全所附相片及证件，暂留以为异日相见之券。倘得战事结束，时局容许，书院或有迁还江浙之日，彼时足下犹愿屈居参学之列，固甚愿相与讲论，无所隐也。附去《讲录》一册，聊备浏览，后有续出，如足下需要，函示即寄。

　　有一语奉劝者，窃谓足下治学方法为之甚勤，而实于身心了无干涉，为新考据家则有余，欲以此批判先儒学术则不足。此由误读近人著述使然，亦一般之通病。

中土学术，必先求之六经，切己体究。真能得之，于己自然不惑，方可论量古今。如权衡在手，铢两无差，然后判断始免于误，以其毫无胜心私意也；否则如无星之秤，但凭一时之好恶出之，或轻下雌黄，或随人起倒，不唯自误，更以误人。此不可不致谨也。因见大著《读书记名札》根据梁氏《清代学术概论》品题清初诸老，实有未当。如盛推颜习斋及以阳明为空疏之类。此见不舍，恐终难以入理。

不敢辜负来问，聊贡所疑。如不相契，自不妨各从所好。

专复。敬俟抉择。不宣。

"慎勿错会圣贤言语，自误误人"

——答杨君

来问六条，皆由误会"引归自己"一言而起。

所谓"引归自己"者，即"为仁由己，而由人乎哉"之意，此乃对治向外驰求之失，只是教人体究自心，先除过患。过患既除，本体自显，别无其他秘诀。不谓足下执滞名言，附会神仙家丹道之说，疑其用力处在人身中某一部分，欲求指出，此真胶柱鼓瑟、刻舟求剑也。

须知义理之正不坠形气之私，道在伦常日用之间，非有单传秘付之术。经籍文义，本自了然，如此穿凿，转增障蔽。

足下若慕丹经，不妨各从所好，慎勿错会圣贤言语，自误误人。书院于足下实不能有所裨益。异趣之言，无劳往复。

"非实悟实证，岂容轻说？"

——答张君

承示读《近思录》，知所用力，甚善。其称书院《讲录》之言，则有过者。此但为初机略示途径，何可遽比先儒？所敢信者，学者循是以求之，或免多歧之惑而已。

观所为《道体约言》，多袭用朱子语，而不详其所出，使人之见之，若由足下自己为之者，此非学者所宜有也。《曲礼》曰："毋剿说，毋雷同。"凡称引先儒旧说，并宜明举出处。如此文引朱子《太极图说》《通书注》而不言其所自，近于掩人之说以为己有，不特不合文字体例，以心行言之，便是自欺。来书所谓"致谨于言行"者，果何在乎？道体一名，非实悟实证，岂容轻说？奉劝足下且读书穷理，勿汲汲为文章以求自见。此是真切相为之语，若不见怪责，窃望其能虚受也。

足下未在书院受学，来书以夫子见称，而自称学生，此亦不可轻用。书院待人以诚，故告之无隐如此，幸善择焉。

书院参学之义

——答谢子厚

参学之目，本以待绩学之士，如衲僧之有饱丛林谓久参也。古人求道心切，不辞行脚，寻访善知，得一言半语，遂可终身，如永嘉之称一宿觉，此乃真正参学。先儒门下亦是千里裹粮往来不定者有之，留而受业多年依止者有之，决非如近时之学校化，循资按格，计日程功也。公博综儒佛，其于古代风规闻之熟矣。

书院不得已随顺世间，因定为肄业之制，为依止稍久者设；欲存参学之目，为远来咨访不定求依止者设。今时人不喻，因院中曾有先来参学，自请改为肄业者，遂误认参学为肄业之阶。自肄业征选暂停，纷纷请求参学，真乃痴人前不得说梦也。故自今年起，参学人一律改住院外，不特因斋舍不足，亦使稍明参学之义耳。契理非难，契机为难；入直非难，顺俗为难。

外间议论，以义理为空疏无用者有之，以专明儒学为隘陋者有之，并有谓书院所录多中下之资而高才者反在见遗之列。书院诚不敢谓不失一人，然所谓高才者，或亦不免自信之过。此自不须理会，因公爱护书院，聊一及之，非求知于途人也。

"奉劝切下去矜功夫，方可一变至道"

——答周君

　　来书议论甚阔，而气象近夸。其中谬见推许之语，衰朽实不足以当之。至欲遥相师事，请著籍弟子，虽荷谦光，非所敢承，此于足下实无所取义也。

　　据足下所论列，亦既有以自信，且著书满家，更何必就问于衰朽？

　　来书评骘古今，出语豪恣，满腹知解，颇有当仁不让之概。然实无一语收敛向内，言不可若是其易也。此与自己身心了无干涉。如是而求孔、老、孟、荀、程、朱、陆、王之道，知其未有合也。揣量卜度之言，影响依似之解，执之以自足，据之以自安，最足以障自心虚明之本体。气既横溢，言复驰骋，似此病痛不能舍除，实于义理难期有入。

　　足下天资盖近狂者，奉劝切下去矜功夫，方可一变至道。甚愧不能有所助益，不敢辜负来问，故不避怪责，直下针锥，唯高明择焉。尊礼之说，请勿再施。恕不一一。

"须知学道大有事在"

——答任君

　　来书知有己躬大事，与时人专骛向外求知解者迥别，可喜也。辱问二条，略答如下。

　　达摩一宗，只是指归自性，别无他法。自大鉴下，有南岳、青原两派，下开五宗，源流具在《灯录》。五宗不可优劣，唯大机大用，自推临济；沩仰间以境语接人；曹洞、法眼，颇近义路；云门亦直下巉绝。若论门庭施设，各有长处。学者得其一言半句，皆可悟入。然从门入者，不是家珍，纤毫犹带情识，俱非究竟。古德机缘，自当遍览，但遇情识所不能到、没奈何、会不得处，便是好消息也。般若如大火聚，不巢蚊蚋，切忌依言语作解会，自以为得，此是不治之症。临济儿孙至大慧杲，言语遍天下，已近义路，法道衰矣。禅师家个个诃佛骂祖，佛是什么干屎橛，禅是无风起浪，平地上起骨堆，北宋士大夫多与禅师往还，承虚接响，增人系缚，有何用处？故直须辟。后人不明先儒机用，故疑之。儒佛禅道，总是闲名，建化门头，不妨抑扬。当时贬驳不作贬驳会，骂不作骂会，一期方便，不可为典要，此须过量人始得。今逞口快说出，恐仁者今日尚不能无疑，但可置之，他日自有会时，切勿轻易流布，转为人说也。

　　程朱陆王，岂有二道？见性是同，垂语稍别者，乃为人悉檀，建化边事耳。禅语谓之"云月是同，溪山各异"。程门下，有龟山、上蔡两派，龟山重涵养，上蔡重察识。象山、阳明天资绝人，自己从察识得力，其教人亦偏重察识。朱子早年学禅，亦从察识来；后依延平，承龟山一派；及与南轩交，尽闻胡氏之说，则上蔡之绪也；晚年举伊川"涵养须用敬，进学在致知"二语教学者，实兼杨、谢二家法乳；然其所自得，则杨、谢未足以尽之，故其为说最醇密。后儒不知源流，又不明古人机用，妄生同异，只是瞎汉赃诬古人，自己全不曾用力，安能知古人造诣邪？如《学蔀通辨》《王学质疑》《颜氏学记》之类，只是一群瞎汉相趁，可哀也。

仁者若有志斯学，须办取一二十年，悉心体会，切勿轻于自信，妄下雌黄。须知学道大有事在，不是读得几部书便为了事。此是彻骨相为之言，不敢辜负来问，不觉切怛至此。若不相契，尽可置之，勿见怪也。《避寇集》亦是衰世之音，何足称道？近方补刻，俟印成，可以一册奉览。此事亦劳而少功，难成而无用，看拙作无益，不如多读古人诗也。

略举道教、佛教在历史之沿革

——答刘君

惠书并见示大著《三教异同说》，具见贤者之用心在融通综贯，志则大矣，然其持说似未能择之精也。

儒家六艺之旨，得濂、洛、关、闽诸贤而大明，后儒但读其遗书，加以思绎，自知穷理尽性之要，无假他求，终身由之可也，不必多为之说。

道家以老、庄为宗，后世神仙家之说本出于方士，与道家异撰，而自托于道。魏、晋间玄言家不及丹经一字，魏伯阳《参同契》为丹经之祖，亦无一语及老、庄，此其显证也。葛洪撰《抱朴子》，始欲合而一之，然犹以言方术者为内篇，言清净之理者为外篇。至北魏寇谦之、梁陶弘景之流，始撰道经流布。今《道藏》诸经稍古者，皆出寇谦之以后所依托也。自吕洞宾、张伯端出，得《参同契》之法而又旁涉禅教，始言心性。丘长春创全真之号，所立祠观全仿佛氏丛林制，于是天下始言道教矣。若唐玄宗、宋徽宗所崇之道，则文成、五利之流也。性命双修之说，宋以后道流始有之，其书益陋，视魏、葛、吕、张远矣。此道教源流之略也。

佛法入中国，自姚秦鸠摩罗什广译诸大乘经，始有可观。什公四大弟子并善玄言，支遁、慧远，南方之秀弗如也。至隋而有天台智颛（yǐ）判藏、通、别、圆四教，于是义学之名始立，其后有嘉祥、慈恩二宗，而华严宗特后出，法藏、澄观判小、始、终、顿、圆五教，益臻完密，故唐一代义学最盛，自后浸衰矣。达摩直指一派六传至大鉴，下开南岳、青原二支，衍为五宗。在五代及北宋，临济儿孙遍天下，名为教外别传，其真切为人，非义学家所能及。然法久弊生，其后承虚接响，唯逞机锋，北宋士大夫鲜有不好禅者，故为先儒所辟。此事亦阒（qù）绝已久。此佛教在中土源流之略也。

各有门庭，不相混滥。非大用现前、不存轨则者，不可错下名言，乱

216

人眼目，教相须还他教相，义理亦极有分齐。此以名言诠表之义理者言。识法者惧此，未容轻议也。

三教同源之说，始于明季闽人林三教，不可据依，其人实于三教教义初未梦见。近世祖述此说者，益见支离。

今观足下所引诸书真伪错杂，似于二氏源流未暇深考，而遽言其源，似太早计。故今略举二氏在历史上之沿革，俟足下博观而审择之，不欲辜负来问。若不以为然，尽可存而不论，各从所好。书院今所讲习，唯以经术义理为主，未遑远及；且规制简陋，征选生徒早已截止，以足下之高才，亦决不敢屈之北面之列。率直之言，诸唯鉴谅。不宣。

"当以尽己为亟，无过以道丧为忧"

——答李君

　　古圣垂言，有权有实，事非得已，初不为一时而说。虽复从缘起教，亦是称性而谈，其为一期方便，示有抑扬、贵在能舍，不可执药成病，此权说也。若乃直抉根原，唯明性分，提持向上，截断众流，在当人合下荐取，则一切情计悉皆销亡，此实说也。然为实施权，因权显实，权实不二，会归一致，斯不易之旨也。

　　西来始教，每杂权宗；中土圣言，理唯实谛。今之饶舌，天壤犹悬。来教见勖，似病其乏善权之用，若愚所自励，每恨其寡能应实。简除过患，或乃在此而不在彼也。

　　夫群言流荡，失在于诬，徇物之迷，良由见小。若慧照内发，阴翳自消。故稷下迂怪，无伤于邹鲁；六师矫乱，卒定于如来。仁者既游意圆宗，研几圣典，岂复以功利余习举世震惊、魔外卮言聋俗夸炫为果足以夺真心、障正智哉！谓且当以尽己为亟，无过以道丧为忧也。

"在此须熟玩经旨，深切体验"

——答杨君

仁是性德，人所同具。圣人教人，亦只示人以求仁之方、行仁之道而已，本不在言说。

如贤所为文，乃是揣量卜度之词，未会古人语。在此须熟玩经旨，深切体验，乃有讨论处。

今日尚未足以语于此也。

"此见不除，卒难入理"

——答熊君

来书并附示近文一篇、诗草一册，诚嘉足下年少才美，有志于学。所为文辞甚有气势，能不以此自足，进而求之，何患不能深造？

虽然，足下之所忧者，在人而不在己也；其所言者有近于夸，非能收敛向内，真有见于心性义理之微，求之如弗及，若饥渴者之于饮食也。似欲汲汲以文词自见，矜其有异乎俗而已。此见不除，卒难入理。为其以成学自居，未能降心虚受，此程子所以言"有高才，能文章为不幸"也。

非不爱足下之才，惜足下之志似乎未切。书院所讲习者，恐足下视之将谓言淡而无味，不餍其所望，未必能安之，故不敢远劳虚辱。

以足下之资，但能回机就己，退然若不及，屏除杂书而一志经术，不求人知，如是三五年，必有悟入。而于今日所为之诗文，将悔其少作或恨其刊行之过早。即以诗文论，亦必欲今日迥不相同矣。此时实不敢相屈，然亦不欲辜负来意，故以直言相勖，唯足下善择之。

"但得本，莫愁末"

——答赵蕃叔

贤处困而能安，亦见积年用力之验。儒佛俱是闲名，自性本来具足。诚是本体，敬是功夫。"修证则不无，污染即不得。"众生迷倒，虚受一切身心大苦，良可哀愍。从上圣贤，曲垂方便，只是夺彼粗识，教人净除习气，别无他道。习气若尽，真心自显，脱体现成，更无欠阙。孔门克己复礼，即释氏转识成智也。非彻证二空，不名克己。不论凡情圣见，总须铲除；才有丝毫，无自由分。

世间种种辩智，总属情尘意计，增长人我，转增系缚，无有了期。譬如掘坑自埋，乃言求活，安有是理？

贤能于敬字下功夫，此便是入三摩地第一妙门。但得本，莫愁末。寻常只在自己潜行密用，不求人知，不务言说。一旦瞥地，方知此言决不相赚也。

书院乃是不得已而后应，争奈现时机劣，虽不惜眉毛拖地，入泥入草，难得其人。比之古德风规、先儒轨范，直是天壤悬隔，无足为言。所望战祸早平，得还乡里，闭门杜口，以毕余年。彼时贤若能再于湖上相寻，从容话旧，于愿足矣。

《讲录》亦是门庭施设边事，老拙用心殊不敢辜负人，但求契理，不必契机，此在本分人方知本分事，亦是一柄腊月扇子。至于袭俗讥嫌，可置不问也。

"久乃悟其无益"

——答徐君

伯珩来，辱惠书，深以称誉过情为悚，然惓惓之意流露行间，窃幸迂陋之说犹或见录于君子，庶几气类犹未孤也。四方士友以书见贻者颇众，年衰恒苦日短，往往稽于裁答，阙然未报，遂至经时疏简，无所逃罪，想不过责其嫚邪？

每从伯珩得闻仁者治学之绪闳雅有则，诚叹其难遘（gòu）。乃复虚怀下逮，弥勤诹（zōu）度。某炳烛末景，何足相资？但谓先圣微言，本以显性，世儒恐泥，唯取依文是非，直契心原，无由豁其封蔀。故伊、洛诸贤所以不可及者，乃在文字之外别有事焉，然非参禅习定之谓也。往者亦尝疲精于考索，致力于冥思，久乃悟其无益，而于诸儒用处似微有以窥其一端。此事但可俟悬解于方来，未可期默成于言下，初亦未敢遂以为得也。异日若有因缘，得承余论，固愿仁者之有以相发耳。

书院事至浅薄，聊与二三学子栖迟山寺，冀远寇氛，实倍括囊之训，亦深愧无以益之。辄因伯珩，率尔奉答，未足以副相望之厚。比日霜寒，仰唯居贤勤诲，履道贞吉。不宣。

第五辑

诗文与自述

童蒙箴①

　　有童稚初近书册，闻儒佛之名，不知所谓，遽问其义，书此示之。

　　或曰："此岂所以告童蒙邪？"

　　谢之曰："彼将问来问，从此尘生。若无刮目之方，安有披云之日？吾不求其解会，会者宁复假言？此正所以告童蒙耳。"

　　不欲埋没后生，更增葛藤一上。勿谓不可语此。何为洒扫应对？何为精义入神？一任后人料简。

　　何名为儒？动静一如。何名为佛？不留一物。妄生异端，五谷不熟。人云亦云，其病则俗。谁能将珠？与汝安目。

　　如何是禅？息虑忘缘。如何是道？但莫颠倒。禅不可传，道不可道。开口便非，动步即到。咄哉野狐，商量浩浩。

　　汝眼自明，汝耳自聪。曷为声色，莫匪尔躬。如曰可绝，何异盲聋。目击道存，声入心通。归根得旨，随照失宗。

　　孟曰践形，孔曰尽性。何以由之？忠信笃敬。诚者自成，发为言行。不诚无物，邪思乱正。罔念作狂，克念作圣。

　　性具万德，统之以仁。修德用敬，都摄诸根。颜曾所示，道义之门。性修不二，儒佛一真。同得同证，无我无人。

　　古佛垂教，有实有权。有小有大，有偏有圆。儒者所宗，则唯一焉。

---

　　① 此文标题为"童蒙箴"，可理解为"为儿童启蒙的箴言"。"箴言"二字最早见于《尚书·盘庚上》，指具有劝诫启发性质的语言文字。马一浮这篇《童蒙箴》，微言大义，言简意赅地讲通了儒佛道三家学问的根本所在，进而揭示做人做学问的根本。

内外本末，始终后先。显微无间，体用一源。

大用在儒，诗书礼乐。戒定慧三，佛根本学。易与春秋，究竟了义。法界一性，理事不二。此犹义解，门庭设施。

六经注我，我注六经。见性之言，其谁肯听？不立一法，不舍一法。祖意教意，是同是别。毫厘有差，天地悬隔。

老尚玄同，庄亦大通。任物自然，谓人无功。斥以无因，旧师之过。执性废修，斯亦语堕。鹅王择乳，何立何破？

缘生之法，说名为空。迷者执有，爱恶相攻。二俱不了，异论乖宗。空乃非空，有实非有。有智人前，合取汝口。

嗟彼未悟，但逐名言。依他作解，自谓穷玄。举心动念，烦恼炽然。情忘即佛，见在即凡。夺之既尽，凡圣俱捐。

佛是矢橛，禅是麻缠。闲名既谢，大用现前。搬柴运水，坐石听泉。春生夏长，昼起宵眠。将谓别有，悠悠苍天。

万物一体，天下一家。汝性无尽，而生有涯。在彼无减，在我无加。贪嗔忽起，杀人如麻。狂心顿歇，空不生华。

弹雀射麑，谓可取食。扩而充之，遂灭人国。彼食人者，何独非人？强梁之仆，有如积薪。下焚上陨，化为飞尘。

唯仁与智，不惑不忧。无得无丧，何取何求。文无歆羡，孔绝怨尤。佛者断痴，老亦贵柔。抱薪救火，乃迷之邮。

亲者不问，问者不亲。入门一喝，闻者丧身。借问何为，无理可伸。自智者愚，自富者贫。勿取我语，汝则可人。

孔学会赞①

1941 年 9 月

孔子自居，学而不厌；
及其诲人，时习以验。

十五志学，所学何事？
七十从心，乃配天地。

达巷党人，称以博学；
学无成名，其义在觉。

嗟后之人，孰为知圣？
唯曰至诚，能尽其性。

颜曾思孟，周程张朱，
得其传者，一性无殊。

孔子之书，厥为六艺；
六艺不明，何所依据？

---

① 在这篇《孔学会赞》中，马一浮用不到二百字概括了国学的内容与真义，称得上通往国学之门的一把钥匙。如果进一步概括，可以从中选七个字，那便是："孔子至诚六艺通。"多玩味这七个字，以此为引子深入探讨，你将不知不觉地进入美妙的国学殿堂。

物来不惑，事至能应；
始终条理，道在自证。

日月贞明，盲者不见；
群言之淆，匪歆伊畔。

途虑万歧，卒归于同；
摄以六艺，在蔽斯通。

弘道唯贤，既雍既肃；
询于刍荛，童蒙是告。

法 性 颂

1943 年

《易》无体，物之理。
神无方，变化行。
有成形，生不生。
堕方所，夷为阻。
理既得，用斯溥。
穷神化，无今古。
若有疑，问尼父。

养生四诀

1945 年 2 月 17 日

食要少：

甘淡薄，远厚味，随分有节，不贪不过。此却病之要。

睡要早：

以时宴息，身心轻安，不昏不昧，不杂不扰。此养气之要。

心要好：

常存爱人，不起嗔恚（huì），与物无忤，自保太和。此调心之要。

事要了：

"了"有二义，一"了达"义，谓洞达人情，因物付物，无有滞碍。二"了当"义，谓敏于作务，事至立办，无有废顿。此治事之要。

世之善言养生者多矣，今卑之无甚高论，四事虽浅而易知，然行之有常，亦可得少受用。智者或不以其近而遗之。

乙酉正月，蠲戏老人

230

十二等观

1967 年

视恶名与美谥等，视疾苦与受乐等，视怨害与亲厚等，视国土与浮沤等，视万年与一念等，视辩智与愚痴等，视功业与梦幻等，视战争与游戏等，视众魔与诸圣等，视蕴界与虚空等，视生死与涅槃等，视烦恼与菩提等。

如人能作如是观，则于违顺苦乐境界，等无有异。随在无碍，自心受用。此般若解脱之门也。

新加坡道南学堂记

1912 年

自明以来，闽峤间习海贾者多萃于南洋，所至辟榛莽、通市易，擅货殖之利，与岛夷狎处而能不忘故俗。愿悫（què）好义，其勤身爱国，天性然也。诸岛既入英、荷，遇侨人往往非礼禁止。侨人感愤国势之不张，喟然思兴于学，斥私财、立黉（hóng）舍，以教其子弟，所在而有，可谓能知本矣。

新加坡道南学堂者，闽人之所建也。名于其乡先生陈君宝琛，始岁丁未，假地设之，酿敛帷讲而已。历四年，黄君仲涵独任赀（zī）盈万以市地，诸闽商争共输集，乃以辛亥春兴作室序，修起楼观，以待学者，容六百人以上。堂以释奠，斋以布席，逮于宴食游艺之所，饬然咸具。费四万有奇，逾年乃成。而予适以是时来游斯土，董其事者咨石请为记。

予唯今国家初改政，典教育者方议绌儒术、废六经，而兹堂之称，乃有取于洛学之传，所谓"礼失而求诸野"者，非欤？夫道之精微，通贯乎天人，散周乎万物，未尝一日而息也。思虑殽错，名言殊施，夷夏相暌，古今不相准，是以学者樊然而靡乡。然其不可得与民变革者，非人之所能去也。故曰："不为尧存，不为桀亡。"五常之德根于性，古之教者在循而复之，非能有加焉。

不务隆礼而以知徇物，则学以为禽犊。物诱于前，志滑于中，日以贼其秉彝。亿兆之心，交骛于利，天下纷纭，所由多争攘之祸也。治国家者，欲定民志、俒（shù）邦本、拒并兼而扞危亡，舍礼何由哉！

伊川之学，谨于礼者也。龟山得之，归教于闽，而闽学弘于天下。今诸生居蛮貊之邦，不安禁佅（mài）之俗，构精庐以诵习，资龟山以为号，仰而思其所则，俯而察其所蹈，庶几拾闽学之坠绪，究孔氏之遗礼。泽善蓄美，远于鄙倍。本诸身，见诸用，亦将有以化民而成俗。虽使九夷之风进于齐鲁，奚为而不可？彼夫操觖（jué）舌之语、抱羊革之书、矜一曲以为得者，安足以劝哉！

《护生画集》序

1928 年 8 月

《华严》家言："心如工画师，能出一切象。"此谓心犹画也。古佛偈云："身从无相中受生，犹如幻出诸形相。"此谓生亦画也。是故心生法生，文采彰矣；各正性命，变化见矣。智者观世间如观画然。心有通蔽，画有胜劣，忧喜仁暴，唯其所取。

今天下交言艺术，思进乎美善，而杀机方炽，人怀怨害，何其与美善远也。月臂大师与丰君子恺、李君圆净，并深解艺术，知画是心，因有《护生画集》之制。子恺制画，圆净撰集，而月臂为之书。三人者盖凤同誓愿，假善巧以寄其恻怛，将凭兹慈力，消彼犷心，可谓缘起无碍，以画说法者矣。

圣人无己，靡所不己，情与无情，犹共一体，况同类之生乎。夫依正果报，悉由心作，其犹埏埴为器，和采在人。故品物流形，莫非生也；爱恶相攻，莫非惑也；蠕动飞沉，莫非己也；山川草木，莫非身也。以言艺术之原，孰大于此？故知生则知画矣，知画则知心矣，知护心则知护生矣。

吾愿读是画者，善护其心。水草之念空，斯人羊之报泯，然后鹊巢可俯而窥，沤鸟可狎而至。兵无所容其刃，兕无所投其角，何复有递相吞啖之患乎？

月臂书来，属缀一言，遂不辞葛藤而为之识。

戊辰秋七月，蠲叟书

234

《皇汉医学》序

1928 年

　　人之生也，寒暑燥湿攻其外，思虑忧患贼其内。形劳则敝，神劳则竭。或形羸而神王，或形壮而神菀（yù）。故曰：剥奔马若稿，割狡兔犹濡，形神偏伤也。唯善养生者，尽百年之寿而不衰，应四时之气而无逆，故能疾疢（chèn）不生而形神以调。是以善医者治未病，此犹礼禁未然而刑施以后。古之道术盖有在于是者，未可以方伎小之。

　　人有恒言："医者，民之司命。"使不学者为之，何异操刀而屠？今通国之病，莫大于不学，医特其一端而已。夫学无古今，不可以自锢；学无内外，不可以自碍；学无终穷，不可以自封。晚近异邦之医竞出，知剖析内景，非不审也；明药有专效，非不辩也。大较执局而昧于通，狃常而短于变，故十失三四，已为上工，病者将安赖焉？

　　予观日人汤本求真之书，祖述仲景，旁通远西，多陈治验以较其得失，其言质实而无奋矜，今中国之治医者未能或之先也。黄岩周子叙究心斯术，发奋移译，书既成，属识缘起。予唯二家自序亦既详矣，何事于吾言？独念人生受气以成形，流形而为器，故神居气先，器成形后。神气者，体用之名也；形器者，总别之相也。今世之言医者，有得于器而未得于形，有得于形而未得于气，有得于气而未得于神。故说有精粗，术有高下。兼之者，仲景而下，其孙思邈乎？今观汤本氏之书，庶可以医不学之病。由是而推之，虽使国无菑害、民无夭札可也，孰谓医者一曲之事邪？汤本喻如法门之龙象，子叙亦为医垒之元戎。吾虽衰，犹喜及见是书之行也。

戊辰冬十二月，蠲叟书

《儒林典要》序

1940 年 6 月

古之为道者，率性而已。藏于身则寂，同于民则感，虽神用不测，盖泯然无得而称焉，非有物以与人也。故曰："默而成之，不言而信，存乎德行。"

若是者，无假于言说，而况于书乎。性德渐漓而后有惑，于是假言象而辨之，著之竹帛以贻后。惑愈甚则书愈广，乃不得已而为之。苟足以祛其惑，是亦可舍，故曰"不可为典要"也。

圣人统之以六艺，而无所遗。后世别之以九家，虑犹不能尽。

儒非自名，名之由人耳。史迁始立《儒林传》，传六艺之学者属焉。其后儒术浸微，世亦不重儒。重儒者不以其道，埋晦以至于宋。濂溪周子首出，伊洛诸贤继之，六艺复明，庶几直接孔孟，由是有道学之目。《宋史》立《道学传》，以别于《儒林》，斯歧而二之矣。或疑其说有近于禅，而名又滥于道家。后之说者，益纷然莫能一，滋以诟病，是皆泥于名而不考其实也。夫不明乎道，何名为儒？苟曰知性，何恶于禅？儒与禅皆从人名之，性道其实证也。六艺皆所以明性道，舍性道而言六艺，则其为六艺者，非孔子之道也。性者，人所同具，何藉于二氏。二氏之言而有合者，不可得而异也。其不合者，不可得而同也。汉之黄老，魏晋之玄言，并与后世依托道家者异。义学善名理，禅则贵直指而轻谈义，不肯以学自名。二家者俱盛于唐，及其末流，各私其宗以腾口说，恶得无辨。然其有发于心性之微者，不可诬也。故宋初诸儒皆出入二氏，归而求之六经。固知二氏之说，其精者皆六艺之所摄也，其有失之者，由其倍乎六艺也。然后为六艺之道者，定其言性道至易简而易知易从，极其广大则无乎不备。

名之以儒，仍其旧而不改，斯可矣。无取于别立道学之目也，尤无取于以宋学为名。为是言者，则为已陋。恶是名而欲代之以哲学者，则为已固。若乃藉谈忘祖，幽冥而莫知其原，奋其私智之凿，欲一切决而去之，是盖以璞为鼠而祭非其鬼之类。求通而反蔽，习于诡异而安之，是则闻见之囿，自弃于迷谬之途而不知归，又何责焉？

今最录诸儒发明性道之书，断自濂溪以下，为《儒林典要》，以饷承学之士不溺于流俗者。寇患方亟，旧籍荡然，书颇不具，善本益不可得。仅就所有刊之，校亦未审，卷帙稍繁者，犹力不能刻，故不预定目次，旧序已明者，亦不更出叙录。理而董之，盖犹有待，姑以是为先河焉耳。

中华民国二十九年六月　马浮序

《圣传论》序

1942 年 1 月

伊川作明道墓志曰："周公没，圣人之道不行；孟轲死，圣人之学不传。""先生生于千四百年之后，得不传之学于遗经，以兴起斯文为己任。""使圣人之道焕然复明于世。盖自孟子之后，一人而已。"向者尝读其言而疑之，谓圣人之学，其有传邪，何以千载旷绝？其无传邪，何以明道独能得之？孟子曰："君子深造之以道，欲其自得之也。自得之则居之安，居之安则资之深，资之深则取之左右逢其原，故君子欲其自得之也。"又曰："君子所性，仁义礼智根于心，其生色也，睟然见于面，盎于背，施于四体，四体不言而喻。"盖其所谓得之者如此，则信乎其不可传矣。

庄周曰："夫道，有情有信，无为无形；可受而不可传，可得而不可见；自本自根，未有天地，自古以固存。"《庄子·大宗师》。按今本皆作"可传而不可受"，非是。据义当互易。屈原《远游》"道可受兮不可传，其小无内兮其大无垠"是亦托为道家言者，可证。彼为道家之言，犹若是矣。

禅者自名为"教外别传"，复曰：无法与人，不从人得。然时至理彰，如寐忽觉，得其旨者，皆由自悟，亦未尝废师资之道，且必久经锻炼，始克承当。如达摩使诸弟子各言所得，众皆祗对。谓三人者，一曰"汝得吾皮"，一曰"汝得吾肉"，一曰"汝得吾骨"。独慧可礼拜已，依位而立，乃曰："汝得吾髓。"南岳让入室弟子六人，各为印可，曰："一人得吾眉，善威仪；一人得吾眼，善顾盼；一人得吾耳，善听理；一人得吾鼻，善知气；一人得吾舌，善谈说；一人得吾心，善古今。此指马祖道一。"此又何说者？其果有得邪，果无得邪？从人得邪，自得之邪？若言有传有得，则为赃诬古人，埋没自己；若言无传无得，则成断灭空亡。离此二途，乃知自性宗通，不违师承秉受，若非超宗越格，将至丧我儿孙。会此者乃可语于不传之学矣。

故曰："向上一路，千圣不传。"然从古以来，门庭施设，当为何事？亦曰指归自己，令其自得而已。利根上智，一语知归，其或未然，依他作解，终身无自由分。二程从濂溪受学，何以云"天理是自家体认得来"？明其不可传也。

先儒料简俗学、诋斥二氏，乃是大机大用，于法自在。后儒不窥古人用处，徒滞名言，乃以小知自私之心求之，安可得邪？知见稠林，碍塞天下，时当衰季，转溺转深。异执纷然，徇人丧己，是丹非素，出主入奴。拘墟笃时，沿讹袭谬。以狂见为胜解，以恶觉为智证。自甘封蔀，无有出期。若此之伦，深可悲愍。何堪更存汉宋今古之争，立朱陆门户之见，辨夷夏之优劣，持禅教之异同，陷身不拔之渊，转增迷罔之过邪？

又有一等人，乃谓濂洛关闽诸儒皆出于禅，阳为辟佛而阴实秉之。不悟儒佛等是闲名，自性元无欠少。非唯佛法西来，不能增得些子，即令中土诸圣未尝出现于世，亦何曾亏却纤毫。若论本分，各自圆成，不相假借。我行我法，岂假他求？唯此一真，何能盖覆？然须实到此田地始得，否则承虚接响，自欺欺人。所以误解有得之言，良由不识不传之旨耳。两宋诸贤何尝不与诸禅德往复，但谓有资于彼，事则不然，具眼者自能辨之，不能为不知者道也。

朱子少依刘屏山，晚而表其墓曰："熹尝问先生入道次第。先生曰：'吾官莆田时，始接佛、老之徒，闻其所谓清净寂灭者而心悦之，以为道在是矣。比归读吾书而有契焉，然后知吾道之大，其体用之全乃如此。抑吾于《易》得入德之门焉，所谓'不远复'者，则吾之三字符也。于是尝作《复斋铭》《圣传论》以见吾志。然吾忘吾言久矣，今乃相与言之，汝其勉哉。'"此与伊川谓明道出入二氏，归而求之六经之言，如出一辙。盖洛闽之学，莫不如是。

按《圣传论》十篇，举尧、舜、禹、汤、文王、周公、孔子、颜、曾、思、孟之道以为说。于尧舜明一心，于禹示一体，于汤言日新，于文王言不已，于周公极推无逸为持谦之功，于孔子特举践形明生死之说，于颜子发不远复之几，于曾子示本敬之旨，于子思则约性以明中，于孟子则指归于自得。实皆有以得其用心，义该而文约，盖以显所谓体用之全者。而《复斋铭》即在《颜子》篇末。今从闽刻《屏山集》二十卷中录出，使学者读之，了然于传与不传之不二，而知所用力焉。则屏山之所得，吾今日亦可得之。而知明道、伊川之所得，朱子之所得，固与屏山不殊，与

239

诸圣亦不殊也。

屏山之兄彦修，尝与大慧杲习，一时交友如李汉老邴、吕居仁本中，皆与大慧杲相契，疑其所谓佛之徒者，或指杲也。径山《蕴闻集·大慧书问》二卷，有与刘宝学彦修书一通、刘通判彦冲书二通。其答宝学书云："彦冲被默照邪禅教坏。此公清净自居，世味淡泊，将执此为奇特。若肯转头，却是个有力量的汉。"其与屏山书略云："左右做静胜工夫有年，不识于开眼应物处得心地安闲否？若未得，当求个径截得力处，方不辜负平生。"又云："而今学道者，多是求之转失，向之愈背，那堪堕在得失解路上。谓闹处失多，静处失少，若果静中得力，何故却向闹处失却？而今要得省力，静闹一如，但只透得赵州'无'字。忽然透得，方知静闹本不相妨，亦不著用力支撑，亦不作无支撑解。"其言实钳锤稳密。是知屏山之作《圣传论》正是转头时节，不复更以清净寂灭为道。若谓得之于大慧，则不可；然大慧自为屏山净友，则亦何须讳却邪？此向来儒者所不肯道，因刻此书，特为拈出，圆此一段公案。使屏山今日犹在，固当坦然相许耳。

曩欲辑《儒林典要》，其书无虑百家，因就其卷帙少者先出之。或疑其杂，谓如刘原甫《公是弟子记》之类，皆不当见收。不知但据原流，则门庭过隘，诸方倡导，苟其言有饶益，不论闻道浅深，何为不可入录。后此方欲刻《横浦心传》《慈湖家记》，皆旧所诋为禅学者。不识古人用处而辄以禅学外之，不唯不知何谓禅，直不知何谓学耳。因亦附识于此。三十年后，此学若存，有人举著，或不疑其所行矣。

又《典要》初辑开雕于民国二十九年，至三十年始就，此本以工辍未及序，今始补缀，亦并记之。

民国三十一年一月　　马浮识

240

重刊《盱坛直诠》序

1942 年 8 月

濂洛关闽诸贤，所以直接孔孟者，为其穷理尽性，不徒以六艺为教、敷说其义而止也。其兼综条贯，为群经传注，有近于义学，视汉唐说经之轨范为进。若乃酬机接物，不主故常，其言行足以动天地、通神明，则与禅宗大德同功而异位。此未易为执言语、泥文字者道也。如明道似禅，而伊川则邃于义，朱子谈义特精，而象山长于用禅。其实门庭施设则义为大，入理深谈则禅为切。所谓"始条理者智之事，终条理者圣之事"，岂有二哉。儒佛相非，禅义相薄，此皆临机对治，一期药病之言。

心性无外，得其一，万事毕。冥符默证，唯此一真。大用现前，不存轨则，岂名言所能域？将何名为义，何名为禅？世之纷然持异同者，不解古人机用之妙耳。

象山后有阳明，阳明后有近溪，而直指之道益显，实源于明道识仁之说。《大学》之明明德于天下，《中庸》之率性谓道，至是阐发无遗蕴矣。然自象山、阳明，其于义学，时或稍疏，不及朱子之密，此不足为象山、阳明病。末流承虚接响，或至捐书废学，骛口说者有之。

夫一理浑然，泛应曲当，不思而得，不勉而中，是圣人境界。凡民私意未起，计较未生，固与圣人同此心体，然一翳在目，天地易位，其日用之差忒者，气昏而习蔽之也。若谓不假工夫，本无欠少，则有执性废修之失。一往而谈，见处未的，依旧业识茫茫，无本可据，此又学者所不可不审也。

近溪此书传本不易觏，其中出门人记录，亦有稍疏于义者。然大体善启发人，使闻者直下认取自心，豁然无滞，实具活人手段。而于天地万物一体之理，昭昭然揭日月而行，可以祛沉霾阴翳之习，尤今日所亟宜提持者也。吾友兰溪叶君左文，得程开祜刊本，手写以见贻，藏之累年，幸未散失。今因书院续刻《儒林典要》，遂付之梓，以饷学者。

嗟乎！世变如此其亟，求书如此其难，今后亦未知能刻几何，故不复预定其目，姑出此书，聊以自塞，兼谢故人。辄赘数语于简端，知我罪我，一任后人论量。

中华民国三十一年八月　　马浮识

附　示复性书院刻书处同仁

序是有关系文字，优钵昙华，后此亦将难值，愿勿等闲看过也。

重印宋本《春秋胡氏传》序

1943 年 4 月

孟子说《春秋》原于《诗》，董生说《春秋》原于《易》。《诗》好仁恶不仁，陈古刺今。《春秋》贤贤贱不肖，借事明义。故《诗》之志，《春秋》之志，一也。《易》以忧患而作，设卦观象，系辞焉而明吉凶。《春秋》明伦等物，辨始察微，拨乱世，反之正。故《易》之所由作，《春秋》之所由作，一也。《诗》之用在乐，《春秋》之用在礼，征伐亦礼乐也。上无天子，下无方伯，诸侯失礼，专征伐，为无道，四夷交侵，灾害并至，然后《春秋》作焉。故《春秋》，礼义之大宗。或曰，左史记言，右史记事，言为《尚书》，事为《春秋》。若是，《春秋》特史官所掌，何谓《春秋》天子之事耶？删《书》断自唐虞，而录《秦誓》，为其近于王；《春秋》起隐、桓，讫定、哀，为其降于伯。故《尚书》极其治，而《春秋》极其乱。王伯治乱，皆由人兴；中国、夷狄，别之以礼义：安在其为记事之书耶？故曰"志在《春秋》"，"《诗》亡然后《春秋》作"，"《春秋》经世，先王之志"。圣人之志，先王之志，诗人之志，皆存乎《春秋》。《春秋》统《诗》，《诗》亦统《春秋》也。"祖述尧舜，宪章文武"，谓《书》也。"上律天时，下袭水土"，谓《春秋》也。"文武之道，布在方策"，"文王既没，文不在兹"，谓《礼》《乐》也。"盛德大业"，"极深研几"，《易》之指也。"惟深也，故能通天下之志"，达于政事，而后可以言《诗》义也。"惟几也，故能成天下之务"，明于礼乐，而后可以言《春秋》义也。故六艺之教，始于《诗》，终于《春秋》。礼乐之用神而乾坤之理得。圣人之能事毕矣。

董生曰："不明乎《易》，不能明《春秋》。"推是言之，不明乎《易》，亦不能明《诗》《书》《礼》《乐》。不明《诗》《书》《礼》《乐》，亦岂能明《春秋》哉。善说《春秋》者，宜莫若孟子。以孔子作《春

243

秋》，继六圣，比之禹抑洪水、周公兼夷狄。三传之说，能如是乎？董生言《春秋》无达例，明其以义为本也。所谓窃取其义者，圣人进退予夺之大权，而可以例求之乎？世之治《春秋》者，自何休以来，皆言例。例者，史之事耳。明《春秋》之不为史，则知求例之小矣。"文成数万，其指数千"，又岂例之所可尽乎？然自游、夏不能赞，非精于义，亦何由以知圣人之志哉？

《汉志》：传《春秋》者五家，唯《公羊》《谷梁》立于学官。邹氏无师，言未有传其学者。夹氏未有书，然又有左氏、铎氏、楚太傅铎椒。张氏、虞氏、赵相虞卿。四微，其书皆佚。《左传》后出，特详于事，考迹者亦不废。自唐时《左传杜预注》特行，《公》《谷》浸微。及唐末宋初，赵匡、孙复之伦始自出新意，不尽依三传。而王安石造《新说》，附会《周礼》，特奋然黜《春秋》为断烂朝报，专辄已甚。此胡传之所为作也。

且夫礼有损益而义无今古，故百世可知。秦汉以来无圣人之德，苟乘一时之势，据非其所据者，众矣。以《春秋》之义绳之，未知当居何等。微善必录，纤恶必绝，后之为史者，恶足以语于此。故以《春秋》为史迹，则何必待圣人而后作。鲁史、晋《乘》、楚之《梼杌（táo wù）》，皆春秋矣。后世亦岂乏良史，曷不为《春秋》邪？盖治乱，迹也；其治乱所由致，本也。故庄生曰："迹者履也，而迹非履"，精于义者，乃能睹迹而知其本，见始而知其终。《易》曰："履霜坚冰至"，"其所由来者渐也"，"君子知微知彰，知柔知刚，万夫之望"。故事不必齐桓、晋文，汉武、唐太亦可也；文不必鲁史，马、班、陈、范亦可也。然无圣人之义以裁之，则不得为《春秋》，此经、史之别也。若夫说经者，因后世之事，以《春秋》之义推之，明其失政之所由，乱亡之萌渐，使闻之者足以惧，虽未必尽得圣人之用心，要其能睹迹以知本，见始以知终，而谨于礼失之渐，抉其微隐，使昭襮于言外，其亦可以拨乱世反之正。若是者，《胡传》有焉。

当宋之南迁，夷狄之祸亟矣。其君臣溺于宴安而不知奋，忘君父之仇，北面而事之，其何能国？文定受高宗诏，撰进是书，冀以经术渐渍于朝野之人心，庶几免于夷狄。正王安石黜《春秋》、不立学官之非，而告高宗以专读《左传》之无益。观其绍兴六年撰进书表，其所为发愤可知也。其说虽不显于当世，及宋之亡，仗节死义者踵相接。元祚既仆，明兴，乃益重此书，科举试《春秋》义专用胡氏，著为令。明亡而死义之士相随属。中国之终不沦于夷狄，赖有《春秋》，《春秋》之不至夷为史书，赖有《胡传》，其效亦可睹矣。清儒特好《公羊》，以附会改制之说；治《左氏》者，益不知经史之辨；故令《春秋》之义不明于天下，夷狄之祸复炽于今日。然则《胡传》之晦而复明，诚今日治经者所不可一日缓也。

书院欲辑《群经统类》，苦其事难集，姑先取常熟瞿氏藏宋刊《胡传》影本付活字版，而以明吉氏澄、闵氏齐伋二本校之，益以《宋史·胡安国传》附录于卷末。逾年印始成，辄举其大义以告承学之士。欲明《春秋》者，使知要焉。

中华民国三十二年四月　马浮识

附　致复性书院刻书处同仁

《胡传序》今日脱稿，说大义颇昭晰，此亦有关系文字。

《慈湖家记》序

1944 年 4 月

　　《慈湖家记》十卷，从明嘉靖初秦钺编刻《慈湖遗书》中录出。据钺于目下注云："右《家记》三卷，分为十卷。其曾汲古所编《诲语》、傅正夫所编《训语》，皆与《家记》大略相同。今去其重出者，止于各条下注互见某书。若二书所载《家记》原无者，附于各条之后，注出某书。"是旧本止三卷，经钺省并复重，并有据曾、傅二录增入者，因厘为十卷。故今径题秦钺编，以著其实。秦编以前旧本不可复见，清光绪间冯可镛重刊秦本，续辑《佚文》一卷，附《年谱》二卷，其余目次一仍其旧。《四库》所录者，亦即秦本也。按钱融堂撰《慈湖行状》载著述诸目，《家记》亦在其中，是曾经慈湖自定。如《己易》本成于宰乐平时，在绍熙初年，时先生年五十余，曾熠始传刻其删定本。至嘉定七年，以直宝谟阁主管玉局观罢归，则年已七十四。自是居慈湖十四年，始成《易传》《诗传》等书，八十六而卒。《家记》中遍论群经，盖多晚年之说，故学者欲知慈湖所以自得之深者，必求之此书，明矣。

　　慈湖少象山二岁，年三十二时，象山过富阳，为留半月，因决扇讼发明本心。自是豁然不疑于此心清明广大之体，凡日用酬酢变化云为，皆此心之妙用，未始有间。其后每举《孔丛子》"心之精神是谓圣"一语示学者，久而益精益纯。施于有政，形于讲说，若揭日月，若决江河。其光明俊伟之概，虽象山无以过。至其言微切，尤足以发聋振聩。象山所谓"沉阴锢蔽，非霹雳不开"者，慈湖之言实有之。

　　或疑慈湖勇于疑古，果于自肯，疑若有过然。告之曰：汝若自肯如慈湖，许汝疑古。汝若未能自肯，虽曰不疑古，未许汝能信古也。汝以心为古今有异，故以六经为心外之法，舍汝自心本具之理而索之于外，虽六经岂能益汝哉！以是读慈湖书了无所兴起，虽尽读先儒书，亦何能有所兴起？慈湖谓："人皆以《易》为书，不以《易》为己；以《易》为天地变化，不以《易》为己之变化；故面墙者比比。不知天地者我之天地，变化者我之变化，非他物也。私者裂之，私者自小也。"闻此言而不兴起者，非徇物丧己，必遗物而自弃者也。然汝学慈湖，且无学其言语，须直明自己本心，能不疑其所行，斯能不疑于慈湖之言矣。即以是非之心明之，人之气质苟非昏蔽之甚者，其本心之明，必有时而不昧。然知其非而不能去，知其是而不能从，此何也？牵于私欲而未复其清明广大之心体，故无以发其用也。又或疑此为禅学，试观慈湖之说经，于一名一物何尝不致其谨，其当官莅事，告君治民，行己接物，有一事之可议乎？谓禅学而如是，禅学亦何恶于人耶？朱子虽于慈湖之书有不满处，然却谓"杨敬仲有为己功夫"，又称其"躬行卓然，有以自立"。当慈湖为绍兴司理，朱子提举浙东常平仓，尝特荐之。又尝谓"象山门下类能先立乎其大者，此间朋友末梢却不免执言语、泥文字"。按朱子所以不满于陆氏之学者，止谓其不肯读书穷理。今取象山、慈湖书绎之，其理会文义或失之疏则有之，然其直下承当，决非鲁莽。谓之不读书、不穷理，其可耶？学者慎无因耳而废目，乃正为朱子所诃也。袁蒙斋《乐平慈湖遗书阁记》曰："先生自幼志圣人之学，久而融贯，益久而纯。生平践履，无一瑕玷，处闺门如对大宾，在暗室如临上帝。年登耄耋，兢兢敬慎，未尝须臾放佚。此先生之实学也。凡先生之所言者，言此而已。学者之所以学先生，学此而已。"知此者可与读慈湖之书。

余恒病今之学者不能自振拔，故欲尽刻慈湖书。先出此编，而学者已致疑，因为释之如此，遂书于简端。知我罪我，听之后人。如有善学，必不以斯言为径庭也。

中华民国三十三年四月　马　浮

247

《泰和宜山会语》卷端题识①

昔伊川先生每告学者："汝信取理，莫取我语。"见人记其言语，则曰："某在，焉用此？"盖理是人人所同具，信理则无待于言，凡言皆剩也。言为未信者说，徒取言而不会理，是执指为月，不唯失月，抑且失指。先儒随机施设，不得已而有言，但欲人因言见理而已。岂欲其言之流布哉！若记录之言，失其语脉者，往往有之。自非默识心融，亦鲜能如其分齐。然自孔门以来，答问讲说之辞并有流传，未之或废。虽曰"讽味遗言，不如亲承音旨"，然古人往矣，千载之下犹得因言以窥其志，如见其人，则记录亦何可绝也？人在斯道在，固无事于记言；人不可遇，则遇之在言矣。

讲说与著述事异。著述文辞须有体制；讲说则称意而谈，随顺时俗，语言欲人易喻，虽入方言俚语不为过。释氏诸古德上堂垂语实近之。其不由记录，出于自撰，古之人有行之者，如象山《白鹿书院论语讲义》《荆门军皇极讲义》、朱子《玉山讲义》是也。明儒自阳明后，讲会益盛，每有集听，目为会语，其末流浸滥。

浮平生杜门，虽亦偶应来机，未尝聚讲。及避寇江西之泰和，始出一时酬问之语。其后逾岭入桂，复留滞宜山，续有称说。皆仓卒为之，触缘而兴，了无次第。始，吾乡王子余见《泰和会语》，曾以活字本一印于绍兴。吴敬生、曹叔谋、陶赐芝、詹允明，为再印于桂林，旋已散尽。今羁旅嘉州，同处者多故旧。沈无倦、詹允明、何懋桢诸君，及从游之士乌以风、张立民、赖振声、刘公纯诸子，复谋醵资，取泰和、宜山会语，合两本而锓诸木，且为校字，欲以贻之好问者。刻成而始见告。诸君子之意则

---

① 《泰和宜山会语》由马一浮两次国学讲稿《泰和会语》《宜山会语》合并而成。

善矣，吾之言实不堪流布也。

夫天下之言学者，亦多端矣。此庄生所谓"一虻之劳者也，其于物也何庸？"世之览者，或诮其空疏，或斥以诞妄，吾皆不辞，不欲自掩其陋。虽然，使其言而或有一当，则千里之外应之，言虽陋，容亦有可择者存乎其间。苟其不善，则千里之外违之，是亦使吾得闻其过也。故引伊川之言，为题其卷端，以志诸子勤勤之意，且以明吾之措心，故无分于语默也。

中华民国二十九年一月　马浮识

先考马公行状

1901 年 5 月

府君马氏，讳廷培，字冠臣，浙江绍兴府会稽县东墅里人。其先盖出于汉会稽太守马棱，明初始由嵊迁会稽之吴融，继迁东墅。明以上世系不可考，自府君溯始迁东墅，凡十六世，代有清德。我高祖俊生公，累赠通奉大夫、江南徽州府知府。我曾祖人骥公，以府君贵，貤（yí）封朝议大夫。我大父楚材公，追赠盐运使知事，与我本生大父丙鑫公，均诰封朝议大夫。

府君幼敦敏，有异禀，强识过人。八岁即丁本生考朝议公忧。朝议公奇贫绩学，隐居而终。府君孤露发愤，得续厥家。

会咸丰十一年，知事公尉仁寿，战滇贼蓝大顺，亡于陈。四川总督骆文忠公以闻，得旨优恤，驰书求嗣者。府君以序宜为后，弱冠遂入四川。得保举，以从九品留省尽先补用。不就，游重庆。究心经济学，凡法制条例、刑名、钱谷、掌故、民物、吏事之要，罔不掸索，洞见宛奥。当是时，同县朱公潮，以御史出守叙州，风声甚峻。调成都，幕僚数更，悉不当，乃礼致府君。终其任，案无留牍。由是府君名籍甚，先后佐顺庆府、绵州、直隶州、灌、遂宁县治。详慎庶狱，于水利、农田、赋税、盐政、驿务诸端，剔窳（yǔ）改良，多所劻益，民以隐赖。幕游十载，府君以本生妣倪太恭人年七十矣，道远未能就养。念古人有禄养而仕者，于光绪七年，援例引见，以通判发四川。试用期满甄别，留省补用。

时今尚书定兴鹿公传霖方任布政使，为治尚综核名实，委府君解藏饷三万，驰诣打箭炉。札查其台库款目之舛者。初，打箭炉例供台费岁八万两；兵兴，库款绌，解不能时，则令抽收邛、天、雅、荣、名五州县茶引税羡以为供，而以台费常项互抵，岁报之司，由五州县呈其税羡数目于盐茶道，移司请拨。既久，任其事者或渗差而出入之。同治元年讫光绪六年，盐茶道请拨已百四十余万，而建昌道台费奏销案止百三十万有奇。其炉台各库之支拨腾挪者，官更十五任，年阅二十，镠镉（jiāo gé）不可爬梳。檄干员理董之，五委无以应。及府君至，会打箭炉同知周侪亮，悉出档册簿录，竟昼夜伏案检校，三月尽之。得其情，缕剖秒分，条纂派别，册记以报。定兴叹其神速。已复檄办通省捐输文案。四川按粮捐输，创自同治初，岁入近百万。旧别设局，以两道、两府同知、通判四举其事。定兴以为糜，详总督裁之，并归司署，以八人者责成府君一人。府君手定章程，斠（jiào）其咨报奖叙之宜，务惬于民，不少格遏。察其地之肥瘠灾害，以时请于上官而减免之。历五年而官与民无不便之者。

方是时，军兴久，各省库款借垫拨抵，错迕歧出。或因缘为奸，滥支朦扣，弊混不可诘。大吏多逡巡苟安，置不理。独今湖广总督南皮张公之洞，方抚山西，因葆亨案，首请清查山西库款。御史梁俊以为言，八年九月，奉上谕，饬各直省一律仿照山西章程，勒限清厘藩库。定兴奉咨，不俟设局，以府君办事认真，熟谙句稽，首檄为总办。未几，倪太恭人赴至，府君哀痛几不欲生，坚请回籍治丧。定兴方倚重府君，查库事甫草创，遽易人不可，慰喻甚力，详请改幕僚。固却不获，不得已墨衰从事。不接见僚友，以星出，以星入。四川库储，自道光末清查后，几四十年，款逾数千百万，文牍累丘山。比胙节理，颣（jiǎng）若画一，其劳复倍于查炉库。时府君以母丧未奔，悲念湮郁，两鬓渐有白者，由是遂无久宦意。查库之役，府君实总其成。及告竣，共事者皆登荐牍，得优调，府君以忧谢，不与。服阕，仍办捐输，更委算打箭炉交代，而布政使至是已四易人。定兴始升去，代之者为江夏张公凯嵩，其后满洲如山公龙阳、易公佩绅，皆雅重府君。资劳列上上，然讫不得调。

最后易公迁去，以属后任新化游公智开。视事三日，令府君署潼川府通判，驻太和镇。缺苦瘠甲通省，同寅以位不副劳，咸为不平，劝勿往。府君受命夷然，单骑之官。镇故川属孔道，商贾辐辏。判掌督捕，例不理词讼。府君白大府，有民事稍稍为理，不得以侵越论。既至，整市法，严烟禁，考其吏士以地方之利害。终日坐听事，召父老商民与语。有争者来告，片言遣散，不呈辞，不费一钱。或布衣徒行，视城市列肆鳞萃，无隙地，多火患，为备置救火具，掘地聚水，置石其上，不害为市，有事则起石而水在焉，自是镇地不患火。城外有大榆渡，山水骤至，则溢为患。居民渡河避，操舟者每据渡婪索。府君定水则，县厉禁，勒之石。偶暴溢，府君立渡口督渡，痛杖要索者。令曰："敢例外索勿肯渡者杀，渡多者赏。"于是顷刻而渡数百人。水淹城且及雉，府君夜半为文告河神，徒步行大雨中，跪城头曰："水至死此！"读文讫，雨止。少间，水退一尺；少间，又退一尺；天明而尽。民神其事，歌思之。居三月，偶疾。民日以果蓏（luǒ）来问安否，踵于门，薄赏之。继而民恐其赏也，率置果蓏逃去。调署仁寿县，去官之日，留诗为别。万家蒟（ruò）香拜送，拥舆加赤帛数匹，有感泣者。及其去仁寿，仁寿之民刻石颂其德，送之一如太和时。

然仁寿之勤悴，视太和有加焉。仁寿幅员八百，里户二十五万，治称繁剧。府君谂知豪猾为地方害，不痛薙无以安善良，阴咨访其姓名而籍记之。下车礼其乡士大夫之贤者，谀问以利弊。榜其豪猾数十人，戒能改革者，贷其罪；有敢犯，必尽法无赦。群猾大惊，相率耆伏引去，或更为良民。戒门者毋得闻公事；任吏考以律，使不得为奸。尤以保甲团练，本《周礼》"比闾族党"、《孟子》"守望相助"之遗意，自奉行不力，遂湮其实。更定条规，切实行之，以时校之，令棚于隘，更替为巡守，左右会而递休焉。或夜分躬至棚，劳以酒食。未数月，里无藏奸，境内肃然。尝获盗，已论死，盗有老母，日来哭监门。公悯之，为减等。已而又获盗，复有妪来哭，公曰："是伪也。"卒致之法。有聚博者，诱良家子及过客博。魑魅狐蜮，靡毒不至。其头目多帽顶，勾结匪盗，为虎伥。爪牙概密，积久不可捕。府君诇知之，饰仆为商也者，使从之博，尽得其奸。他日出，戒从者诡言查保甲，迂道抵其巢。群帽顶方据高座握算，意豪甚，遽械以归，穷治之，划（chǎn）洗一净，居者，行者争快，若割巨痏（wěi），由是无患博者。

然府君皆以为末，其为治，尤厚致意于本原之地。见其民，无贵贱、老幼、贤否，恳恳作家人语。以暇至其乡，问民疾苦，考其田事，视童子塾，察其教育之法，多所奖诱。宾接庶士，饷以张南皮《輶轩语》及他有用书，士多厉于古学。与民讲圣谕，劝毋讼，演说岂弟慈祥、惩忿息争之道。意气殷勤，民或忘其为官。及其行法，莫敢不畏服。仁寿故知事公殉难地，恩旨建专祠，久未立。及是，府君禀上官，捐廉构祠，游公为之记。落成，来拜奠者数百余人，高年及见知事公死烈者，犹涕于列，当世美之。

府君惧霣（yǔn）先德，刻意励精，事无巨纤，必亲裁判牍，不假手幕友，无论吏胥。府君之劳可知也。尝以大局之坏，由居官者无学无耻，

252

故无上下内外，无一以实心行实政者，砥族薄俗，为政益务平实。十三年，既受代，将乞假归葬。大吏复以历年台费奏销之不符者属之，力辞不可，勉入局。念倪太恭人宼务（zhūn xī）未安，居恒瘝悒（yì）不自得。十四年，遭庶妣饶宜人丧，肝疾大作，昏于视沥。以病状乞归，大吏必欲竟其事，禀三入不报。府君不待咨遂行，是时府君年四十四。时流方猱升鱼贯以进，而府君则以痛不得事倪太恭人，且丧葬后时，茹恨终其身，故投绂（fú）若浼（měi），可谓万物皆流，金石独止已。

府君天性纯厚，孝友光备。既归，与季父从事君相爱甚，推甘让善，老而弥笃。服御有或过，蹴然必令齐一。在四川时，事继妣孙太恭人如事倪太恭人者，未几奉讳。其事庶妣饶二十年，亦如事倪太恭人者。推其爱亲之心，以爱其诸姊妹及其群从昆弟，又推以爱其族姻、故旧，下至仆御、佣保，皆遇之有恩。

早更多难，年十七，尝陷贼中，将加害，不屈。舍之走山谷中，三日不食，目漆黑。有老媪馈焦饭如掌大，食之竟乃能视。岁饥，与倪太恭人煮糜不足，至抟糠以餐。方去之四川时，仅得从所戚借五百钱留家。虽贵，与人言贫贱时事，弗忘，亦无弗报也。

平生笃于风义，贷于人，约信必归。及人之用其财，虽多未尝责偿。故人死逆旅，为摒挡归其丧万里，厚赒其家。有所戚客四川，贫不能归，为偿其逋（bū）负，资送之。葬其族姻之不能葬者九榇（chèn）。苦乏者，月致金焉。岁旱，出粟与邻，为平粜，手自操量。

归里后不善治生，又苦疾疢，盖终其身无一日安。然秉性淡泊，初未以否钝撄其虑。晚取宋李绎五知先生之义，自称五知老人。尝曰："吾不能为巧宦，事上官争觇（sì）候意旨。吾为吏，奉上以礼，办事以诚，交僚友以忠，自持以严，无一言一事计其私，而亦未尝穷焉。"又曰："吾平生苦忧患独，在太和，虽至无以具馔，以为乐也。"又曰："人须肯吃亏，方有学问。"又与人书曰："某比惟自信无愧，觉此心坦白无蒂芥。虽处困，颇有佳境。"府君之在灌也，有提督李某，负战功，多结交贤士大夫，以自引重。数礼敬府君，谋为举于上游，府君峻却之。亡何，东乡民乱狱起，李竟坐罪，人以府君为知几。

府君自言，平生之学实师法明吕坤《呻吟语》。四川老儒戴次高为宋五子学，府君与言，往往穷日夜。府君以风俗由荐绅出，居乡尤敦崇礼法。乡后辈为不善，见之未有不愧缩者。教弟子修饬行谊，一本孝弟。戒福田勿为章句学，使读史。曰："不读史无以见事变之几、立身之鹄也。"当鹿定兴帅蜀，人谓公盍出。谢曰："吾自计衰苶（nié），弗能事矣。"及巡抚江苏，相距带水，亦未尝有一纸之候。杜门绝酬应，不以事面其乡之官吏。曰："与为阳鲜，宁为寒蝉。"识者于此，可以见府君之操也。

府君机识镜亮，判削公牍捷如流。老于其学者，或反复不能易一字。存公私笺札尚四箧，其论多深切著明，然里居未尝一道其吏时事。其佐顺庆邻水，有民教相构，府君为谕。文曰："守令子民，民亦父母守令。教士传教有约，民或师事，例许之。今子弟为非法，岂有匿之师而父母遂弗能束者？民讼，官问法曲直，不问教不教。"右其守善驭教士，开诚布公，教驯而民服，卒以辑和。遂宁有逋赋户甚众，令将役催。府君力争以为不可，追还成命，更为文谕之。未几，输者溢于额，免累数千家，人尤多焉。既卧疴，伤时多艰，或至扼腕辍食。庚子北乱亟，病中闻变，太息曰："吾生遭乱离，今饰巾待期，当不复见戍烟，汝曹勉之矣。"

府君归十三年，以光绪二十七年辛丑三月庚辰卒，年五十七。病不能言者凡一载。配吾母何恭人，令德庄俭，治家曲有仪则，另详事述。前府君八年卒，葬县东湖村先茔。子男一福田，县附学生。女子三，长嫁同县丁崇华；次前卒；次上殇。

府君制行不苟，本身诚（xián）民，不愧循吏。独以例格，未得上其事史馆，邀编录。其孤子福田痛其父之不可见重，惧清风纯德将随泯没。辄就扶床所辟咡（èr）者，哀述一二，不敢有一字增饰以厚诬其亲。

福田既不幸早失吾母，今吾父又即世矣。年岁至浅，于其先人懿行，不获备悉。其能述者，廑廑止于此。横睨青天，平视白日，光晶如故。独吾父母，不知竟归何所！茕茕鲜民，世方阽危，讵易言尽大事邪？呜呼，其可哀也已。日月有时，将葬，不敢以其言之无次第为病，谨状如右，以质之知公之平生者。或哀而赐之铭志碑诔，使其孤子得碣之墓、勒之庙，冀万一不朽，则其为惠，岂唯藐孤之幸，于世教不无埤焉。

不肖男福田泣血稽颡，谨状

《蠲戏斋诗》自序

1943 年

诗以道志，志之所至者，感也。自感为体，感人为用。故曰：正得失，动天地，感鬼神，莫近于诗。言乎其感，有史有玄。得失之迹为史，感之所由兴也。情性之本为玄，感之所由正也。史者，事之著。玄者，理之微。善于史者，未必穷于玄。游于玄者，未必博于史。兼之者，其圣乎。史以通讽喻，玄以极幽深。凡涉乎境者，皆谓之史。山川、草木、风土、气候之应，皆达于政事而不滞于迹，斯谓能史矣。造乎智者，皆谓之玄。死生、变化、惨舒、哀乐之形，皆融乎空有而不流于诞，斯谓能玄矣。事有远近，言有粗妙。是故雅郑别，正变异，可以兴、观、群、怨，必止于无邪。其称名也小，其取类也大。其旨远，其辞文。故通乎《易》而后可与言博喻，为能极其深也。通乎《春秋》而后可与言美刺，为能洞其几也。通乎《诗》而后可与行礼乐，为能尽其神也。有物我之见存，则睽矣。心与理一而后大，境与智冥而后妙。故曰：圣人感人心而天下和平，诗之效也。

春秋之世，朝聘燕飨，皆用歌诗，以微言相感。天竺浮屠之俗，宾主相见，说偈赞颂，犹有诗教之遗。中土自汉、魏以来，德衰政失，郊庙乐章不复可观。于是诗人多穷而在下，往往羁旅忧伤，行吟山泽，哀时念乱之音纷乎盈耳。或独谣孤叹，蝉蜕尘埃之外，自适其适。上不可说，下不可教，而诗之用微矣。体制声律，亦屡变而益繁，其味浸薄。然而一代之中，作者犹时时间出，虽辞不逮古，情志之发乎中者，不可绝也。

余弱岁治经，获少窥六艺之旨。壮更世变，频涉玄言，其于篇什，未数数然也。老而播越，亲见乱离，无遗身之智，有同民之患。于是触缘遇境，稍稍有作，哀民之困以写我忧，匪欲喻诸行路。感之在己者，犹虑其未至，焉能以感人哉。既伤友朋日寡，余年向尽，后生将不复知有此事。

聊因病废，削而存之，写定数卷，以俟重删。如使文字犹存，不随劫火俱尽，六合之内，千载之下，容有气类相感，遥契吾言而能通其志者，求之斯编而已足。庶无间于遐迩，可接于神明，虽复毁弃湮灭，靡有孑遗，夫何憾焉。

岁在癸未冬十二月　蠋戏老人书

二十五岁初度　二首

戊申二月二十五日，予二十五初度，吾姊怜其老，为市酒面以宠之。赋此志感。古者，五十乃称老，予年才及其半而须鬓苍然有颜回之叹，非敢辄居于老，亦漫以自嘲耳。

冉冉随时命，星星感岁华。
屈平犹有姊，宗国已无家。
且尽樽中酒，何劳海上槎（chá）。
阳春非久驻，痛饮是生涯。

扰扰绠（gēng）千载，艰危只一身。
繁忧看貌改，渐老觉情亲。
却喜归蓬荜，相期学隐沦。
敢云能避世，但分作遗民。

自题影像

题十八岁时照片　一九〇〇年摄　一九〇二年八月三十一日题

此马浮为已往之马浮，实死马浮矣。马浮之未来，其状貌又当变而为厉鬼。然则厉鬼者，将来之马浮也。故厉鬼者，谓之生马浮亦可。已往者死矣，未来者为生。故厉鬼之马浮，可谓之生马浮，而此纸之马浮，则已死矣。

　　　　马　浮　二十年七月廿八日黑风怪雨之夕马浮记

二十余岁时自题像

佛说灭，众生黑。哲学昌，平民王。我现身，罪恶场。人类惨毒天所亡。如此面目乃不祥，烧之为灰质帝傍。虚空无尽上帝死，诸天微尘犹此纸。浮哉浮哉已已已。

又

是我相，非我相。佛者心，狂者状。

又

自身生惑惑生业，当如是观泡影灭。

又

烦恼相，怨贼身。究竟灭，何尝生。此是浮，若分明。无机体，有形神。人生观，宗教心。骨肉为石魂为星，挂之宝镜光英英。

题五十岁时影　一九三二年摄　一九四六年一月题

日面月面，朝朝相见。莫与往来，虚空闪电。

又

忧乐是同，形貌何异。不落圣凡，塞乎天地。

题照片寄希之　一九四〇年摄　一九四三年七月题

吾犹昔人，非昔人矣。

希之先生索寄幻影，以庚辰岁所摄奉赠。

　　　　　　　　　　　　　　　　　癸未夏六月　蠋叟识

题六十岁时照片　一九四二年摄　一九四六年一月题

谁云日月面，一任马牛呼。因我得礼汝，何人识得渠？

题六十二岁时摄影　一九五四年摄

影现有千身，目前无一法。若问本来人，看取无缝塔。

又

其容寂然，其气熏然。而犹为人，知我其天。

又　为杜道生题

此亦非吾，吾亦非彼。太极之先，于穆而已。

又　为王羽翔题

山泽之癯（qú），尘劳之侣。孰与周旋，载罹寒暑。

又　为虞逸夫题

槁木当前，神巫却走。与子相见，不出户牖。

又　为屠公弼题

无名可名，无相而相。烂坏虚空，何处安放？

又　为詹允明题

雁过长空，影沉寒水。孰往孰来，何忧何喜？

又　为张立民题

无色无心，非生非灭。常寂光中，本无一物。

又　为杨士青题

无我无人，亦隐亦见。何以名之？星翳灯幻。

又　为王星贤题

无位真人，面门出入。离相离名，追之弗及。

又　为尹石公题　一九四六年二月八日题

四大五阴，毕竟空相。所谓伊人，白云青嶂。石公先生以予幻影属

259

题，即希慧印。

丙戌人日　蠲叟

一九五二年自题影

忧来无方，老至不知。空诸所有，乃见天机。

壬辰春自题影赠苏盦

一九五九年梦中题影

非相无相，示有人我。示此相者，如飞鸟影，如水中月。毕竟空寂，无有实义。

　　己亥大寒夕，梦自题影相如是，醒时不遗一字。平时梦中作文字，未有如此之晰者，未知是何祥也。

旦起映雪记之　蠲戏老人

题七十九岁时摄影　一九六一年二月二十一日摄

动亦定，静亦定。尔为谁，形问影。

辛丑人日摄，蠲叟自题，时年七十有九

又　赠广洽

非有非无，离名离相。此是何人？眉毛眼上。

又

似有形神，本无名相。遗我故人，见之纸上。

又

宧（yǎo）然者思，侗然者貌。借日无知，亦幸既耄。

又

般若无知，涅槃无名。实相无相，当生不生。

又

气聚则生，缘离则灭。形溃返原，如水中月。

又

形固可使如槁木，朝彻而后能见独。

又

常寂光中时一现，非同色身迭相见。

260

又

假借四大以为身，吾犹昔人非昔人。

又

行若遗，坐若忘，宇泰定，发天光。

又

黜聪明，绝言思，守寂默，顺希夷。

一九六一年自题影像

土木尔形骸，尚澡雪尔精神猗。形与神其俱敝，殆将返其真猗。

辛丑春二月　蠋戏老人自题

入于寥天一，见吾衡气几。因我始有尔，无相谁名予？渠今谓是我，我今乃非渠。或有忘形者，无劳睹影疑。

辛丑夏五月，蠋戏老人自题，时年七十有九

槁木今犹在，流波去弗还。百年容易过，万事莫如闲。宴坐唯观树，冥行不见山。金丹空有诀，无意驻衰颜。

辛丑夏五月　蠋戏老人自题

自题近影

其神凝，其容寂；尔为谁？吾不识。

261

自赠 三首

郁郁诗人志，悠悠道路心。
枯肠无好句，恶木少清阴。
旧梦江湖迥，群言武库森。
永辞三界缚，不畏八风侵。

遣病无真药，闻歌即道情。
狂心随水逝，春草与云平。
语堕余终默，书亡亦寡营。
妄缘非久住，何坏复何成？

尚有行吟癖，何忧世谛乖。
林居离惯恼，圣路绝梯阶。
此土唯堪忍，群生亦偶谐。
乐邦知不远，玄壤早归骸。

自题墓辞

1958 年

孰宴息此山陬兮？谓其人曰马浮。
老而安其茕独兮，将无欲以忘忧。
学未足以名家兮，或儒墨之同流。
道不可为苟悦兮，生不可以幸求。
从吾好而远俗兮，思穷玄以极幽。
虽笃志而寡闻兮，固没齿而无怨尤。
唯适性以尽命兮，如久客之归休。
委形而去兮，乘化而游。
蝉蜕于兹壤兮，依先人之故丘。
身与名其俱泯兮，又何有夫去留。

拟告别诸亲友①

乘化吾安适，虚空任所之。
形神随聚散，视听总希夷。
沤灭全归海，花开正满枝。
临崖挥手罢，落日下崦嵫。

第六辑

与熊、梁有关的文字

《新唯识论》序①

　　夫玄悟莫盛于知化，微言莫难于语变。穷变化之道者，其唯尽性之功乎。圣证所齐，极于一性。尽己则尽物，己外无物也。知性则知天，性外无天也。斯万物之本命，变化之大原，运乎无始，故不可息；周乎无方，故不可离。《易》曰："乾道变化，各正性命。"性与天道，岂有二哉? 若乃理得于象先，固迥绝而无待；言穷于真际，实希夷而难名。然反身而诚，其道至近，物与无妄，日用即真。睽而知其类，异而知其通，非天下之至精，其孰能与于此! 惑者缠彼妄习，昧其秉彝，迷悟既乖，圣狂乃隔，是以诚伪殊感，而真俗异致。见天下之赜而不知其不可恶也，见天下之动而不知其不可乱也，遂使趣真者颠沛于观空，徇物者沦胥于有取。情计之蔀不祛，智照之明不作，哲人之忧也。唯有以见夫至赜而皆如□，至动而贞夫一，故能资万物之始而不遗，冒天下之道而不过。浩浩焉与大化同流，而泊然为万象之主，斯谓尽物知天，如示诸掌矣。此吾友熊子十力之书所为作也。

　　十力精察识，善名理，澄鉴冥会，语皆造微。早宗护法，搜玄唯识。已而悟其乖真，精思十年，始出境论。将以昭宣本迹，统贯天人，囊括古今，平章华梵。其为书也，证智体之非外，故示之以明宗；辨识幻之从缘，故析之以唯识；抉大法之本始，故摄之以转变；显神用之不测，故寄之以功能；征器界之无实，故彰之以成色；审有情之能反，故约之以明心。其称名则杂而不越，其属词则曲而能达。盖确然有见于本体之流行，

　　① 此文写于 1931 年 10 月。熊十力来信，称："序文妙在写得不诬，能实指我现在的行位，我还是察识胜也。所以于流行处见得恰好，而流即凝，行即止，尚未实到此阶位也。'乾道变化，各正性命'，吾全部只是发明此旨。兄拈此作骨子以序此书，再无第二人能序得。漱溟真能契否，尚是问题也。"

故一皆出自胸襟，沛然莫之能御。尔乃尽廓枝辞，独标悬解，破集聚名心之说，立翕辟成变之义。足使生、肇敛手而咨嗟，奘、基挢舌而不下。拟诸往哲，其犹辅嗣之幽赞易道，龙树之弘阐中观。自吾所遇，世之谈者，未能或之先也。可谓深于知化，长于语变者矣。

　　且见晛则雨雪自消，朝彻则生死可外，诚谛之言既敷，则依似之解旋折。其有志涉玄津，犹萦疑网，自名哲学，而未了诸法实相者，睹斯文之昭旷，亦可以悟索隐之徒勤，亟回机以就己，庶几戏论可释，自性可明矣。彼其充实不可以已，岂曰以善辩为名者哉？即谬许予为知言，因略发其义趣如此，以俟玄览之君子择焉。

马　浮

《熊氏丛书》弁言[①]代

　　余既出《新唯识论》，因答难申义，笔札遂多。复出《破破论》《语要》，书皆别行。友人贵溪彭君凌霄夙以弘道为怀，尤于吾书笃嗜，谋为汇印，题曰《熊氏丛书》。将使览者参互寻绎，得其旨要。刘、周、张、胡四君并相赞许，遂印之南昌。兼欲甄采旧著，俟有新造，续为增入。余唯理极忘言而教从缘起。故称性而谈，元无增损。临机施设，遂有抑扬。其或未舍筌蹄，犹资熏习。则此数卷之书，言虽不备，不为苟作。会万法而显真源，乃吾本原；当一滴而知海味，是在当人。实赖善友护持，庶令正见不断，夫岂以世谛流布为重哉！

　　　　　　　　　　　　　　　　　某年月日，黄冈熊十力记

---

① 此文是马一浮代熊十力而作，写于 1948 年。

送熊十力之璧山^①

忘言久已泯疏亲，
别后依然未隔尘。
行是婴儿安有悔，<small>佛五行有婴儿行。</small>
心如墙壁岂能嗔。

去来任运元无相，
语默同时即转身，<small>来教有不得转身语。</small>
祝子还家成稳坐，
可知天下尽劳人。

---

① 写于 1939 年。

寄怀熊十力广州①

自废玄言久不庭，
每因多难惜人灵。
西湖别后花光减，
南国春来海气腥。

半夜雷惊三日雨，
微波风漾一池萍。
眼前云物须臾变，
唯有孤山晚更青。

---

① 写于 1949 年。

红梅馆为熊十力题[①]

硕果从缘有，
因华绕坐生。
芙蓉初日丽，
松柏四时贞。

绰约颜如醉，
芳菲袖已盈。
不忧霜雪盛，
长得意分明。

---

① 写于 1951 年。

寄怀熊十力①

眚眼观空息众缘，
悲心涉境定无偏。
离怀可忆西湖水？
时论犹窥一线天。

入俗知君能利物，
捐书似我欲忘年。
别峰他日如相见，
头白归来守太玄。

———————————

① 写于 1951 年。

寄怀熊逸翁即以寿其七十①

孤山萧寺忆谈玄，云卧林栖各暮年。
悬解终期千岁古，生朝长占一春先。
天机自发高文在，权教还依世谛传。
刹海风光应似旧，可能重泛圣湖船！

---

① 写于1954年。"生朝长占一春先"后写一行小字"君以正月五日生"，说明马一浮对熊十力的生日记得很清楚。熊十力非常重视此诗，还对友人解释：马先生诗中所说的"悬解"，"悬"者，玄也，此谓《新论》；"世谛"，亦名为俗谛，亦佛学名词，凡世间所认为实现者，曰世谛；"权教"，佛家名词，权者，权宜应机。

代简寄熊逸翁[①]

欲访幽栖岁已阑，
迟迟三月尚春寒。
驱车幸喜过从近，
卧病偏憎动步难。

海畔儿童犹辩日，
袖中书札且加餐。
《原儒》定有膏粱药，
争奈时人未肯看。

来书见告方草《原儒》一书未成。

---

① 写于 1955 年。

写给熊十力的三十三封信

1. 一九三〇年一月十五日

得书，知所患渐差，甚慰。今晤立民云，昨日移寓西泠时，精神尚佳，益可喜。因恐酬对劳神，故未及趋视。致越园一笺，已由立民送去。闻渠新居在菩提寺路萱寿里一号，弟亦尚未去过也。来书云"前日觉有头眩"，因念葱白恐未宜过服，以其太辛散也。水肿既消，诸药似可酌量暂停，一意静养为上。

弟浮顿首十力尊兄足下　一月十五日

2. 一九三〇年九月一日

前日复书去后，又托高野侯作一书致丁辅之，适立民来，遂交其转奉，想已收到。

尊稿如决计用仿宋印，自以在沪就中华付印为便。有高野侯为介，_{高在中华颇有资格。}或能出版较快也。昨夜又得来电，询杭地普通印刷能否一气印成云云，似又尚未决定。弟意劝兄，既决定，则勿再更变。如此辗转，益费时日。印局自不能专印此一书。但与彼约，能排日出若干板，勿搁置，勿中辍，便已足矣。杭地印刷业自不如上海，非特仿宋无有，如用普通字，只能用四号字作本文，如《尊闻录》款式，则杭地诸印局皆办不到。以普通印刷用二号字者少，故诸印局多不备二号字模。即有之，亦仅供排作题目大字之用，若全书用二号字，则缺乏矣。去年沈君作《周易易解》，亦本拟用二号字作本文，后卒改用四号字。印局不能为印一书添备二号字模也。故尊稿决以在沪用仿宋字付印为宜。若照《尊闻录》或用普通二号字，亦须在沪印。印局出版不能如我辈所预期，亦只好稍稍迁就，不能过责。数数更换，转益劳攘。

连日大雨骤凉，旅中诸宜珍护，不宣。

弟浮顿首　九月一日

3. 一九三〇年九月五日

前日来书，具详印书曲折。立民适至，遂嘱立民将此书送与越园阅看，并请越园作一书径致丁辅之，促其赶印。以高、丁二君俱是越园东皋画会中人，其言当有效也。

昨又连得二书，知中华已送书样来，价已让步。如此便可决定，勿再改计。印资一层，更不须疑。谚云"一客不烦二主"，此之谓矣。唯来教欲使再托高、丁诸人，嘱其制纸板，此意弟劝兄罢之。通常制纸板另须算费，制成后又须有安顿处，第二次铸板但省排工、校对，而铸费自比排版为贵。虽一劳永逸，在费用上并不能减省。今若嘱其制纸板，非特彼必另外加价，而每版排就后不能立即付印，则两月之限又须延长，此甚非计也。不如俟再版时更议。想兄必以弟言为然也。闻有从子之戚，良为黯然。归思自不容已，在印书期间且宽以居之耳。

渐凉，诸唯珍护，不宣。

弟浮顿首　九月五日晨
颂天均此

4. 一九三〇年九月八日

连得三书，言皆深切，微尊兄不闻此言。非不感动，所以未及答者，初以书辞往复不如面谈易尽曲折。适有方外友肇安，病目甚剧，须日往视之，恐旬日尚不能入山相晤。迟久不答，则近于怠缓，故先以简语奉报。语有未详，意有未达，他日更乞面教。

陈君已移居杨梅坞，借寮之议可罢。《乾凿度》已检出，俟张君随时来取。群经诸注，以弟所好者：《易》则《伊川易传》，《诗》则严氏粲《诗缉》，《书》则《东莱书说》，《春秋》则《胡氏传》，义理最精要。唯《礼》，则郑氏后似未有过之者。无已，则叶氏《礼经会元》、卫氏湜《礼记集说》、江氏《礼经纲目》，广雅书局重刊本。皆有可取。弟意，说经必以

277

义理为主，清代两经解，实可束之高阁。汉人以博士所说为俗学，清人乃以是自矜，思之直是可笑。此语尊兄或不以为然，然弟今日所见只如此也。学以讲而益明，诚然。

来书以弟颇持异同，似以议论不合为憾，而又病其问难之寡为不肯尽其诚，此或有所未察。弟于唯识实未用力，未敢率尔下语，此则有之，继此当更读《瑜伽》诸论，以为异日发问之资。今欲奉酬来教，直举弟所未安处，望兄勿遽目为攻难，且留待商量，可乎？然弟言语甚略，不欲多所征引，以省简札之烦。此意亦望兄谅之。

第一，来教谓："熊某马某都是天地间公共物事，不须掩讳。"弟谓直是掩讳不得，不容著"不须"字。"潜虽伏矣，亦孔之昭"，岂有掩讳乎？古德云："遍界不曾藏。"此语尤显。兄此语不如象山答学者云："公以为天地间有一陆子静、朱元晦，是否道理便增得些子不成？少得二人，天地间道理便减些？"大意如此，未暇检语录。

第二，来教云："吾侪今日须作一番牺牲自己功夫。"弟谓著"牺牲"字不得。以成己成物本是一事，成物即是成己，何云牺牲？若云牺牲，是损己以成物，物我间隔，成义亦不成矣。兄勿谓此乃用通行语。文字小疵，实害根本义，似不得放过。

又来教所举四问题：

一、论转变。弟意体上不能说变易，儒佛皆然。流行者方是其德，主宰正是以体言。于变易中见不易，是以德显体。如言"乾，元亨利贞"，乾是体，元亨利贞是德。象辞言"乾道变化"，"道"字须着眼。"至诚无息"，至诚是体，无息是德。欲翻尊语"此变动不居之体，有其不变不易之德"为"变动不居之德，有其不变不易之体"，二字互易，亦颇分晓。此说与兄恰恰相反，兄或目为故作矫辞，然弟所见实如此，不能仰同尊说。宁受诃斥，不能附和。

二、论轮回义。尊兄说："涅槃是非人生的，儒家终是人生的。"弟愚，亦所未喻。经明云"一切众生即涅槃相"，"诸法从本来，常自寂灭相"。所谓超人生的即在此人生之中。世出世间，等无差异。现前法法皆涅槃，不是别有一个境界来换却这一个。因亡果丧，更何有取证之者？真的生命却是公共的，无个别的。如来智相之身，岂同色身迭相见？故此犹是以报身言，况法身邪？此说若一一具答，颇觉词费。知兄今日决不以为然，然勿遽斥为优侗矫辞。留俟他日更商量，或有相契之时亦未可知。

278

三、论体用。今举马祖下禅德三平一颂为答。颂云："即此见闻非见闻，无余声色可呈君；个中若了全无事，体用何妨分不分。"

四、三善根论仁。弟极所赞叹。教人先识三毒行相，最切要，于学者有深益，夫何间然？

五、论染净。《易》系辞曰："继之者，善也；成之者，性也。"弟尝举《坛经》"修证即不无，污染即不得"二语，以为与《易》大传二语绝相似。来教二层生命之说，示学者亦极警切。然究极言之，生命只是一层，不得有二，所谓"污染即不得"也。此语与兄"法相宗要活看"之说，不知亦略有相似处否？

尊兄信《华严》，而不信华严宗诸师，此论亦稍过。若谓诸师优侗，尚待一一简出，甚愿尊兄节省精力，暂且置之。弟意终不欲轻诽古人，以为若论学地，自有深浅；若论性分，岂唯今日胜他不得，尽未来际，后后亦不能胜于前前。

与兄讲论之日虽尚浅，深服兄为学强毅缜密，与人言切挚猛利，但微似稍有急迫之意。固由悲心之厚，却非病体所宜。甚愿体"宽以居之，仁以行之"之旨，使从容涵泳，有怡然涣然之乐，似较有受用。吾人一心之礼乐，亦不可须臾离。工夫是礼，受用是乐。敬是工夫，和即是受用。先儒云："敬则自然和。"敬不是拘迫，只是勿忘勿助，无作亦无胶。此真体道有得之言，敢以此语奉献，未知当蒙首肯否？秋热，诸唯珍重。

弟浮顿首十力尊兄先生　九月八日夜

日中不免人事，竟未能作书，夜来下笔，不觉目眵，字迹潦草也。

5. 一九三〇年十月七日

两书均至。售书事，前闻朱惠清欲商中华一家代售，此实较好办法，后闻与总局接洽未妥。今为兄计，莫如与神州商之，由神州任总代售处。书印成后，除自己留存若干部外，悉数交与总代售处，由彼保存及分寄各埠分售处，各分售处售得之款，亦汇交总代售处，如此可以省却许多麻烦手续。

所以拟定神州者，以兄于彼局熟人较多，或易于浃洽也。广告必须登，即由总代售处出名，连登一星期，或隔日一登亦可。后此每星期登一日，以一二月为度。若神州肯代登固佳，否则由自己出资，由彼代交报馆，指定一二种报即可。彼等广告费照例有折扣也。既有一总代售处，则责任可专，不必自己零零碎碎与小书店交涉。但肯任总代售处者，第一，必须有交情面子；第二，亦须与以一种权利。如定价若干，总代售处照几成归价。彼寄与外埠分售处，可加寄费一成。假定定价一元，总代售处以六角或七角归价；彼寄与外埠分售处假定为八角归价，分售处又可加寄费一成。如此，总售处与分售处皆有剩余价值，彼必欲为矣。此辈市贾，岂知书之价值！彼固视书为商品也。吾辈不能自己卖书，其势不能不听其剥削。然若无交情面子，即欲听其剥削，彼尚掉头不顾也。此亦未足深异耳！

杭州分售处、中华，可责之惠清；图书馆发行所，可责之毅成。有此两处便足。广告中，外埠分售处可列入。先寄若干部，将来可开单与总代售处，令其照寄。毅成昨来，已当面嘱其与图书馆馆长接洽矣。书端及封面题字，别纸写就附去。

来书附致王逸达一纸，容晤时与之。越园、俶仁昨日在一刘氏宅共饭，真是闲言送日。心粲、毅成虽尚有向学之意，终不能立志，无所入，末梢恐入流俗去。稍能用力者，独立民耳。

兄去后，发言莫赏，能无寂寥之感乎？

弟浮顿首 十月七日

6. 一九三〇年十月十三日

广告略为酌数字，原稿附还。书尾似不必具列代售处。定价一元五恰好。浙图书馆寄存办法，当嘱立民、毅成商之。别纸寄少翁、越园，容交笑春转去。旧疾后动，节劳为要。书成恐尚须时耳。颂天俟兄回鄂后作何行止？念念。

弟浮 十三日

7. 一九三〇年十二月三十一日

笑春送《尊闻录》来，得兄片简，知近日体中复小不适，极念。弟略涉医家言，察兄形色脉证，决定无妨，幸勿过忧，转致耗损真气。

答北大陈百年书已发出，决举兄自代。此事未曾预白，然推吾兄素志，当不咎其鲁莽也。陈书发后，乃复得手书，教督之意直谅深切，对之

280

滋愧。然弟所以不往者，亦非自安颓放，实自审教人力量不及吾兄。吾亦只有减法，扶今日学子不起。所以举兄，正欲不负先圣，不负后学。

陈君信得及否，弟虽不敢知，然弟尽其所欲言，乃是与人忠之道。今将去年答马夷初一书及今年答陈百年二书抄奉一览。兄于弟对此事之态度，当可了然。当时未识兄，故其言如此。今既知兄之善教，故亟言之。吾何敢先焉？亦知兄体不胜朔寒，然徐俟和，病体少苏，亦何为不可？梁何胤讲学于秦望山，梁武特遣太学生诣山中受学，此事不可期之今日。即或不能往，亦可令诸生疏记所闻，邮请批答。兄既以道自任，必不惮劳也。

本体之说，兄似弟言未契为憾。"流行之妙，何莫非体！"弟于此非有异也。但谓当体即寂，即流行是不迁，即变易是不易，不必以不易言德而定以变易言体耳。兄言"如理思维，各舍主观"；弟则谓一理齐平，虑忘词丧，更无主观可舍也。此事且置。

《尊闻录》极有精彩。成能、明智二义，是兄独得处。"智即是体"一言，尤为直截。但此"智"须有料简。其间一二小节目，略须商榷。然大体醇实，行文尤闳肆。以教学者，的是一等救衰起废之药。敬服！敬服！

天气转佳，欲趋晤，复恐久谈非宜，因草此代面。诸唯珍重，不悉。

浮顿首　庚午十一月十二日

8. 一九三一年二月二十八日

五日之约，遂不果集，乃知区区缘会亦不可预期也。比日奇寒，郊居颇能堪之否？唯少病少恼，气力佳否？致叔仁书，<small>叔仁如沪未还，此书尚留弟处。</small>云欲移居嘉兴或上柏，恐不及笕（jiǎn）桥之适，又相去益远，殊不愿兄数数移居，且于尊体亦似非宜。

知曹子起书一通奉还，其一通容转致。曹书故失之，亦其思之未审，但兄言亦疑少过。"作语话会瞎却人眼"等语，乃禅宗常谈，意谓义解多涂，学者以意识领会，遂谓能事已毕，不免塞自悟门耳。彼欲令学者致思，近于不愤不启、不悱不发之旨，未为差谬，非讥兄之发挥尽致也。

师资之道，有不可不发挥尽致者，亦有不能不令其涵泳自得者。曹君于兄之发挥尽致处似甚折服，但欲以涵泳自得之所进。弟以为其意无他，但其语太拙耳。引衲僧语殊不类，宜兄之怪责。但兄谓"曹君眼殊不明，

281

岂由吾瞎之？"此语气度未佳，有伤切偲之益。来书特属弟于此书气度有未然者可直说，故不敢隐。

兄常称魏晋人气度好。弟窃谓辩论之文，如《弘明集》所载，虽义理未能遂精而词气和缓，蔼然可悦。如谢灵运《辨宗论》等，书札问答之际，宾主之情，务尽其理，而无有矜躁之容。此实可法。兄明快人，不欲为迂缓之词，弟诚知之。或初交相知未深者，以是施之，彼将裹足结舌，非所以摄受群伦之道也。兄意以为如何？笔砚俱冻，不能多及。

未晤间，诸唯珍重，不具。

辛未一月十三日

9. 一九三一年

意识不为境缚，须是洒落始得。洒落乃是情不附物，始成解脱，有自由分。若云展拓，似是将行扩大，如何得转化去？儒家只说诚意是著一毫虚妄不得，所谓"复则无妄"，"不习无不利"，非同"五位无心"。盖意识虽现起而无碍，乃是举妄全真，诸心所法尽成妙用。尧舜性之，汤武反之，颜子性其情，皆是这个消息。其初须是刊落一番，故慈湖特提绝四之教，濂溪说诚精故明、神应故妙、几微故幽，更不必立心心所法。大抵儒家简要，学者难以凑泊；释氏详密，末流又费分疏。圣凡心行差别，只是一由性、一由习而已。今尊论故是别出手眼，料简习气，正是吃紧为人处，破习即以显性，此点弟于兄故无间然也。

10. 一九三三年

今之市医，犹未足语于方伎，何足深责？伯敬沉潜，盖秉其父教，向固以后来之秀期之。自其始学医时，弟即告以不可以方伎自小。凡方伎之精者，亦必心通于道而后可至。伯敬所事二师，曰陆无病，曰王仲奇，弟皆习知之。无病儒雅通博，惜其早没。仲奇亦能读古书，知方理。伯敬虽年少，颇能得其师法，但其立方用药稍轻，或不及病。此失之过谨，然与鲁莽自用者固有别矣。

家姊年垂六十，今患跗肿及膝，若入腹则不可治，故心甚忧之。居宅诚卑湿，然家姊所患非由湿气。盖以血气衰耗，不能运行，故致此耳。弟虽略窥医书，粗能辨证，然未敢轻自处方，只能就所识诸医中择其善者用之。今亦服伯敬方，尚未能责其速效也。

282

兄前书所示曲折，深荷关垂。所以为吾计者，周挚可感。以吾父辈交情，岂复尚存硁硁之见？但目前药饵之资尚未至乏绝。若移居，则事势未能遽行者，以非吾姊丈息园所愿，吾姊亦弗欲也。息园为人愿而介，弟与之同处卅年，深知其性行。若径以兄意告之，彼必言无可受之道，弟无以易其志也。然兄意良挚，亦不可过拂，所馈之资，今姑留之，可返则返，在弟固可坦然处之而不疑。息园于兄交浅，又甚拘于辞受之节，故拟且弗告也。

我生不辰，二亲早世。昔有一姑，相依卅年，年逾八十，视我犹子。今唯一姊，见吾孩提以至衰老。凡人年既耆（shī）艾，老日苦多，则友因心，弥觉可贵。乃令常在疾苦之中而不能安之，此诚可危心深虑，能不自伤其薄劣乎？感兄之言，怵惕于中，不觉喟然及此。迟更奉教，不悉。

弟浮顿首

11. 一九三五年十月十六日

笑春来，知论学语将印成，属为题签。今别纸写上。弟意用《辑要》名，似有未协，古人著述鲜有自著自辑之例。若题《辑要》，则须出辑者名氏，不如径题《熊氏论学笺》，或用《语要》，较妥。若版心已排定"辑要"字样，书面题"语要"以为省称，亦无不可，不必定改也。签题若嫌过大，制锌板时可缩小。印成后先以数部见寄，当快读，如亲承晤谈也。

弟自移居后，舍甥剧病，两月来始稍宁帖。近游黄山，得近体数篇，并游天台过智者塔、高明寺二律，一并写奉，聊存一时感兴。此虽小文字，亦是索解人难得耳。夷狄之祸日深，心性之学益晦，如何，如何！

霜寒，诸唯珍重，不宣。

弟浮顿首十力尊兄足下　十月十六日

12. 一九三六年七月二十九日

前承见示跋张孟劬（qú）与人书一文，弟适在病中，久未作答。顷笑春来，复得读近著答人问玄学与科学真理，不觉喜跃，顿忘疾苦，可谓显微阐幽，六通四辟，天地间有数文字也。

283

时人所标真理，只是心外有物，自生计较，是以求真反妄。科学家可以语小，难与入微。哲学家可与析名，难与见性。独有自号历史派者，以诬词为创见，以侮圣为奇功，向壁虚造，而自矜考据。此曹真是不可救药，但当屏诸四夷，不与同中国，而乃犹欲诏以六艺之旨，责其炫乱之私，此何异执夏虫以语冰，而斥跖犬之吠尧也。

弟意此文不如秘之，趄（xué）可不发表。承引与商榷其义，则言之甚长，弟病后思力衰退，惮于作长篇文字，实愧不能相助。原稿已属笑春录副奉还。以文字论，不及答真理问之缜密也。颂天前月来，留十余日，与之言，亦有领会处，但不能用力。此是学人通病，只向人讨言语，而不自思绎。但记言语何益？况其未能尽记。安得忘言之人而与之言？此是无舌人解语，难可期初机。但求其愤悱易启发者，亦殊难值。如颂天者，尚有愤悱意思，亦尚可喜也。

兵祸又作，何处得安居？弟病，医者言是胃癌，只得数年活，委心任运而已。寂寥之感，亘古如斯，亦不足置念。老而安死，理之常也。颂天劝吾作六艺论，适兄寄此文来，亦颇意动，终以无此气力，废然辍笔。然作与不作，于此理何增减哉。

每览兄文，辄喜兄精力尚健，可以著书，非弟所能及也。偶作小诗遣兴，今属笑春录去数首，一笑，聊见近怀。南中梅雨蒸湿，北望增念，料餐卫多宜为慰。

弟浮启　丙子六月十二日

13. 一九三七年五月三十一日

见示答意人马格里尼问《老子》一书，料简西洋哲学之失，抉发中土圣言之要，极有精彩。彼皆以习心为主，所言唯是识情分别，安解体认自性？兄言正是当头一棒。但恐今日治西洋哲学者多是死汉，一棒打不回头耳。

老氏言有无，释氏言空有，儒家言微显，皆以不二为宗趣。"有生于无之生，是显现义。"此语下得最好。说"不皦不昧"是心平等相，及静之徐清、动之徐生、归根、复命、知常诸义，皆极精审，于学者有益。据《老子》本书，乃是观缘而觉；今西洋哲学则是观缘而不觉，静躁之途异也。

缘会故名有，性空故名无。常无以观妙，常有以观徼，即是般若观空、沤和涉有之义。徼，犹言边际也，二边既尽，中道自显。今以"徼求"为解，义似稍曲。三乘等观性空而得道。老氏之旨，颇与般若冥符。但其言简约，未及《中观》"八不"义之曲畅旁通、《华严》"六相"义之该摄无余耳。西洋哲学只是执有，不解观空。所以圣凡迥别。彼之所谓圣智，正老子所谓众人计著多端，只成倒见而已。

晚周哲匠，孔、老为尊。孔唯显性，老则破相。邵尧夫谓孟子得《易》之体，老子得《易》之用，斯言良然。显性，故道中庸；破相，故非仁义。语体，则日用不知；谈用，则深密难识。《汉志》以"君人南面之术"为言，亦浅之乎测老子。庄子赞其博大，正以其神用无方。但其言有险易，义有纯驳，颇疑六国时人附益，不尽出其本书。如谓"众人皆有以，而我独顽似鄙，我愚人之心也哉"，其言峣（yáo）奇自喜，长于运智而绌于兴悲。"反者道之动，弱者道之用"，"曲则全，枉则直，洼则盈，敝则新"，庄子益之以"坚则毁，锐则挫"。皆观物之变以制用。"人皆取先，己独取后"，"人皆取实，己独取虚"，实为阴谋家之所从出。亦其立言之初偏重于用，故末流之失如此。若孔子则无是也。"正大而天地之情可见矣"，何其与老子之言不类也！

弟意为学者说老子义，须将此等处令其对勘。今为西洋哲学家说，故未遑及此耳。此书篇帙不多，似可告彭君增入《熊氏丛书》。

属题内外签，别纸写奉。外签但用大题，不须更写别目。如此款式稍大方，非偷懒欲省字也。

春假南游之说未果，殊增远怀。且喜近体转胜。弟虽衰相日加，幸无大病。舍表弟远来相就，足慰迟暮之感。惜其少更患难，不免失学。但气质甚佳，与之语亦颇能领会少分。吾外家世世有文，弟于彼属望颇深。但为生事所累，未能一力于学耳。荷兄关怀，故及之。

犹寒珍重，不悉。

丁丑四月二十三日

14. 一九三八年一月九日

十力尊兄鉴：

得十一月二十六日黄冈来书，忧生念乱，见恻怛之深，为之嗟叹不已。然兄深悟无常，观此业幻，益当增其悲智，拯彼群迷。遇物逢缘，亦堪施设。唯慈可以胜嗔，唯仁可以胜不仁。众业虽狂，斯理不易。物不可以终难，故受之以解。龙蛇之蛰，以存身也。吾曹虽颠沛流离，但令此种智不断，此道终有明行之时。至一期之报，固未足深恤耳。讲学在今日，岂复有定所？弟谓无时无地无人皆可随宜为说。若避地之计，直是徒然。我能往，寇亦能往。

弟自徙桐庐，甫及一月而嘉、湖沦陷，杭州几不守。沿江诸县，寇未至而兵已来骚乱，不可复居。因留立民为守舍，而与舍甥辈及星贤一家暂徙乡间。此后能否不遭波及，亦殊难料。资斧有限，力亦不能再徙，但有俟命而已。

立民、星贤平日教学之两校，复徙淳安，生徒零落，已濒解散。二子因决然舍去，相从患难，不废讲论，其志可嘉。所恨者，弟未能有以益之耳。余子皆散归乡里，此亦各有因缘，不能强也。险难中可以自慰者，唯此一事，故以奉告。

休战即未可冀，但令邮讯尚通，亦时盼音教，以慰岑寂。

霜寒珍重，不宣。

弟浮启　丁丑十二月八日

15. 一九三八年一月十五日

十力尊兄：

九日寄团风一书，宜若可至。顷闻金陵围其急，而杭州势似少纾。久战，民不堪命，敌即不至，亦苦兵、苦饥，无地可以安处。弟既羸困，不能再转徙。亦知转徙则其困弥甚。共业已成，佛来亦救不得，坦然俟之而已。

不能转物，即为物转。吾曹所学，不以治乱而易。世虽极乱，吾心当极其治。每以是自勘。以告学者，似皆未足以及之。乃叹独立不惧，遁世无闷，真大人相，非有大过人之行未易言也。

立民顷欲还鄂，诣团风就谒，辄附数字奉问。倘战祸少戢，邮信无阻，盼时惠教，以慰茕寂。

临书神驰，不宣。

弟浮顿首　丁丑十二月十四日

16. 一九三八年七月十三日

得璧山五月卅日书，快若晤语。古德云："门庭施设，不如入理深谈。"弟今所言，但求契理，不必契机。佛说《华严》，声闻在座，如聋如哑。孔子言："中人以下，不可以语上也。"此虽圣人复起，直是不奈伊何。吾纵不惜眉毛拖地，入泥入草，曲垂方便，彼自辏泊不上，非吾咎也。大匠不为拙工改废绳墨，吾亦称性而谈斯已耳。且喜尊兄证明，言固不为一时而发。

承告以方便善巧、曲顺来机之道，固亦将勉焉，冀饶益稍广，然此是弟所短也。弟在此大似生公聚石头说法，翠岩青禅师座下无一人，每日自击钟鼓上堂一次。人笑之曰："公说与谁听？"青曰："岂无天龙八部，汝自不见耳。"弟每赴讲，学生来听者不过十余人，诸教授来听者数亦相等，察其在坐时，亦颇凝神谛听，然讲过便了，无机会勘辨其领会深浅如何，以云兴趣，殊无可言。其间或竟无一个半个，吾讲亦自若。

今人以散乱心求知识，并心外营，不知自己心性为何事。忽有人教伊向内体究，真似风马牛不相及。弟意总与提持向上，欲使其自知习气陷溺之非，而思自拔于流俗，方可与适道。此须熏习稍久，或渐有入处。今一曝十寒，一齐众楚，焉能为功？然彼不肯立志，是伊辜负自己。吾今所与言者，却不辜负大众，尽其在己而已。

六艺要旨，向后自当分说。譬如筑室，先立一架构；譬如作画，先画一轮廓；差别相自不可坏。似须先教伊识个大体，然后再与分疏，庶几处处不失理一分殊之旨。会语续有数叶，今并附去。其间若有未当，望兄不吝弹诃，此学不辨不明也。"社会科学亦是道名分"一条，兄来示分析得最好。当时讲此，亦不谋而与兄言相合，但未写入讲稿内。驳实斋一段，证据不足，实苦手头无书翻检，俟有书可引时，当别草一专篇说之。

听众机劣，吾又缘浅，在此未必能久羁。虏势复大张，既决河以灌吾军，又于安庆上陆舒城一路，似将窜入黄梅，有沿江以攻武昌侧面之势。若其欲破坏粤汉路，恐将由赣以犯长沙。万一武汉不守，则将不可为国。闻赣省府拟迁吉安，尔时泰和便不可住。学校当轴有迁桂之计，但事事须秉承教部意旨，举动迟缓，未必能见几。弟本居客体，去住可以自由，不必与校方一致行动。然转徙之资殊感乏绝，又道路难行，桐庐一部分残书，收之于煨烬之余，近方运之来赣，费时一月余，犹在樟树吉安间上水船中，

287

尚未抵泰和。一旦再徙，亦无处安顿。自汉口疏散人口之讯出，闻上游船位拥挤，绝不能带行李。南昌、九江亦俱纷纷迁避。自广州大轰炸后，内地都市在在可危，深山穷谷又不可得，即有之，又为游击队出没之所，真无地可以容身。

弟有一简单原则：但令其地不陷于虏，则随处可居。然兽蹄鸟迹交于中国，吾将何之邪？物不可以终难。自佛眼观之，共业所感，决不专系一方。"知进而不知退，知得而不知丧"，"盈不可久"，彼之谓也。"小人而乘君子之器，盗思夺之；上慢下暴，盗思伐之"；"智小而谋大，力小而任重，鲜不及矣"，我之谓也。虚骄之气，如何可久？必胜之说，乃近自欺。定业难回，又谁咎也？

泰和杂诗十首附呈，兄览之可以知其所怀，困不失亨，此尚非亡国之音耳。

炙热不可耐，下笔不能自休，言亦终不可尽，在一二月内尚盼继教，不一一。

戊寅六月十六日

17. 一九三八年十一月二十四日

弟到桂后，因行役劳顿，尚未致书。曾晤陈真如，询知近履安胜，且云形体较前丰硕，深以为慰。念令弟有田宅在德安，今已为战区，想必先时迁徙矣。举世皆危，岂能独安？闻见所及，有同幽夜。群迷不寤，只增悲心。堕坑落堑，未足为喻，如何如何！

前月二十四日来电，逾八日始至。可知军电壅遏，殊非佳象。书院动议，前由毅成、百闵来电，具道教部之意，有"名义章制俱候尊裁"语。礼无不答，故临行仓猝草一简章与之。逆料此时断无实现可能，事后亦遂置之。及前月二十八日得立民二十日航空信，乃云毅成诸子已着手筹备，并请吾兄为创议人，草缘起书即送教部，并属早日赴渝。其所示办法与弟简章所拟，颇有不符。因于廿九日答以一长函付航空，并拍一电属暂缓，容函商，不知此电已到否？航空信约旬日，想亦可到。今接兄电敦促，已立即复电交毅成转达。电词简略，其为答立民书中所及者，今可不赘。

弟意为山假就于始篑，修涂托至于初步。虽诸法皆从缘生，造端不容不审慎。六朝、唐、宋佛寺至今犹有存者，当时出入之盛，儒家实有逊

288

色。丛林制度，实可取法。古德风化一方，学者一任偏参，故禅林尤胜讲寺。今虽衰歇，视儒生之彷徨靡托，犹或过之。妄意欲以此法寓之于书院。其初规制不妨简陋，学子宁少勿滥，必须真为道器，方堪负荷。此类机在今实未易得。书院无出路，且不许参加政治运动，流俗必望而却步，尤违反青年心理。至讲舍以择地营构为宜，务令可大可久。此指规制言，非指屋宇言。图书必须多贮。即此数项，已非有相当基金不能举。在此时即有能了解肯赞助之人，恐财力匮乏，难以集事。况第一困难即在选择地点。须不受军事影响，交通不致间阻，供给不致缺乏，尤以地方治安可以保证为要。在今日恐难得此一片土，至于山水形胜，尚在其次也。若因人家园林别墅为之，加以葺治，或较易成。但须隙地宽旷，树木多，水泉洁，去城市不可过近。此数条件亦未易具足。因叹古时僧家，实能选胜。且其檀施自然而集，此有福德因缘，不可强也。

电示创议人列名问题，此须切实际，不可务虚名、近标榜。前与立民书中已言之。至书院如何产生，由创议人告之政府，政府加以赞助，如为佛法外护即可。但出以何种形式，大须斟酌。如立民前书所云，弟认为不妥。如用文字请求，彼可加以准驳。补助经费，在彼亦当列入预算，经会议通过，且有权可以削减或停止。此则明系隶属于教部，与弟初意相违，愚意决不能赞同也。妄意或可由创议人径呈国民政府，政府以明令嘉奖，交教部备案，一切不予干涉，在名义上较为正大，在事实上亦较有保障。但此皆世缘，且为衰世不得已之事，或亦可引起一部分人之讥讪。且其所谓保障嘉许者，亦等于空华。

若云随顺众生，今日众生实有不可以随顺者。使圣人复生，如来出现，应机示教，必异常情。聋俗之人，难可晓喻，诸佛亦不奈何。不如暗然无闻，杜门自讲。徒侣不多，尚不为人所注目，尚有一分自由也。

总之，弟对于此事，初无成心，语默动静，本无异致。若审之义理而可安，弟亦不惜一行，为先圣留一脉法乳，为后来贤哲作前驱。苟其有济，何为自匿？如其稍涉徇人，义同枉尺，则非唯弟不能往，亦愿兄谛审谛观。毅成诸子虑所未及者，望兄有以释之。此推心置腹之言，不是定要作开山祖师也。简章所未备者，望兄斟酌损益，留为后法。至弟之成行与否，此时尚谈不到。盼兄详示，再加商略。自赣来桂途中，作得小诗聊寄所感，今附去一粲。

余俟续教，再行申答。不具。

戊寅十月三日

289

18. 一九三八年十二月八日

十力尊兄左右：

十月三日复一电，致经济部寿毅成转。同日交航空寄一书，寄求精中学交立民转。想次第得达。顷奉六日重庆来教，据封面邮印系六日，书中则作十月一日。知此电尚未至。然九月二十八日致立民一电一书，来教均未提及，岂皆未至邪？航空信自渝至桂约旬日，不为慢。唯电报至逾七八日犹未送达，压搁至此，纷乱之情可想矣。

前书所言，虽呈臆而谈，义理实尔。立民及毅成辈或恐未喻吾意，以为冷水噀（xùn）面，不堪受此钳锤。然此等处正不得放过，非拂人之情也。

来教引墨子、苏格拉底为喻，劝弟勿坚卧。且谓部中一切听弟自主，在今日固已难能。但事实上缘尚未具，与其有始无终，有头无尾，不如其已。孔子之穷老删述，远不如释迦法会之盛。孟、荀之在稷下，亦较阙里为尊。今日欲求一魏文侯、齐宣王、姚兴、梁武，似尚无其人。弟妄意欲以书院比丛林，实太理想，远于事实。以今人无此魄力也。自真谛言之，又何加损？性自常存，愿自无尽，不在涌现楼阁，广聚人天也。战后文物摧残略尽，应为之事良多。僧如紫柏，俗如杨仁山，儒家尚无其人。以后学者求书不能得，故印行典籍，尤为迫切需要。然今人唯知有抗战文艺，其谁信之邪？弟前书谓书院不必期其实现，但简章可留为后法。望兄相助，损益尽善。此意似可加入，垂之空文亦同见之行事，无二致也。武汉方危而粤祸日亟，西南一隅，未易成偏安之局。何地可以容身，亦唯有致命遂志而已。

星贤就桂林师范教席，日内即徙乡间。距桂林数十里，地名两江。舍甥已令往贵阳，有一事可就。弟月内或将徙宜山，仍暂依浙大，蓬飘梗转，亦只随缘。所携书籍仅存十分之二，其由桐庐烬后运出者，交浙大代运，今尚在赣州。粤战一起，恐舟楫不通，终成委弃矣。有哀曹子起一诗，今以附览。钟山在南岳贻书见告，始知子起已逝也。余俟续教至日再答。诸唯珍重，不宣。立民、以风、振声诸子均此。

弟浮顿首　戊寅十月十七日

19. 一九三八年十二月

十七日奉答一书，交航空寄立民，旋得本月六日航空示，并立民附书。凡兄见教之言，皆极有分量。与百闵一席谈，倾肝吐肺，更无盖藏，非兄不能为此言。

吾侪今日讲学，志事亦与古人稍别，不仅是为遗民图恢复而止。其欲明明德于天下，百世以俟圣人则同；不以一国家、一民族、一时代为限则别。此义非时人所骤能了解，将谓无救于危亡。其效不得睹，其不可合也明矣。至入泥入草，固非所恤。资粮之不具，参学之难求，犹其小者。弟终疑此事不能实现，非故为逡巡自却也。欲就一深山穷谷，把茅盖头，但得三数学者，相与讲明此事，令血脉不断。然膻腥满地，并此亦不可得，是有命焉。杜口以殁世，亦何所憾?

自来乱亡之世，骨肉不能相保者有之，但不如今时涂炭之烈。兄诸弟侄在黄冈、德安者，未能援之早出，此非唯兄之忧，亦友朋之责也。然避地亦未必即安，虽处危地而能自全者，其例亦甚众，兄似不须过忧。此非故为宽慰之词。弟姊丈丁息园居杭不肯出，弟忧其身陷虏中，存亡莫卜，乃在江西时得上海亲友书，知曾与通讯，竟安然无所苦，但不能出耳。日来消息大恶，广州已陷，武汉益岌岌旦暮间。或传已有行成之说，更复何言? 书院事益可束阁矣。

迟教更答，不具。

戊寅十月廿三日

20. 一九三九年七月二日

见示学生津贴太觳，此乃称家有无。今经常费只有此数，若增之则可容之人数益少。至学生出路，书院无权规定，此政府之事。书院既在现行学制系统之外，亦不能援大学文科研究院为例。弟意学生若为出路来，则不是为学问而学问，乃与一般学校无别，仍是利禄之途，何必有此书院? 若使其人于学能略有成就，所谓"不患无位，患所以立"，"虽欲无用，山川其舍诸?"似不必预为之计，启其干进之心，且非书院所能为谋也。必如兄言，则弟前此主张，一概而不著，无异全盘推翻矣。

自昭才自可爱，然彼于西洋哲学已自名家，且身任教授，在大学地位

291

已优，书院淡泊，或非所好。将来自当请其居讲友之列，但使延居讲席，则戋（jiān）戋之帛恐无以待之。且书院讲习所重，在经术义理，又非西洋哲学也。兄意以为如何？

至选取学生，自当稍宽，如兄所教。时局如此，恐来者寥寥耳。

己卯五月十六日

21. 一九三九年七月十日

十六及廿日惠书，同时并到。唯交百闵转示一函，未见转来，未知其中所言何若。关于书院未来作计，二十日教言之甚详，非兄不闻是言。令弟不善处变，顿违兄意，闻之亦为兄不怡。然门内之事恩掩义，只可徐俟其悟。兄以是忧愤太过，亦足以损胸中之和，愿兄之能释然也。

渝灾后，毅成诸人忙剧不堪，书院进行受此影响，不免停顿。然此间方开始部署，不能住手，一切未能就绪。缘生之法，胜劣从缘，只好因物付物，任运为之。兄来书举般若言种种不可得，因戏谓用人不可得。克实言之，安有一法可得邪？书院方萌芽，能否引蔓抽枝，不被摧折，殊难逆料。欲使遽成大树，覆荫天下人，实太早计。弟总思为众竭力，不为身谋。然风之积也不厚，则其负大翼也无力；水浅则船胶。但有法财而无世财，亦徒虚愿。事缘如此，莫可如何。

颂天、子琴欲来，弟岂不愿？若经常费不致无着，以都讲侍之，不带职务，津贴只能倍于学生，亦恐渠等不彀生活，都讲名义比助教为雅，弟意使之领导学生。倍其膏火，仅可支六十元。其带职务者，视其事之繁简，量与增加。然开始时亦无多职务可安立也。未知兄意以为可否？若依参学人例，则无津贴。劳彼远来求此不可得之法，或者兄又以为不近人情也。子琴若能于嘉定中学得一教席，因暇来居参学之例，自较住书院为胜。颂天在南充所入若干，弟未悉，若来书院，恐顾家稍难，使其常患不给，亦非所以安之也。周淦（gàn）生当以讲友处之。书院若规模稍宏，弟意延揽人才，唯恐其不尽。今乃寒俭若此，未足以语于斯耳。

至关于学生出路一事，弟亦非有成见，必令其与世隔绝。但无论古制时制，凡规定一种资格，比于铨选，此乃当官之事，书院实无此权。若令有之，则必须政府授与，如中正之以九品论人而后可，否则为侵越。未闻先儒讲学，其弟子有比于进士出身者。若回之问为邦，雍之使南面，比如佛之授记，祖师门下之印可，纯为德性成就而言，非同吏部之注选。西洋之有学位，亦同于中国旧时之举贡，何足为贵？昔之翰林，今之博士，车载斗量，何益于人？昔有古德，人问之曰："今门下成就得何事？"答曰："个个使伊成佛作祖去。"程子兄弟少时见周茂叔，便有为圣贤之志。弟意学者若不能自拔于流俗，终不可以入德，不可以闻道。书院宗旨本为谋道，不为谋食。若必悬一出路以为之招，则其来时已志趣卑陋，所向既乖，安望其能有造诣邪？君子之道，出处语默一也。弟非欲教人作枯僧高士，但欲使先立乎其大者，必须将利欲染污习气净除一番，方可还其廓然虚明之体。若入手便夹杂，非所以示教之方也。

今时人病痛，只是习于陋，安于小；欲使决去凡近，所谓"以此清波，濯彼秽心"，知天下复有胜远，令心术正大，见处不谬，则有体不患无用。然后出而涉世，庶几有以自立，不致随波逐流，与之俱靡。只养得此一段意味，亦不辜负伊一生。不能煦煦孑孑为伊儿女子作活计也。

兄意固无他，只是爱人之过，世情太深。弟所以未能苟同者，一则不能自语相违，二则亦非今日书院地位所许。料兄必能深察此意，知弟非固执己见，好与兄持异议也。

学熙之去，实是可惜，各有因缘，亦不能强。兄以是减兴，殊令人系怀。今日实无处可安居，兄暑假前既不欲动，弟亦不敢促，但兄若不来，在书院便空虚无精彩。赵老、叶兄未必能至，且渝方诸事停顿，弟亦未接正式聘书，故于延聘讲座之举，亦倚阁未发。书院至今日，实尚未成立也。仅有一筹备会名义而已。嘉定生活较成、渝并不为甚高，借地乌尤亦是不得已，舍此几无立锥之地。兄他日莅嘉，乃知弟言非妄也。朋初先德墓文，迄未暇属笔，幸稍宽假。时盼继教，不宣。

又征选肄业生细则，系贺昌群兄代定。弟意初不欲限资格，但凭知友介绍。贺君以为太广，虽不必重视大学毕业，亦须加以摄受，故设为四项。古人求道心切，不辞千里裹粮，且有弃官而为之者。董萝石年已六七十，尚就学于阳明。此皆自至，何待于招？今书院设为征选及津贴之法，本是衰世之事，随顺劣机。衡以古人风概，已如天壤悬隔。

来书谓："如全不养无用汉，乌可尽得人才？世法还他世法，岂可尽得天上人？"此诚慨乎言之。人才固难，养得一群无用汉，又何所取义？兄谓"生平不为过高之论，国家教育明定出路，世法不得尔；若无出路，学子失业，将诡遇以求活"。今书院虽受国家资给，然非现行学制所有。即欲要求政府明定出路，亦须俟办有成效，从书院出来人物成就如何，政府自动予以出路，然后可，不能由书院径自规定。若虑学生失业将为诡遇，则书院无宁不办之为愈。且今取得大学、研究院资格亦如麻似粟，谁能保其不失业、不诡遇乎？弟之不谈出路，实是事义合如此，不是过高。兄谓对书院少兴趣，诚少兴也。然不可以少兴而不为，是亦"知其不可而为之"之一端耳。前意未尽，故又申答如此。言常患多，今姑置之矣。

己卯五月廿四日

22. 一九三九年八月十五日

昨自峨眉还，读十六日惠书。方欲促兄早来，乃立民、公纯以兄书见示，知已允联大之约，将弃书院而就联大，为怅惘者久之。

此次文六、百闵来嘉，因相约至峨眉。弟非好游也，亦欲假此机会，与其商书院未来之计，欲其多尽力。毅成方居忧，亦不忍数以此事责之。今基金通知已下，实拨当无问题。唯经常费全年一期拨予一层，据文六、百闵皆云，恐难办到，然允到渝向教部申说。是否有效，固难取必。此皆有待于外之事，只好从缘。吾辈所可尽之在己者，亦只能随分，做得一分是一分，支得一日是一日。观未来事如云，幻起幻灭，孰能保证其必可恃邪？

至关于讲习之道，兄以弟偏重向内，将致遗弃事物，同于寺僧，谓虽圣人复生，亦不能不采现行学校制，因有资格出路之议，不如此将不足以得人。弟愚，所以未能尽同于兄者，良以本末始终自有先后，不可陵节而施。若必用今之所以为教之道，又何事于学校之外增设此书院？"先立乎其大者，而其小者从之"；精义入神，所以致用，未有义理不明而可以言功业者。若其有之，亦是管仲器小之类，非所贵也。性分内事即宇宙内事，体物而不可遗。古德言，但患自心不作佛，不患佛不会说法。今亦可言，但患人不能为成德之儒，不患儒不能致用。必谓涤生贤于阳明，是或兄一时权说，非笃论也。

"举而措之天下之民，谓之事业。"此乃顺应，不可安排，故曰"功业见乎变"。所谓变者，即是缘生，儒者亦谓时命，故言精义则用在其中。若专谈用，而以义理为玄虚，则必失之于卑陋无疑也。

294

兄尝揭"穷神知化""尽性至命"二语为宗旨，今所言何其与前者不类也？且兄固言"人而不仁，其于科学何！"弟于此言曾深致赞叹。今欲对治时人病痛，亦在教其识仁、求仁、体仁而已。任何哲学、科学，任何事功，若不至于仁，只是无物，只是习气。兄固日日言以见性为极，其所以诏来学者，固当提持向上，不可更令增上习气，埋没其本具之性也。今兄欲弃书院而就联大，固由书院根基未固，亦或因弟持论微有不同，故恝（jiá）然置之。平生相知之深，莫如兄者，兄犹弃之，吾复何望？此盖弟之不德有以致之。

弟之用心，初不敢求谅于道路，所以未能苟同于兄者，亦以义之所在，不容径默，绝无一毫胜心私意存乎其间，此当为兄所深信者。若兄意犹可回者，愿仍如前约，溯江早来。渝嘉间轮船已可直达。此间居处虽未必安适，若以长途汽车入滇，恐亦不胜劳顿。即乘飞机空行，亦不免震荡。恐皆非兄体所宜，幸深察之。现方开始征选学生，其有以文字来者，皆劣机无可录。乃知俯顺群机，实是难事，亦望兄来共相勘辨。

昨电想达，书到立盼飞答，不具。

己卯年七月一日

23. 一九三九年八月二十六日

四日惠教至。弟适在病中，气力顿乏，故未能即复。兄之所教皆是也。然君子作事谋始，永终知敝，亦皆就理言之。至事变无常，世缘难测，谁能逆料？吾辈亦尽其在己而已。

兄之来与不来，但当问理，不须问势。今曰"于理则可，于势则疑"，则弟之惑也滋甚。居今日而欲讲习，斯事亦明知其不可而为之，至将来发生如何影响，本不可预期。言契机，言致用，皆可，但皆不能取必。阳明、涤生往矣。彼其及身所成就，身后所流衍，皆随缘而兴，岂假安排？虽当人亦不自知也。君子语默出处，其致一也。"唯几也故能成天下之务"，所当辨者在几而已，岂曰要其必用，则其必成哉！书院为讲习之事，有是非而无成败。今兄乃以成败为忧喜，此非弟之所喻也。

且兄既闵弟之陷于泥淖，以理则当振而拔之，而兄乃以翱翔事外为得，此亦非朋友相爱之道也。兄见教之言，弟即有不契者，未尝不反复思绎，知兄相厚之意，实余于词，何敢负吾诤友？但望兄于弟言，亦稍措意焉。察其推心置腹，无或少隐，犹不当在弃绝之科。如是，则兄意可回，必不吝此一行矣。

阴阳方位之说，使人拘而多忌。东看成西，南观成北，岂有定体？世俗命书，弟亦曾浏览及之。兄甲木曰元，木曰曲直，就金方，乃成梁栋之用，非不吉也。若弟为丙火日元，日之西沉，以俗言乃真不利，然弟不以为忧。日之西沉，非真沉也，明日复生于东矣。日无出没，世人见有出没耳，此何足计哉。朋初美才，而偏嗜日者之说，使利害之念日胶扰于胸次，亦愿兄能廓而清之，于朋初治学方有益也。

附奉关聘一通，依俗例为之，幸勿见摈。又汇寄重庆中国银行转奉国币百圆，聊佐舟车之费。闻宜宾尚须换船，由宜宾则可直达，至多亦不出四日。由重庆起算。兄行期既定，盼先以电示，俾便至江滨迎候，且可先为预备馆舍。日前方征选生徒，虽应征者人数不多，审查文字可入选者，旬日之间，才得六人。继今以往，一月内当续有至者，或尚不至相戒裹足。未来学子亦可念，弟纵不能启发人，有兄在此，则不患奄奄无生气。寺院式之流弊，请兄无忧也。

弟病疟良已，但苦中气稍乏。向来土木形骸，不重服食，然因略知脉证，自以为尚无足为患也。

言不尽意，书到即盼立复，不胜神驰。

己卯年七月十二日

24. 一九三九年八月三十一日

十二日往一书，谅已得达。昨得兄十一日来教，详哉其言之，微兄吾不闻斯言。虽然，兄之所绳于弟者，似于弟言未加深考。

"尊德性而道问学"，岂有遗弃事物而驰心杳冥，自以为尊德性之理？但本末先后，不容不有次第，对治时人浅薄混乱之失，尤不能不提持向上。若谓此言有弊，则颜、李真胜于程、朱。晚清以来，人人言致用，其效亦可睹矣。即兄所举如曾涤生之影响及人，亦由彼于体上稍有合处，虽未能得其体，初非专言用也。世间事虽至赜，理实简易。若必以随顺习气为契机，偏曲之知为致用，则现时学校之教亦足矣，何必立书院讲六艺邪？

兄必谓弟欲造成寺院式，在今日决行不通。弟往日诚有是言，意谓书院经济当为社会性，政府与人民同为檀越，同为护法，不受干涉，庶几可以永久，乃专指此点言之；无可比拟，乃比之于丛林耳，非欲教学生坐禅入定也。宋初四大书院，实有近于此。盖用半官款，而用在下之学者主之，不命于学官。其后私人自主者，如象山之象山精舍，朱子之武夷精舍，乃与禅师家住山结庵无别。所以不能久者，亦由于经济条件缺乏之故。今人艳称英之牛津大学，彼亦由中世纪教会之力所植养而来。儒者专以明道为事，不言檀度，故以规制言之，实于彼有逊色。然道之显晦，初不在是。侈言涌现楼阁广聚人天，末了亦只是以广厦养闲汉，何益于事？若今书院之寒俭，乃犹不得比于茅庵，何有于寺院？

弟以为教人若能由其诚，庶可使人能尽其才，虽成就千万人亦不为多，即使只成就得一二人亦不为少，扩大到极处，亦丝毫未足矜异。兄意必期扩大而后乃肯至，以弟为安于狭隘；弟虽陋，或不自知其陷于狭隘，然谓自始即以狭隘为心，此言乃非知我。谓吾智小不可以谋大，力小不可以任重，弟当自承其短。若谓弟以狭隘之心量距人，兄此言或稍过矣。扩大之计，第一即要经济条件，泥多佛大，水涨船高，俚语有之。弟既无福德，亦无神通，所谓风之积也不厚，则其负大翼也无力。创议筹备诸人，对书院无认识；即对弟个人，亦何尝有认识？弟不能强其认识也。未尝不言，而辄置不报，尚可数数言之乎？故今日书院只是行权处变，不得已而应之。愿力之弘，固在自心；人心之知与不知，不足为病。若因缘之广，须得人助，未能取信，何由自然而集？是不可以强也。

议者或疑当轴以书院私我，弟决不致以书院自私，此可不置辨。但以目前经济毫无基础，欲言扩大，其道末由。兄意欲使变为国立，此亦无从提出。纵使或有可能，则当隶属于现行学制之下，而弟前此所提之三原则，全成废话。欲不受干涉，必不可得矣。此书院立场，不可改易。欲求扩大，须得社会助力而后可，此岂望空祈告所能致者？或者能支持数年之后，渐为人所信，亦须时局不发生剧变，庶几足以及之，此时焉能骤几？若遽大吹大擂，所持者寡而所望者奢，岂非近夸而少实邪？兄谓弟始意即不欲扩大，不唯无此理，亦无此情。但此是事实所限，非空言愿力所能济。兄若有实在办法，弟虽至愚极陋，岂有拒而不纳之理？但今即日言扩大，亦是空言。蔡孑民之兼容并包，弟亦深服其度，但其失在无择。彼之所凭借者北大也，以今书院比之，其经费乃不逮十之一，而兄乃以蔡孑民期我，吾实有惭德。非不能为蔡孑民，乃愧无吕洞宾之点金术耳。此是笑谈，兄勿嗤其近鄙。譬如贫家请客，但有藜藿，坐无多人，今乃责其何不为长筵广坐，玉食万方，使宾客裹足，为富人所笑，此得谓之近情否？今日之事，无乃有类于是？

兄乃以狭隘见斥，今事实实如此，弟亦无词。但谓弟意志即系狭隘，不肯开拓，则兄不免于误。弟即不肖，未致如此。兄若因是而不来，则十余年来以兄为能相知，亦是弟之误。兄犹如此，何况他人？弟从此亦将藏身杜口，不敢更言学问，更言交友矣。

至兄来后欲专翻《新论》，不欲多所讲说以耗精神，此皆可悉如兄意。但居处饮食，未必能尽适，此亦弟之力所未能及者，亦不能不先声明也。不延张真如事，昌群深致不悦。昌群谓书院可不花一钱而致名讲座。弟意以为，如此因利乘便，在事实上为不可能；书院必假此以为望，亦非义理。昌群因默然不悦而罢。然弟非不敬张真如，不重黑格尔也。彼之讲座脩金，乃由庚款委员会供给，指定国立大学由彼自择。承彼垂青于书院，但据蒙文通与昌群书，亦寥寥数行。但书院既非国立大学之比，须先请教部转询庚款委员会，得其承认方可。弟意由书院请求教部，已觉不揣其地位如何；若更欲得庚款委员会同意，此殆必不可能之事，以庚款委员会决不承认书院地位也。冒冒然求之，忽然碰壁，则书院与张真如皆难下场。故欲延张真如，非由书院自请不可，须先置庚款不谈。然庚款会指定讲座脩金甚优，决非今日书院力所能及。若张真如独优而其余讲座太绌，亦非敬师之道。若其有以待之，则又何不延贺自昭？且兄前书欲召周淦卿讲英文，招牟宗三为都讲，若能多加延揽，岂非佳事？岂患人多？无如蹄涔之水易竭，不能供养十方罗汉僧何！且书院力不能购西方参考书，学生并未注重外国文字，使听黑格尔哲学，亦毫无凭借，无受教之资，则讲者必乏兴。张真如及昌群均未顾虑及此。兄以是责弟太隘，似亦未之思也。固言以俟异日，俟学生稍有资藉，然后具礼以请。昌群怫然以弟为拒人之辞，弟亦不与深辩。昌群与张初未相识，但重其为牛津博士耳。此真未免于陋，弟亦不能救之也。乃兄今亦以是责之。弟诚不能无过，过不在拒人，乃在不肯因利乘便而求人耳。

大凡处事，但问义理之当不当，安能尽人而悦之哉？且书院所讲当自有先后轻重，并非拒西洋哲学不讲，以西洋哲学学生当以余力治之，亦非所亟也。凡前书所已及者，今亦不更分疏。总括言之，兄之所诤者，皆出于爱书院与爱弟之厚，即有未能苟同者，何能不接受兄之善意？乃若以狭隘为弟之意志，因而弃之不肯来，则弟实不能承此过。然扩大之办法，究宜如何，弟之智力，今日实思之未得其道，必待兄来从容讨论，决非一二日所能一蹴而就，责之创议筹备诸人皆无益也。兄必以弟为不足与议，遂

298

终弃之，弟亦无可如何，但终望兄能相谅，攻我之病，当攻其实。弟非不能识病者，断无拒药之理也。言多去道转远，仍盼决定明诲，不具。

此书写毕，意犹未尽，言语实不免重复。今更欲有言者，海若忘大，所以能成其大。今兄似犹有大之见存，必曰扩大，亦在此心能充扩得去耳。所谓充扩得去，则天地变化草木蕃；充扩不去，则天地闭贤人隐。此皆于规制无关，岂图门庭热闹而后为大哉。玄理且置，但论事实。吾辈所遇之缘，实太劣下，不必远引，以旧时尊经广雅言之，彼皆省吏自为，中央未尝过问。曾涤生于兵后设书局刻书，未闻须经通过或审计也。今之从政者尚未足以及此，一般社会其不能于书院有认识，亦无足怪也。此岂可以口舌争者？"呼牛则应之以牛，呼马则应之以马"，兄固尝言之矣。巽以行权之时，亦不宜大张旗鼓，遭人侧目，况空言邪？此其志亦不能不隐。故扩大之事，只可待时，此乃切于事情，非安陋也。

乙卯七月十七日

25. 一九三九年九月三日（农历七月二十日）①

十七日奉答一函，因兄开谕之切，弟亦不可不掬诚以告，其中言语或过于径直，非出辞气之道，虑或滋兄之怿。然吾辈相交，固当推心置腹，何事不可尽言？即兄认为不当，因而指斥，乃是朋友切切偲偲之意。弟虽不德，何致不能服善？知兄之决不吾弃也。书院充扩之议，弟意志决无与兄不同之处。但目前为事实所限，不能骤几，此亦当为兄之所谅。但得兄来，凡事皆可商略，亦省笔札之烦。弟所望于兄之辅益者良多，兄岂能恝然置之乎？昨晚得兄飞示，允于旧历六月望前首涂，为之喜而不寐。馆舍一切，已嘱二三子速为预备。日来水涨，舟行益利，愿速驾，勿再淹留。濒行盼以电告，_{须示船名}。俾可迎候。相见在迩，不胜引领伫望之情。先此驰达，唯善为道路，不宣。嫂夫人均此候问，世兄亦同来否？并念。

26. 一九三九年九月九日

昨饭后趋送兄稍迟，兄已下山，意至歉歉。初移戴家屋，诸事未能预

---

① 《马一浮全集》中为一九三九年七月二十日，写的是农历，与前面不符，改用阳历。

备妥帖，自感不便，又不免寂寞，无可与言。弟亦深觉未能为兄安排，有多少不尽分处。顷读来示，不胜惶悚。书院事不待追论，皆由弟无福德智慧，不能取信于人，故令寒俭至此。然兄之来，自是为学术、为道义，与后生作饶益；不独为朋友之私，补弟之阙失而已也。不意遭此巨变，弟不能慎防虑之道于事先，又不能尽调护之责于事后，咎无可辞，兄之见责，宜也。诸子事忙，遂或于承事之际有忽。此亦由弟思虑不周之故。向后兄有所需要，径请直说，苟为弟力所能及者，必当为兄谋之。亦属诸子善为承事。但望兄切勿萌去志，勿再言去，使弟难为心。克实而言，今日无往而非危地，其又何择邪？少间即趋视，先此敬问痊安，不具。

27. 一九三九年九月二十二日①

送上王守素《易学目录附图》一册及《易象讲录》六纸，请兄勘验。此人极有思致，似可与深造，望兄阅后略与批答，许其参学，庶有以进之。想兄当不以为烦也。

28. 一九三九年九月三十日

昨日讲论过久，虑兄太费精神，讲后但觉微倦，乃知兄精神毕竟亦是过人，此非独私心喜慰而已。兄之勤诲如此，其益人者广矣。见示所以待郭某者未得其道，此诚弟之失。当时以其人言谈气貌一无足取，心恶其妄，遂未与言。"干糇之愆，尚非所恤。但少含弘之度，非所以处小人。彼之怨谤，可以不计，拒不与言，未免绝物，实非尽己之道。"兄言是也，惜昨日不闻此言，已不及救，固当谨之于将来耳。

沈兄今日大好，曾偕弟下山，行至乌尤坝，迁徙之计，殊不易言，容当熟商。杭书未寄，黄离明曾有信与立民，此事在目前现势恐未能亟图也。聘黄为讲友，弟曾有是意。立民与黄如何言之，弟却未知。弟意彼此仅一面，并未深谈，遽下聘函，未免太骤。俟稍往复相契，乃以为言，未为晚也。

梁兄今之颜李，请其来院作短期讲说，固是佳事。俟其到渝，当具书邀之。但渠是否能来，亦似未可必耳。

率答，不具。

---

① 《马一浮全集》中为一九三九年八月十日，今用阳历。

29. 一九三九年十月九日

立民持示来教，今作简语相报。兄所责弟之言皆是也。即或辞气稍过，弟何致与兄校及此等细故？所引为憾者，弟之处事处人，既皆未得其当，犹不自知其失，而靦颜以教人，何以自安，自宜为老友所弃。

书院既不能骤谋改革，兄言已尽，去就之道决于改革与否，此意难回。今只能维持现状，弟亦无词以留兄，姑俟百闵来时，当可就兄与昌群商量。弟既无能为役，一切章制可听筹委会修改。兄行似不须如是其亟也。相见无词，何贵仆仆造谒，虚作周旋？但望兄迟迟其行耳。

至于兄相爱之厚，未尝有改，决不因持论小有不同，而遽有介于胸也。

草草不能宣意，临颖黯然。诸唯谅照，不具。

30. 一九三九年十一月五日

方兄之行，未及下山送别，又时以道路为念。及奉狮子场来书，且喜行李安止，豺虎无虞，差慰悬系。所憾者，弟德不足以领众，学不足以教人，守不足以治事，遂使兄意不乐，去我如此其速。然自返于心，实未尝敢有负于兄也。怅惘之怀，靡言可喻，不知所以为答，故阙然未致问。顷复奉前月廿七日惠教，知卜居将定，可得园亭之美，足以忘忧，是亦一适也。

书院气象，无可为言。百闵屡言当来，而至今未至。匪特基金久悬，即十月份经费亦未拨。平生厌言阿堵，今为大众粥饭，乃不能不形之简札。日日飞书乞米，犹充耳不闻，每自憎其近鄙。

今之君子，难与为缘。然弟之所处，不为身谋，若可打包径去，不接淅而行矣。以是益慕兄之自由，非弟今日所能及也。见谕联大恢复故物，此亦差强人意，兄所责于书院者虽甚微，今尚未能如命。一则款尚未来，一则筹委会所制预算，会计年度系以阳历年底为期，来年则须更制。书院年终报告，不能以其未制定者自为增损。兄亦筹委会之一人也，弟何所容心焉。

兄来教用心甚恕，或不以未能卒应为罪。承将聘书却还，亦不敢更以奉渎。兄去后空山寂寥，幸有敬兄可与共语。霜寒风急，益令人难为怀也。

301

31. 一九三九年十二月七日

十二月一日来书，乃知获罪于兄者甚大。凡兄所以见诟者，皆弟之疏愚所不及察，是固由弟不德有以致之，初不料朋友之道至于如此。人之相与，其难乎为信也。

兄被灾之后，弟未能尽调护之力，此过前已自承。至兄误听流言，以为弟于兄妄有所訾议，使兄不能不呕去，此则弟所万万梦想不到者。上堂教学生善听兄言，初不知此语亦成罪戾。真是转喉触讳矣。睽之上九曰："见豕负涂，载鬼一车，先张之弧，后脱之弧。"兄之多疑，无乃有似于此。今亦不须申辩，久之，兄当有自悟之时。然念兄杂毒入心，弟之诚不足以格之，亦深引以为戚。

今兄虽见恶绝，弟却未改其初心也。兄所责于书院者，为通讯脩金三个月。前以书院方虞匮乏，而兄来教亦多恕词，稍迟未寄。今依命奉去法币三百元，汇重庆中国银行周鹓鹋转交，至希察收赐复。迟缓之咎，并希原谅。至前掷还之百元，此区区者，本无足挂怀，而兄一再坚却，今亦不敢更以为言，转以触兄之怒。

病后率复，不能多及。临书怅然，敬祝安稳。

32. 一九六一年二月二十一日

读来书，审兄病后所怀及眷念友朋之切，甚厚，甚厚！

吾侪耄及之年，若乘化归尽，亦可谓顺受其正。矧（shěn）兄著述已成，更无余事撄心，至传世久远，似无须措意。死生昼夜之理，既已洞明，即今形寿未尽，正可洒然忘怀，颐养自适，时至即行，复何忧哉。

圣贤所同于人者形体，所异于人者神明。形体之病，不足为忧。仲尼寝疾，释迦背痛，无损于道也。形过劳则敝，神过用则竭，唯葆光养和，养吾生以全其天年，斯已耳。

尊书已交公纯。弟亦方病，草草奉答，不尽。

浮顿首　旧历辛丑正月初七日

33. 一九六一年十月十三日

辱教，深荷存注。知泛应众缘，广作饶益，且喜已损劳虑，甚善

302

甚善。

弟四大将离，诸根先坏，神明日敝，形骸日羸，无复可药。自知余年向尽，安以俟之而已。

秋深，唯加意珍卫，不具。

浮顿首　旧历九月四日

致梁漱溟书信三封

1. 一九三九年

自避寇来蜀，适公有齐鲁之行，亦竟未通一字。顷见与十力邮片，乃知从者方在成都，且喜相距略近，亦憾未能驱车造问也。仁者行劳天下，比于禹墨，顷又身历兵间，悲智之兴，必有更深且大者。惜未得遽闻高议，一起衰颓。

书院亦是缘生之法，不得已而后应，事至浅薄，无足比数。十力往在渝中，与闻造始，曾假重硕望，俯同筹备之列。但以道阻，末由谘商。如或不鄙硁硁，倘因行化余闲，惠然肯顾，出其悬河之辩，惊此在瞉（kòu）之雏，则说法一会，度人无数。

方之今日，犹为陋矣。附呈请疏，幸勿见斥。假舍山寺，仅比茆檐，亦乏求，由可使还候。至何时乘兴，一听裁量，初不敢期必也。

专肃，敬颂道安。临书不胜翘跂。

2. 一九六二年四月三日①

漱溟先生侍右：

星贤来，辱手教，见示尊撰《熊著书后》。粗读一过，深佩抉择之精。

熊著之失，正坐二执二取，骛于辩说而忽于躬行，遂致堕增上慢而不自知。迷复已成，虚受无□，但有痛惜。

尊论直抉其弊而不没所长，使后来读者可昭然无惑，所以救其失者甚

---

① 梁漱溟特在此信后加注："我写《读熊著各书之后》一文既成，适王星贤兄去杭州马一浮先生处，即托其带去请教。此马先生答书。（梁漱溟印）一九七六年八月加注。"

304

大。虽未可期其晚悟，朋友相爱之道，固舍此末由。亦以见仁者用心之厚，浮赞叹□□。夫何间然。

尊稿仍嘱星贤奉还。草草附答，敬颂

道履贞洁。不宣。

浮顿首　四月三日

3. 一九六二年六月六日

漱溟先生道席：

三月间星贤还京，曾托致数行，想蒙鉴及。

友人王邈达先生所著《伤寒论讲义》，顷已缮写清本，约十八万言，由浙江省政协径寄全国政协，请交医药卫生组审阅。去年承面许与岳医师商略，交卫生部允予出版。

王君于医学研究甚深，浮亲见其属草，力求通俗易喻，凡数易其稿而后成，耄年精力悉瘁于此。如认为有裨后学，可否请转呈卫生部，量予稿费，以示优遇。国家重视医药，定不没其勤，是亦山野之所仰望也。

浮患目疾几邻于瞽，下笔不复成字，草草附此，顺颂。

道履多豫。不宣。

浮顿首　旧历壬寅端阳

写给张立民的一封信

1935 年 11 月 29 日

立民足下：

　　累书不一报，甚孤见望之厚。穷理工夫本自要约，不在言说。见处若是端的，自能表里洞然，不留余惑。事物当前，自有个恰当处，了了分明，洒然行将去便得，无许多计较劳攘。《书》所谓"作德心逸日休"也。圣贤语脉，只是平常，就他真实行履处道出，不假安排。因问有答，亦是不得已而后应，非有要人必喻之心。故言语简要，不欲说得太尽，方可使学者入思。唯向内体究，久则豁然自喻，无有二理。若人不肯体究，圣人亦不奈伊何，非若近时讲哲学，要立体系，费差排施设，一时说尽，末了只成一种言语，无真实受用。庄子讥惠施多方，正复类此。印度论师、西洋哲学多属此类。其曰某种思想云云，即庄子所谓"辩者之囿"也。唯禅师差胜，以其贵自悟也。孟子曰："学问之道，欲其自得之也。"《易传》曰："默而识之，不言而信，存乎德行。"孔子学不厌，教不倦，本领在默而识之。会得此语，自知所用力。"维天之命，于穆不已"，"天何言哉？四时行，百物生"，"夙夜基命宥密，无声之乐也"，此皆从默上显体。默而识之，即是涵养功夫，不言察识而察识在其中。"鸢飞戾天，鱼跃于渊"，不到默识心融田地，不能上下察也。

　　格致之说，向来多门，吾自宗朱子，补《格物》章"或问"一段尤要。切须细玩。然须识得格物、致知只是一事。物以事言，知以理言。理虽散在万事，而实具乎一心，岂有内外之别？即物穷理，即是由博返约。程子所谓穷理，即孟子所谓尽心。物有所未格，知有所未至，即是理有所不行而心有所不尽也。至于物格、知至，则万物皆备于我，随在莫非此理之流行矣。学者患在将心与物、事与理总打成两橛，故无入头处。

　　摄事归理，会物归心，舍敬何由哉？敬只是收放心。心体本湛然常存，由于气习或昏焉，或杂焉，斯不免于放。然操之则存，亦自不远而可复。昏者复明，杂者复纯，乃可与穷理，可与尽心。故曰："未有致知而不在敬者。"岂是程子旋添得出来？敬则自然虚静，敬则自然无欲。须知虚静无欲乃心之本然，敬则返其本然之机也。人不必驰求、歆羡、躁妄方是欲境界，只散漫、怠忘、急迫便是欲境界，便是不敬。当此之时，若能一念猛自提警，此心便存。佛氏所谓"一念回机，便同本得"，固自不妄。但人心昏杂过久，虽乍得回机，不免旋又放失，故须持敬功夫，绵绵不间断，久久纯熟，方得习气廓落，自然气质清明，义理昭著。到此田地，方可说到不违仁，才有默而识之、不言而信气象，才是涵养深厚，才可明伦察物，理无不明，物无不格。故察识即在涵养之中，不可分为二事也。若心犹未免昏杂，如何能察识？如何言格致？庄子言"以恬养知"，亦识得此意。程子所谓"养知莫善于寡欲"，即是"涵养须用敬"。读书而不穷理，只是增长习气；察识而不涵养，只是用智自私。贤能善体斯言，庶乎其有进矣。

熊先生新出《语要》，大体甚好。其非释氏之趣寂而以孟子"形色天性"为归，实为能见其大。其判哲学家领域当以本体论为主，亦可为近时言哲学者针札一上。但以方便施设，故多用时人术语，不免择焉未精。自余立言稍易处固有之，如以虚静为道家思想及贤者所举格致之说一类是。然大旨要人向内体究，意余于言。"圣人吾不得而见之，得见君子者斯可矣。"吾取其大者，其小者可弗辨也。

《报春亭记》不过欲与子言孝之意，贤自会得好。然似说得太阔了。当时下笔，亦无许多意思。又称道太过，却非吾之所敢当也。留汉随分教学亦不恶，杭地亦非昔比。后此恐难安定，不必定图聚处为乐也。吾虽衰，尚无疾病，随缘安命而已。书不尽意，唯进德及时为望。

浮启　乙亥十一月四日

马一浮先生年谱简编

1883 年（光绪九年） 1 岁

农历二月二十五日寅时，生于四川成都西府街一号。原籍浙江会稽东墅长塘乡。

原名福田，字畊余。后自己改名浮，字一佛，再改为一浮，号湛翁。也曾用蠲叟、蠲戏老人、蠲戏翁、将去客、被褐、太渊、圣湖野老等名号。

父亲马廷培，在四川为官。母亲何定珠，生于陕西沔县望族，幼娴内训，擅长文学。有姐三人。

1884 年（光绪十年） 2 岁

居成都。

1885 年（光绪十一年） 3 岁

仍居成都。

1886 年（光绪十二年） 4 岁

随父迁居仁寿县。

随姐从老师何虚舟读唐诗，多能成诵。何师问最爱诗中何句，脱口而出："茅屋访孤僧。"何师告其父，说："是子其为僧乎。"有神童之誉。

1892 年（光绪十八年） 10 岁

随举人郑墨田就读。

1893 年（光绪十九年）　11 岁

奉母命作"菊花诗"。

是年，母亲病逝。

1894 年（光绪二十年）　12 岁

因其才智过人，郑墨田怕耽误孩子而辞教。改由父亲亲自教读。

1896 年（光绪二十二年）　14 岁

因聪慧超人，父亲让其自学。

1897 年（光绪二十三年）　15 岁

继续在家自学。后来回忆："余弱岁治经，获少窥六艺之指。"

1898 年（光绪二十四年）　16 岁

应绍兴县试，名列榜首。被曾为晚清翰林的汤寿潜看重，多次登门，要将女儿嫁给他。

1899 年（光绪二十五年）　17 岁

与汤寿潜之女汤仪结婚。同年赴上海游学，与岳父汤寿潜的学生谢无量朝夕相处，一起学习英文、法文、拉丁文，以便直接阅读西方原著，了解西方文化。

1900 年（光绪二十六年）　18 岁

其父病重，口不能言达一年之久。

因大姐已出嫁，二姐去世，中断了在上海的游学，返家与妻子一起服侍父亲。

1901 年（光绪二十七年）　19 岁

农历三月，其父病逝。

安葬父亲后再次前往上海。

1902 年（光绪二十八年）　20 岁

7 月 15 日，其妻汤仪病逝。马一浮悲愤难抑，一生再未娶妻。

同年秋，在自己的旧照片上题写："此马浮为已往之马浮，实死马浮矣。"

第三次前往上海，与马君武等同人合办《二十世纪翻译世界》杂志。

1903 年（光绪二十九年）　21 岁

清政府驻美使馆留学生监督公署需要聘请一位既懂英文又懂拉丁文的年轻人担任秘书，同时兼任第十二届世界博览会中方馆筹备处工作人员。马一浮应聘成功。

6 月初，由上海出发，中转日本后横渡太平洋，在美国西部城市旧金山上岸，之后又陆行二千余公里。

7 月 3 日，到达圣路易斯。一边工作，一边跟随外国老师学习英语，继续提高英语水平。

8 月起，经常到圣路易斯城内的各家书店读书、购书，范围非常广泛，政治、法律、哲学、文学等各类书籍无所不包。

1904 年（光绪三十年）　22 岁

西方文化并没有给马一浮提供救世、处世的良方，反而是中国人被歧视的残酷现实、周围中国人的低劣与奴性，以及身体多病、自己与现实世界的格格不入，使其时常产生极度悲观的情绪，有了越来越浓厚的故国之思。

4 月 30 日第十二届世界博览会开幕前，马一浮被解雇。

5 月 6 日，马一浮离开美国，转赴日本游学。11 月，回国；随身携带的外文书籍中有一本德文原版的《资本论》。由此，学者们称其为"原版《资本论》传入中国的第一人"。

1905 年（光绪三十一年）　23 岁

在江苏镇江市焦山海西庵居住一年，研究并翻译西学。

1906 年（光绪三十二年） 24 岁

治学重点转向国学。

寄居杭州西湖广化寺，每天到附近的浙江图书馆"文澜阁"，潜心阅读《四库全书》，并做大量读书札记。

1907 年（光绪三十三年） 25 岁

农历二月二十五日，作《二十五岁初度》诗二首，诗前文字称："古者，五十乃称老，予年才及其半而须鬓苍然有颜回之叹，非敢辄居于老，亦漫以自嘲耳。"

继续攻读《四库全书》，"日与古人为伍，不屑于世务"。

为田毅侯编辑的《宋遗民诗》作序，内有："洁其身，士之职也，使天下归乎洁，圣人之心也。"

1908 年（光绪三十四年） 26 岁

继续埋头攻读《四库全书》。

1909 年（宣统元年） 27 岁

送舅父回川时，寻白鹿洞遗址，已成废墟。购得乾隆六十年南唐补刻本《白鹿洞志》，不胜叹惋，题字属文。

1910 年（宣统二年） 28 岁

12 月，作《镇海樊氏便蒙两等小学记》。

是年，好友谢无量在四川担任存古学堂监督，讲课之余著书立说，马一浮两次写信致意。

1911 年（宣统三年） 29 岁

与彭述之、马叙伦、叶左文、田毅侯、陈独秀等游南屏山，探摩崖石刻。

杭州新军起义，岳父汤寿潜被推举为浙江军政府都督，为岳父做一些文案工作。

311

1912 年（民国元年） 30 岁

民国成立，教育总长蔡元培聘其为秘书长。到任不足三周，因在读经等方面与蔡理念不合，以"我不会做官，只会读书"为名，辞职返回浙江。

同年随汤寿潜去南洋考察，作《新加坡道南学堂记》。

1913 年（民国二年） 31 岁

8 月，受汤寿潜之命，重新编定《舜水遗书》，代拟序；另作《舜水祠堂诗》二十韵。

冬，叶左文来访，二人朝夕论学达三月。

1914 年（民国三年） 32 岁

发起"般若会"，草《般若会约》。

1915 年（民国四年） 33 岁

7 月，为汤寿潜代撰《设立兼山师范学校缘起》。

1916 年（民国五年） 34 岁

初任北京大学校长的蔡元培邀请其担任北大文科学长，以"古有来学，未闻往教"推辞。

1918 年（民国七年） 36 岁

为上海会文堂刊行的《古文辞类纂》正续编作序。

亲自送李叔同到灵隐寺受戒出家。此前，丰子恺跟随李叔同到陋巷拜访马一浮，后在文章中记下初见时马一浮的状貌："他的头圆而大，脑部特别丰隆，假如身体不是这样矮胖，一定负载不起。他的眼不像李先生的眼纤细，圆大而炯炯发光，上眼帘弯成一条坚致有力的弧线，切着下面的深黑的瞳子。他的须髯从左耳根缘着脸孔一直挂到右耳根，颜色与眼瞳一样深黑。我当时正热衷于木炭画，我觉得他的肖像宜用木炭描写，但那坚致有力的眼线，是我的木炭所描不出的。我正在这样观察的时候，他的谈话中突然发出哈哈的笑声。我惊奇他的笑声响亮而愉快，同他的话声全然不接，好像是两个人的声音。他一面笑，一面用炯炯发光的眼黑顾视到我。"

1921 年（民国十年） 39 岁

梁漱溟以后学身份拜访马一浮，马以木刻本《先圣大训》（杨慈湖著）、《盱坛直诠》（罗近溪著）两书相赠。

1923 年（民国十二年） 41 岁

绍兴县文庙重修竣工，应邀撰写《重修绍兴县文庙记》。
为将先茔迁葬杭州，首次鬻字集资。

1924 年（民国十三年） 42 岁

发起组织"般若会"。
是年孙传芳慕名拜访，拒见。

1925 年（民国十四年） 43 岁

与友人一起成立"圣风书苑"，影印《四书纂疏》。

1928 年（民国十七年） 46 岁

8 月，为《护生画集》作序。
12 月，为《皇汉医学》作序。

1929 年（民国十八年） 47 岁

开始与熊十力交往。

1930 年（民国十九年） 48 岁

浙江大学校长竺可桢请其到浙大教学，没答应。北京大学校长陈大齐请其到北大任教，也没有答应，转而推荐熊十力，熊也是坚决推辞。

1932 年（民国二十一年） 50 岁

为熊十力《新唯识论》（文言本）作序题签。

1933 年（民国二十二年） 51 岁

陈立夫持所著《唯生论》前来请教。

夏，梁漱溟、熊十力率门生来访。

1937 年（民国二十六年） 55 岁

七七事变，八年全面抗战开始。

离开杭州前，作《将避兵桐庐留别杭州诸友》。迁徙到桐庐，一月后因兵祸暂时转徙乡间。

1938 年（民国二十七年） 56 岁

应浙江大学校长竺可桢聘请，到迁往江西泰和的浙大，以大师名义作"特约讲座"。其讲稿，后被辑为《泰和会语》。应邀为浙江大学作校歌。

同年浙江大学迁往宜山，马一浮也转赴宜山，继续为浙大师生讲学。其讲稿，后被辑成《宜山会语》。

1939 年（民国二十八年） 57 岁

在四川乐山创建复性书院，任主讲。5 月，复性书院开始进行肄业生的征选工作。各地寄来文字求甄别者达八百余人。这些文字，大部分由马一浮批阅、答复。部分答复，被辑入《尔雅台答问》。

复性书院讲稿后来被辑为《复性书院讲录》。

重视刻书，提出书院"讲学与刻书并重两种办法"，"刊刻书籍，不特为书院必办之事，亦稍存广书院于天下之意"。

1942 年（民国三十一年） 60 岁

开始在复性书院"费字刻书"。

1943 年（民国三十二年） 61 岁

7 月，在 1940 年所摄照片背后题写："吾犹昔人，非昔人矣。"下面又写："希之先生索寄幻影，以庚辰岁所摄奉赠。癸未夏六月，蠲叟识。"

是年，编刻《蠲戏斋诗前集》《避寇集》《蠲戏斋诗编年集》《芳杜词賸》等历年自撰诗词。

1946 年（民国三十五年）　64 岁

1 月，在 1932 年所摄照片背后题："日面月面，朝朝相见。莫与往来，虚空闪电。"又题："忧乐是同，形貌何异。不落圣凡，塞乎天地。"

在 1942 年 60 岁时所摄照片背面题写："谁云日月面，一任马牛呼。因我得礼汝，何人识得渠？"

5 月 20 日，回到杭州，以西湖葛荫山庄为书院临时院舍。继续以复性书院主讲兼总纂名义从事刻书，为保存中华传统古籍而尽力。

1947 年（民国三十六年）　65 岁

提出废置复性书院。

1948 年（民国三十七年）　66 岁

1 月 8 日，离开葛荫山庄，居住亲戚家。

1949 年（中华人民共和国成立）　67 岁

新中国筹备新政协会议前，周恩来拟邀请马一浮出席，请马叙伦以电报转告。因电文是以马叙伦署名，且过于简略，马一浮以为是朋友私人邀请，没有赴会。

1950 年　68 岁

4 月，移居蒋庄。

是年，因祖茔所在地大量砍伐林木，于是上书请求保护祖茔，愿望得到实现。

1952 年　70 岁

4 月，陈毅首次前来拜访；受聘担任上海市文物管理委员会委员。

是年，在自己照片上题字："忧来无方，老至不知。空诸所有，乃见天机。壬辰春自题影赠苏盒。"

1953 年　71 岁

春，担任浙江省文史馆馆长。

11 月，赴上海专程回访陈毅。

1954 年 72 岁

1 月 10 日，杭州虎跑寺"弘一大师之塔"落成，上山参加典礼并作诗。

在 62 岁时所摄照片上题字："影现有千身，目前无一法。若问本来人，看取无缝塔。"又写"其容寂然，其气熏然。而犹为人，知我其天"。

12 月 4 日，入选政协第二届全国委员会委员（特邀代表人士）。

1955 年 73 岁

杭州市郊区办事处兴办农场，要征用马一浮祖茔。马再次致函浙江省人民委员会，祖茔得以保留，并由农场在会稽马氏先茔碑后用朱漆写下"此墓保留，不得开掘"。

1957 年 75 岁

4 月，周恩来陪苏联领导人伏罗希洛夫访杭州，在蒋庄晤马一浮，称其为"中国当代的理学大师"，并合影留念。

1958 年 76 岁

撰写《自题墓辞》，前四句为："孰宴息此山陬兮？谓其人曰马浮。老而安其茕独兮，将无欲以忘忧。学未足以名家兮，或儒墨之同流。道不可为苟悦兮，生不可以幸求。"

1959 年 77 岁

4 月 11 日，入选政协第三届全国委员会委员（无党派民主人士）。

1962 年 80 岁

在自己照片背面题字："动亦定，静亦定。尔为谁，形问影。"

1965 年 83 岁

1 月 5 日，入选政协第四届全国委员会委员（无党派民主人士）。

1966 年　84 岁

"文革"爆发后，被冠上"反动学术权威"的罪名赶出蒋庄。

1967 年　85 岁

卧床不起时，写《拟告别诸亲友》，最后两句为："沤灭全归海，花开正满枝。临崖挥手罢，落日下崦嵫。"

6月2日，在杭州逝世。

（张建安编写于 2022 年）

后　记

以前，我曾编辑过梁漱溟先生的《忆往谈旧录》，曾与梁培宽先生一起合编过《阅读梁漱溟》，那些都已成为美好的记忆。此次接受中国文史出版社的邀约，不仅要选编一本梁漱溟先生的文选，还要同时选编熊十力先生、马一浮先生的文选，对我而言，既是幸运的，也着实感受到巨大的挑战。

两年前，首先向我提出这一邀约的是唐柳成先生，他当时正担任中国文史出版社的副社长。本来我们并不认识，只是因为唐社长见到我写梁漱溟的文章，便通过韩淑芳老师加上我的微信，彼此间建立了联系。见面交谈时，才知他很重视梁漱溟等文化大家的思想，当年在北京大学读书时便购买过一套《梁漱溟全集》。这样，我们虽然没有说太多的话，但在心底产生一种较深的认同感。我很佩服他的识见，他也约我为他主管的《纵横》杂志撰写文章。

对于《纵横》杂志，我有着很深的感情。因为我曾经在那儿长期工作，担任过《纵横》编辑、记者，乃至担任过一段时间的主编。后来离开那儿后，还是一直关注着。不过，我再没有给《纵横》写过一篇稿子，总觉得离开就离开了，不必"藕断丝连"。直到唐社长向我约稿，我才重新重视起这个问题。之后，我陆续写了数篇文稿，发给我以前的同事于洋女士，经过她的精心编辑，再经过唐社长等人的审核，都一一刊登出来。其中一篇是写马一浮的，还有一篇是为纪念梁漱溟发表《东西文化及其哲学》一百年而撰写的，发表后均产生较好的反响。也许，就是在这么一个过程中，唐社长对我有了更多的了解。承蒙他看得起，最终提出由我同时选编梁漱溟、熊十力、马一浮文选的想法。

说实话，我当时是有些吃惊的。虽然阅读、研究三人著作很多年了，但究竟对他们的思想有多全面多深入的理解，自己都有些吃不准。而且，这么一项艰巨的任务，国内学术界似乎还没有哪位学者单独完成过，我能完成吗？但我还是很快决定啃这块硬骨头。因为它对我的诱惑实在太大了——我大可以借着这个机会，逼着自己全面深入地梳理三人的著作，进而选编出三本独具特色并能让读者广为受益的图书。然后，我便一头扎入三人的著作以及与著作相关的其他资料当中。

为了加深理解，很多重要文章，我都一个字一个字地录入到电脑，然后再对比着图书进行核校，并在旁边加上批注，随时记下自己的心得。对于那些特别不好理解的文字，比如熊十力《新唯识论》文言文本的部分文字，我已经不知道阅读、琢磨过多少次了。在不断的阅读与思考中，在多次与其他文章做比较之后，我的头脑渐渐露出亮光，真正地深入地理解了其中的含义与价值。而在这个过程中，我也切实感受到普通读者对熊十力、马一浮的代表作既想理解又很难深入的原因——不只是因为他们的文字奥义深刻，而且因为很多文章都是文言文，比文言文版的《史记》《资治通鉴》都要难懂很多。这怎么能普及呢？于是我决定在自己选编的文选中尽力解决如何普及的问题。至于如何解决，我在三本书的"导言"中予以了说明。这三本书的其他特点，也在"导言"中做了阐述。总之，选编这三本书可谓费力费时，但受益也是巨大，非常感谢唐柳成先生！

还想说明的是，由于版权缘故，如要出版梁漱溟先生的文选，需要他的家属同意。为此，2020年冬季的一天，我特地给梁培宽先生（梁漱溟先生的长子）写了一封信，并附上梁漱溟文选的基本目录，希望得到他的授权。大约一个星期后，我给梁先生打电话，接电话的是张颂华老师（梁培宽先生的夫人）。她告诉我，由于身体状况不好，梁先生没有精力处理这些事了，但是已经将我的信转给了他的弟弟梁培恕先生，由梁培恕先生处理。接着，张颂华老师还热情地将梁培恕先生的电话告诉我。过了两三天，我第一次给梁培恕先生打电话，他说已经给我写了一封信，刚刚寄出。一天后，我收到梁培恕先生的来信。梁培恕先生的来信很是客气，不干涉我选哪些文章，但表示自己很重视《中国民族自救运动之最后觉悟》。这样，选编《为人类文化开前途——梁漱溟文选》的这个事就基本定了下来。

因为疫情等缘故，相关事宜被拖了一段时间。2021年7月10日上午12时30分，享年96岁的梁培宽先生辞世。在不胜惋惜之余，我希望加快推动这三本书的出版。2022年3月14日下午，我与责任编辑一起到梁培恕先生家中，与他签订了《为人类文化开前途——梁漱溟文选》的出版合同。与此同时，我与中国文史出版社签订了另外两本书的出版合同。这样，这件事便完全确定下来。

此后，我继续投入到三本书的选编当中，经过反复比较、取舍之后，终于在2022年5月13日，将齐清定的三本电子书稿发给出版社。再过三个月，将三本书的导言也发了过去。

本来，写完导言之后，觉得编这三本书费时太多，而且书稿也算很完整了，就不再想写"后记"，也不再想增加三个人的年谱了。只是最近收到责任编辑的微信，问我"后记"与"年谱"完成了没有。我颇有点脸红，想到人家那么辛苦地编辑书稿，自己竟然想偷懒，真是岂有此理！于是赶紧回复："这几天完成。"然后再次回到电脑桌旁……

可以说，之所以能顺利完成书稿并出版这三本书，与很多人的支持和信任是分不开的。感谢梁培宽、梁培恕两位先生以及张颂华老师的信任！感谢中国文史出版社！

张建安写于2022年9月3日